Anne Montecer

LE DRESSING IDÉAL

LA GARDE-ROBE POUR SE RÉCONCILIER AVEC SON IMAGE ET CONSOMMER AUTREMENT

LEDUC

SOMMAIRE

AVANT-PROPOS

Je m'appelle Anne, j'ai deux enfants et je suis le parfait cliché de la maman qui travaille et qui a toujours l'air débordé. L'idée de créer mon dressing idéal est née un matin d'octobre 2017. Je venais de reprendre mon travail de cheffe de rédaction dans un groupe de presse, après un congé parental de neuf mois pour la naissance de mon second garçon. Avec la grossesse, j'avais donc passé plus d'un an loin de mon travail, à nager dans une sorte de béatitude maternelle. Après un post-partum haut en couleur et des centaines de nuits sans sommeil, le contenu de ma garde-robe ne m'intéressait plus vraiment. Mes copines n'en revenaient pas. Moi, la dingue de mode qui dépensait des fortunes chaque mois pour m'acheter de nouvelles fringues, j'observais désormais mon dressing avec un détachement inattendu. À vrai dire, je n'avais plus le temps d'y penser. Basile était un bébé mignon comme tout, mais il passait l'essentiel de ses journées à pleurer (j'apprendrai plus tard que c'était à cause d'un vilain reflux gastro-œsophagien, très courant chez les bébés, mais ces quelques mois d'impuissance pendant lesquels je ne savais pas comment le consoler ont été un enfer). Ma joie habituelle de m'habiller avait disparu. À quoi bon me faire jolie avec de beaux habits puisque je serais probablement rapidement recouverte de bave ou de vomi de bébé ? D'ailleurs, c'est durant ce congé parental (période bénie de ma vie) que j'ai découvert les avantages de porter un uniforme, quand il s'agit de gagner du temps et de ne pas se prendre la tête. Tous les matins au réveil, je sautais dans mon jean de grossesse devenu trop grand et j'enfilais le même pull douillet bleu pastel que je lavais et relavais. Dieu merci, j'ai fini par me lasser de cette tenue spéciale « je viens d'accoucher et j'ai encore 10 kg en trop, laissez-moi tranquille ou je mords » et, de toute façon, mon pull a fini par rendre l'âme. Mais cette expérience m'a permis de comprendre une chose très importante : je ne voulais plus que m'habiller soit une source de tracas dans ma vie.

Pendant longtemps, mon rêve a été de

suffisamment bien gagner ma vie pour m'acheter tous les vêtements que je voulais, de préférence les marques milieu de gamme et chères comme BA&SH, Sandro, Maje, etc. Un jour, ce rêve est devenu réalité. Mon salaire confortable de rédactrice en chef me permettait enfin de satisfaire toutes mes envies (que je qualifie plutôt de pulsions, avec le recul) et de ne jamais me sentir frustrée. Mais était-ce vraiment le cas ? Pas du tout. Au contraire, même. Je ne me sentais jamais assez bien habillée. J'avais beau posséder des vêtements issus des dernières collections, je ne me trouvais pas jolie ni stylée. J'enviais les femmes capables de créer des looks de folie avec trois bouts de chiffon ou celles qui arrivaient à être élégantes sans effort. Et puis celles qui avaient trouvé leur style, aussi. Moi, j'avais le sentiment de n'être rien de tout ça et de ne jamais avoir les bons vêtements, alors que je portais tous les jours ou presque une somme astronomique sur le dos. Pire, j'avais l'impression qu'il me manquait TOUJOURS quelque chose. Je me disais que c'était normal puisque j'avais toujours été moyenne en tout dans ma vie : moyenne à l'école, moyenne cuisinière, moyenne maman... Question confiance en soi, je n'y étais pas.

Mais revenons-en à ce fameux jour d'octobre 2017 qui a changé ma vie. Ce matin-là, j'avais une réunion à 9 heures au bureau et, bien sûr, j'étais encore en retard. J'avais calculé que pour arriver à l'heure, il fallait que je mette le réveil à 6 h 30. Le temps de nous habiller, mon mari, moi et nos deux enfants, de déposer le grand à l'école, le petit à la crèche, de ranger un peu la maison avant de partir pour ne pas que la baby-sitter retrouve un champ de bataille après avoir récupéré nos enfants le soir, et ça serait déjà le moment de sauter dans le métro... bondé évidemment. En m'habillant, je pleurais toutes les larmes de mon corps. Une fois de plus, je venais de perdre une heure à essayer différentes tenues sans jamais trouver la bonne. Rien ne m'allait, je n'avais plus que des robes trop habillées ou des trucs déjà démodés dans mon placard alors que je venais de passer neuf mois en jean et en pull doudou. Je me sentais fade, fatiguée et perdue. Je ne reconnaissais plus cette fille en robe dans le miroir, ce n'était plus moi. En seulement un an, j'étais devenue une autre femme. Une femme qui avait moins de temps à consacrer à ses looks mais qui ne voulait pas renoncer à l'élégance ni au confort pour autant. Je ne sais même plus quelle tenue j'ai fini par enfiler ce jour-là. Mais je me souviens d'avoir déposé Basile à la crèche et, dans le métro qui me conduisait au bureau, d'avoir décidé que ce moment de désespoir que je venais de vivre avec ma garde-robe serait le dernier.

Restait à savoir comment.

Pour commencer, comment allais-je m'organiser ? Préparer ma tenue la veille au soir comme ma maman me l'a toujours conseillé serait sans doute une bonne solution, mais je voyais ça quand même comme une contrainte. Le soir, c'est toujours la course et j'ai déjà mille et une choses à faire. Il me fallait un moyen plus efficace d'en finir avec le stress du choix de mes vêtements. C'est là que l'idée de repartir de zéro et de créer mon dressing idéal a germé. C'était décidé, j'allais créer la garde-robe adaptée à mon nouveau rythme de maman de non plus un, mais deux enfants (croyez-moi, un enfant de plus au compteur, ça change sacrément la donne) pour ne plus jamais dire en pleurant « J'ai rien à me mettre ! » le matin.

L'ironie de cette histoire, c'est que les vêtements ont finalement pris encore plus de place dans ma vie. La manière dont j'ai entièrement repensé ma garde-robe a tellement bien fonctionné pour moi que j'ai eu envie de partager cette expérience en créant mon blog « Le Dressing idéal ». Ce blog a très vite trouvé son public. Nous sommes nombreuses à nous sentir déconfites quotidiennement devant notre placard. Ainsi, au fil du temps, c'est devenu une belle communauté de lectrices très engagées, partageant toutes la même envie de simplifier leur garde-robe, de retrouver confiance en elles, mais aussi la volonté profonde de changer le monde en s'habillant de manière plus responsable et durable.

Car *Le Dressing idéal*, c'est aussi ça. Une approche différente de la mode, plus écologique et plus éthique. Une vision de la mode qui redonne du sens et de la valeur aux vêtements, ainsi qu'à toutes les petites mains qui les fabriquent à travers le monde. À quoi bon repartir de zéro avec sa garde-robe et faire le vide si c'est pour la remplir à nouveau avec des vêtements bas de gamme et polluants ?

Dans ce livre, je partage avec vous la méthode que j'ai utilisée pour créer mon dressing idéal afin que vous puissiez à votre tour imaginer le vôtre.

PARTIE 1

LA BASE

CHAPITRE 1

CINQ BONNES RAISONS DE CRÉER SON DRESSING IDÉAL

Ça y est, vous avez décidé de repartir de zéro avec votre garde-robe. Croyez-moi, vous ne le regretterez pas. Votre projet vous mènera bien au-delà d'une armoire bien rangée et de vêtements à votre image. En créant votre dressing idéal, vous vous donnez les moyens d'être vous-même, en mieux, qu'il s'agisse de votre apparence physique ou d'être enfin la personne sereine que vous aspirez à devenir lorsque vous vous habillez chaque matin. Un dressing à votre image vous permettra par exemple de...

DÉVELOPPER UNE MEILLEURE CONFIANCE EN VOUS

Ah, la fameuse confiance en soi. Elle nous fait souvent défaut, n'est-ce pas ? Mais j'ai une bonne nouvelle : choisir ses vêtements en quelques minutes seulement et se sentir bien habillée et jolie pour la journée, c'est possible. Il y a deux ingrédients essentiels à cette recette magique. Le premier, c'est un dressing bien rangé qui vous permet de trouver vos vêtements en un coup d'œil. Cela peut sembler tomber sous le sens, mais si vos matinées commencent par la recherche de vos vêtements parmi les piles entassées en boule dans votre armoire, vous allez perdre du temps, râler, stresser... et peut-être choisir la mauvaise tenue.

Le second ingrédient, c'est d'avoir dans son dressing uniquement des vêtements dans lesquels vous vous sentez bien, qui vous donnent confiance en vous. Apprenez à les repérer : avec quels vêtements vous sentez-vous le mieux ? Lesquels vous font vous sentir belle, forte ou en harmonie avec vous-même ? Est-ce une jolie robe, un chemisier en soie ou un simple tee-shirt blanc que vous adorez ? Quelle est votre tenue idéale lorsque vous avez besoin d'être sûre de vous ? Retenez bien ceci : un vêtement dans lequel vous n'êtes pas à l'aise ni tout à fait vous-même n'a rien à faire dans votre dressing.

ÉVITER LA FRUSTRATION

Si votre garde-robe n'est pas adaptée à vos besoins ou à vos envies, vous risquez d'être frustrée et d'acheter sans arrêt de nouveaux vêtements pour combler un manque. Or vous n'avez pas besoin de nouveautés en permanence pour vous sentir bien habillée, à la mode ou en paix avec votre garde-robe. Oubliez les injonctions à la consommation ou à suivre les tendances, qui donnent le sentiment de ne jamais être « assez ». Jamais assez bien habillée ou assez à la mode. Créer votre dressing idéal avec des pièces intemporelles et bien choisies calmera à coup sûr vos ardeurs et vous aidera à consommer de manière plus réfléchie.

Cela ne veut pas dire qu'il ne faut pas vous faire plaisir de temps en temps, en vous offrant une pièce qui vous fait vraiment envie. Mais petit à petit, vous verrez que vous accorderez moins d'importance aux tendances. Vous profiterez davantage des vêtements que vous possédez déjà et subirez beaucoup moins la pression commerciale. Vous serez moins frustrée.

FAIRE DES ÉCONOMIES

Créer son dressing idéal est un cercle vertueux. En faisant cette démarche, vous aurez davantage confiance en vous, vous serez moins frustrée et... vous ferez des économies ! Ne posséder que des vêtements qui nous plaisent et de bonne qualité réduit la plupart de nos pulsions d'achat et, par la même occasion, nos dépenses. Cet argent que vous économiserez, pourquoi ne pas l'investir dans d'autres plaisirs moins habituels pour vous ? Un massage, un week-end en amoureux réservé à la dernière minute, un dîner gastronomique dans un très bon restaurant ? Pour ma part, depuis que j'achète moins de vêtements, je m'offre une coupe chez un très bon coiffeur deux ou trois fois par an. Collectionner des bons moments plutôt que des choses matérielles, c'est aussi bon pour le moral que pour la planète.

REDONNER DE LA VALEUR AUX CHOSES

Je vais être honnête : créer votre dressing idéal vous demandera quelques efforts. Il faudra réfléchir à vos besoins, à vos envies réelles et à l'histoire que vous voulez raconter à travers votre style vestimentaire. À l'heure de la mode jetable où les vêtements ne sont pas fabriqués pour durer, où nous sommes appelé·e·s à consommer partout et tout le temps, il faudra faire des choix, et si possible les bons. En privilégiant la qualité plutôt que la quantité, en choisissant des matières qui durent et en vous projetant dans un avenir plus lointain. N'ayez pas peur, je suis là pour vous guider et pour partager avec vous les clés pour créer une garde-robe à votre image et durable.

C'est en prenant le temps de créer votre dressing idéal que vous donnerez de la valeur à vos vêtements. Vous apprécierez d'autant plus de porter cette belle chemise que vous avez choisie pour ses qualités (sa coupe, sa matière, son éthique, sa marque…) si vous avez dû économiser quelques mois pour vous l'offrir. Ou que vous avez renoncé à d'autres achats moins essentiels ou qui ne sont rien de plus que des envies passagères.

BOOSTER SA CRÉATIVITÉ ET SE SENTIR LIBRE

Pour finir, créer son dressing idéal permet de booster sa créativité ! Posséder moins de vêtements nous oblige à nous réinventer et à faire preuve d'imagination pour imaginer de nouvelles tenues. C'est fou le nombre de looks que l'on peut créer avec des basiques comme une chemise blanche ou une veste en jean. Mon blog de mode m'a d'ailleurs permis de sortir de ma zone de confort et de réaliser que j'étais bien plus créative que je ne le pensais. Moi qui avais tendance à m'habiller toujours de la même façon (ce qui n'est absolument pas un problème en soi), j'ai pu explorer une infinité de nouvelles combinaisons. J'ai appris à porter une même chemise de différentes manières, à booster mes basiques avec de la couleur ou avec des accessoires, j'ai osé de nouvelles coupes de jeans… Je me suis énormément amusée et aujourd'hui, je me sens plus libre, affranchie des tendances et du regard des autres. Quel bonheur de se sentir parfaitement alignée avec soi-même dans ses vêtements !

CHAPITRE 2

TRIER ET RANGER SA GARDE-ROBE EN CINQ ÉTAPES

Pour commencer, je vous propose de repartir sur de bonnes bases : trier et ranger votre garde-robe. Cet état des lieux est essentiel pour vous aider à y voir plus clair. En sortant tous vos vêtements de l'armoire, vous réaliserez vite que vous portez toujours la même chose, que certains vêtements sont démodés, trop petits ou trop grands, qu'ils encombrent votre placard mais aussi votre esprit.

Une demi-journée, c'est le minimum ; trier sa garde-robe n'est pas un acte anodin. C'est une invitation à se projeter autrement, à laisser place à la nouveauté et au changement. Mais pour que ce rangement soit vraiment efficace, vous devez être dans un état d'esprit positif et avoir du temps devant vous afin de pouvoir vous concentrer à 100 % sur ce que vous faites. On ne plaisante pas avec le tri d'une garde-robe ! Dites-vous que ces quelques heures passées au milieu de vos piles de vêtements seront autant de temps de gagné pour plus tard.

Vous êtes perdue ? Vous ne savez plus si vous devez garder ce pull violet qui ne vous va pas au teint ou si vous reporterez cette jupe à sequins un jour ? Si vous manquez totalement de confiance en vous et avez besoin d'un vrai coup de pouce, n'hésitez pas à vous faire aider par une conseillère en image. Son approche bienveillante vous aidera à passer ce cap et à retrouver le plaisir de vous habiller. Gardez toutefois à l'esprit que vous seule connaissez vos limites et que cette étape de rangement, vous la faites avant tout pour ne garder que les vêtements qui vous plaisent à vous et à vous uniquement. Il est très tentant de solliciter l'avis de votre partenaire ou de votre meilleur·e ami·e, mais à moins que le conseil en image soit leur métier, ces personnes beaucoup trop proches de vous manqueront sans doute d'objectivité. Ou n'oseront pas vous dire ce qu'elles pensent ! Or vous avez besoin de découvrir ce qui vous plaît surtout à vous.

ÉTAPE 1 : SORTIR TOUS LES VÊTEMENTS DE L'ARMOIRE

Attention, vous risquez un électrochoc. Vous constaterez sûrement que vous avez trop de vêtements comparé à ce que vous portez réellement tous les jours. C'est normal, une grande enquête menée en 2018 par l'entreprise de déménagement Movinga auprès de 18 000 personnes dans 20 pays différents a montré que les Français ne portaient que 30 % du contenu de leur garde-robe. Les 70 % restants dorment dans l'armoire le reste du temps. Quel gâchis ! Ne pas profiter des choses que l'on possède n'est ni gratifiant ni écologique, il est temps de changer cela.

« Le vêtement qui pollue le plus est celui qui reste au fond de l'armoire. »

Sortez donc tout ce qui se trouve dans votre placard, y compris les sous-vêtements, chaussettes, accessoires : foulards, ceintures, sacs à main et chapeaux. On a tendance à collectionner les chaussettes identiques, les culottes usées ou les accessoires inutiles sans se rendre compte que ça occupe une place folle. Cette méthode est très efficace pour prendre conscience que l'on accumule vite et pour se débarrasser plus facilement du superflu.

ÉTAPE 2 : LA TECHNIQUE DES TROIS PILES

Maintenant que vous avez sorti tous vos vêtements de l'armoire, faites trois piles :

→ pile n° 1 : les vêtements que vous portez tout le temps et que vous adorez (vos basiques, en quelque sorte) ;

→ pile n° 2 : les vêtements que vous ne portez jamais (des erreurs d'achat, des problèmes de taille...) ;

→ pile n° 3 : j'appelle ça la pile « seconde chance ». Ce sont les vêtements que vous ne portez pas souvent mais que vous aimez quand même. Ou les vêtements chargés en affect (votre robe de grossesse même si vous avez accouché il y a dix ans, le pull hérité de votre maman, le tee-shirt de votre premier concert de rock...).

ÉTAPE 3 : RANGER SOIGNEUSEMENT LES VÊTEMENTS DE LA PILE N° 1 DANS SON ARMOIRE

Normalement, cette pile de vêtements doit représenter vos basiques. Jeans, pantalons, pulls, tee-shirts, chemises... Rangez-les de préférence sur un portant avec des cintres.

Je n'aime pas trop plier mes vêtements et les ranger en pile dans mon armoire, je trouve que l'on n'y voit plus rien. Essayez vraiment d'aménager une penderie (même petite) dans votre placard, c'est tellement plus pratique et agréable de choisir ses vêtements quand ils sont suspendus. Et, cerise sur le gâteau, cela évite de les retrouver froissés et de perdre davantage de temps le matin !

ÉTAPE 4 : VENDRE, DONNER, RECYCLER LES VÊTEMENTS QUE L'ON NE PORTE JAMAIS DE LA PILE N° 2

Vous ne les reporterez jamais, donc ne leur faites pas de quartier. Si cela peut vous rassurer, j'ai longtemps été la fille qui garde tout « au cas où » parce que cela me faisait mal au cœur de me débarrasser de mes affaires. Parce que certaines pièces m'avaient coûté cher et que dans ce cas, les garder me donnait bonne conscience. Ou encore parce que j'attendais de grandes occasions pour les porter (un mariage, un dîner chic...), mais quand celles-ci se présentaient enfin, j'avais envie de porter autre chose, souvent des basiques de mon armoire que je rehaussais avec des accessoires chics comme une belle pochette ou des bijoux vintage dorés. Ou alors, je craquais pour une nouvelle pièce, plus adaptée à mon envie ou à mon style du moment, parce qu'entre-temps, de l'eau avait coulé sous les ponts et que les vêtements que j'avais gardés étaient déjà démodés... Toutes ces robes, escarpins et accessoires bling-bling que j'avais accumulés au fil des années m'ont fait comprendre que je devais me concentrer sur des basiques et des vêtements plus intemporels. Et que suivre les tendances à tout prix et consommer de la mode jetable (la fameuse *fast fashion*) n'était plus en accord avec mes principes et ma manière réelle de m'habiller au quotidien.

Gagnez du temps : séparez-vous rapidement des vêtements que vous ne mettez pas ou plus. La règle d'usage est que tout ce qui n'a pas été porté depuis deux ans ne le sera sans doute jamais plus.

BON À SAVOIR

Saviez-vous qu'il ne faut jamais jeter de vêtements à la poubelle ? Beaucoup d'entre eux contiennent des matières synthétiques et des produits chimiques qui ne sont pas biodégradables et peuvent être toxiques pour l'environnement. Vous pouvez choisir de donner vos vêtements à des connaissances ou à des associations autour de chez vous. Vous pouvez également les vendre sur des sites de seconde main spécialisés comme Vinted. Personnellement, je fais un mix des deux, mais je ne donne que des affaires en très bon état. Je dépose les vêtements usés ou tachés dans les bennes de recyclage de mon quartier.

Normalement, à la fin de cette étape, vous devriez déjà y voir beaucoup plus clair.

ÉTAPE 5 : LAISSER UNE CHANCE AUX VÊTEMENTS DE LA PILE N° 3, QUE L'ON NE PORTE PAS SOUVENT MAIS QUE L'ON AIME BIEN

La pile « seconde chance » est la plus compliquée à trier, car elle est brouillée par une charge affective. On hésite parfois à se séparer d'un vêtement parce qu'il nous rappelle de bons souvenirs, un amour perdu ou un idéal à atteindre, comme ce jean trop petit que vous gardez en espérant rentrer à nouveau dedans, après un régime que vous n'avez même pas encore commencé. Il y a aussi des vêtements moins évidents à porter tous les jours. Par exemple, je n'aime pas porter de jupe si je me sens fatiguée ou moche (merci les hormones), mais ce n'est pas pour ça que je n'en porte jamais ; au contraire, j'aime avoir une ou deux jupes intemporelles qui me plaisent vraiment dans mon armoire. Il faut savoir donner une chance à vos vêtements, surtout quand ils évoquent pour vous quelque chose de positif. Vous déciderez plus tard, lors d'un autre tri, ce que vous souhaitez réellement en faire. Gardez ceci en tête : vous n'êtes obligée de rien et trier votre garde-robe ne doit pas être un supplice.

J'ai mis des années à me débarrasser d'une robe moulante rose fuchsia à fleurs, que je trouverais absolument affreuse aujourd'hui mais que j'avais beaucoup portée l'année où j'ai passé mon bac, puis à la fac. Cette robe était le symbole de ma jeunesse perdue et de belles années d'insouciance, et je n'ai pu m'en séparer que très récemment. Pendant plus de quinze ans, je l'ai conservée comme une relique. Et puis un jour, en faisant un énième tri de ma garde-robe, j'ai réalisé en la voyant que je ne ressentais plus aucune nostalgie : j'acceptais enfin d'avoir vieilli. Le moment était donc venu de me séparer de cette robe rose à fleurs qui ne me correspondait plus. Je n'ai pas gagné une place folle dans mon armoire en la donnant, mais le fait de réussir à la donner fut une étape marquante dans ma vie intérieure. Remettez ces vêtements de la troisième pile dans votre armoire en les regroupant, si possible à côté des vêtements que vous portez tous les jours. Cela vous permettra de garder un œil dessus et de pouvoir agir quand bon vous semble. Soit pour les porter les jours « avec », soit pour vous en débarrasser quand vous serez enfin prête.

MES ASTUCES

POUR UN DRESSING TOUJOURS BIEN RANGÉ

Notre rêve ultime : le dressing de Marie Kondo. La réalité ? Une armoire remplie de fringues dépareillées qui tombent quand on ouvre la porte. Si nous ne pouvons pas toutes avoir une pièce entière dédiée à nos vêtements comme Céline Dion, voici quelques astuces pour une garde-robe toujours bien rangée, ou presque.

LA RÈGLE D'OR

Faites le tri régulièrement : une fois par saison, c'est bien. Vous gagnez ainsi de la place et évitez d'entasser ce qui ne sert à rien.

LES CINTRES SONT VOS AMIS

- Suspendez le maximum de vêtements possible sur des cintres, vous y verrez plus clair ! Pantalons légers (pas les jeans, trop lourds) et jupes sur des cintres à pinces, tee-shirts, robes, chemises, vestes et manteaux sur des cintres normaux. Organisez-les par catégories. Par exemple, tous les manteaux à gauche, tous les tee-shirts au milieu, etc.
- Attention : on ne suspend jamais des pulls en laine sur des cintres, car ils ont la manie de les déformer. On les range soigneusement en piles sur des étagères. Mais gare aux mites ! Après avoir testé toutes les astuces possibles (trucs de grand-mère et produits du commerce), je dois admettre que je ne suis jamais parvenue à

m'en débarrasser totalement. Si vous avez la solution miracle, n'hésitez pas à la partager avec moi.

- Ne lésinez pas sur le budget cintres : ils ne doivent pas être dépareillés au risque de s'emmêler entre eux, en plus de donner une impression de désordre. Mes préférés ? Les cintres en bois, jolis, robustes et plus écolos que les cintres en plastique. Ceux de chez Ikea sont très bien.
- On les accroche tous dans le même sens et on ne suspend qu'un vêtement à la fois, sinon on ne voit plus rien.
- Vous manquez de place et de budget pour créer la penderie de vos rêves ? Le portant en métal Mulig d'Ikea à 9,90 euros est PAR-FAIT. On peut suspendre pas mal de choses dessus et son design minimaliste s'intègre dans tous les intérieurs. C'est celui que j'utilise dans ma chambre et que l'on peut voir régulièrement sur mon blog.

LES PILES, OK MAIS...

- On les organise par catégories : une pile de jeans, une pile de pulls, etc.
- On fait des piles pas trop hautes : 5 ou 6 vêtements max, sinon tout s'écroule ou alors c'est trop serré et on ne s'y retrouve plus.
- Ne mettez jamais deux piles l'une derrière l'autre. C'est le meilleur moyen de tout renverser quand vous voulez accéder à celle du fond.
- Quand on veut prendre un vêtement au milieu de la pile, on ne tire pas dessus comme une forcenée... On sort toute la pile de l'armoire, on retire le vêtement souhaité et on remet la pile délicatement dans l'armoire.

SOUS-VÊTEMENTS, ACCESSOIRES, ON LES RANGE OÙ ?

- Le *must* est d'avoir une commode dédiée aux sous-vêtements, foulards, ceintures, etc. Le tout bien rangé par compartiments.
- Une petite étagère d'appoint avec des boîtes en tissu (sans couvercle sinon on ne voit rien) peut très bien faire l'affaire.

- Si vous avez un grand dressing, installez des crochets pour suspendre vos foulards, écharpes, chapeaux, etc.
- On range si possible ses sacs à main en cuir dans leur « dust bag » d'origine quand on ne les utilise pas, pour les protéger de la poussière et de la lumière. On ne les jette pas en vrac dans une boîte, ça les écrase ! On peut aussi les ranger à l'horizontale sur une étagère. L'objectif, dans tous les cas, est de ne pas les déformer et de les protéger des rayures.

CHAPITRE 3

POURQUOI LE DRESSING IDÉAL EST UN DRESSING RESPONSABLE ?

Bravo, vous venez de passer quelques jours à trier votre dressing pour repartir sur de meilleures bases et faire enfin la paix avec votre garde-robe. Puisque vous désirez aussi que votre dressing soit responsable, il est temps de passer à l'étape suivante : adopter une démarche durable et plus éthique dans vos futurs achats. Eh oui, le dressing idéal est celui qui vous facilite la vie et vous donne confiance en vous. Mais pour que la joie soit entière, votre dressing doit correspondre à vos nouvelles valeurs. Ce qui veut dire respecter le plus possible l'environnement et les personnes qui ont fabriqué les vêtements que vous allez porter au quotidien. C'est très important pour trois raisons :

FABRIQUER DES VÊTEMENTS POLLUE

On estime que la mode est la deuxième industrie la plus polluante. Ce classement est à prendre avec des pincettes tant il est difficile d'obtenir des chiffres avec précision. À ce jour, il existe un manque de transparence réel de la part de tous les acteurs, aussi bien des agriculteurs depuis leurs champs de coton que des fabricants et industriels, voire des marques de vêtements elles-mêmes qui ne comprennent pas toujours ce qu'elles vendent, ou qui sont incapables de remonter leur chaîne d'approvisionnement. Beaucoup de données sur l'usage des pesticides ou sur l'utilisation de l'eau sont encore tenues secrètes et ne sont pas accessibles au public. En revanche, même si certains chiffres obsolètes circulent (parfois dans le but de faire du sensationnalisme à des fins marketing), cela donne néanmoins une idée de l'ampleur du problème, et des dérives de l'industrie textile. Oui la mode pollue, et ce à tous les niveaux : de la fabrication de la matière première au dernier cycle de vie du vêtement qui n'est pas toujours biodégradable. Autant dire que l'équation la plus simple serait de ne plus fabriquer de vêtements du tout. Avec les 100 milliards de vêtements vendus chaque année dans le monde depuis plus de 20 ans[1], il y aurait de quoi habiller la planète pour un bon bout de temps.

Aujourd'hui, la majorité des vêtements que nous portons contiennent encore des pesticides, des métaux lourds et des perturbateurs endocriniens qui menacent notre écosystème mais aussi notre santé. On pense souvent, à tort, que les matières dites « naturelles » sont moins polluantes, mais ce n'est pas toujours vrai. Prenons l'exemple du coton. Il représente à lui seul 25 % de la production textile dans le monde (selon l'Ademe). C'est la deuxième fibre la plus utilisée après le polyester, et sa culture ferait vivre environ 150 millions de personnes qui en tirent leurs revenus, soit environ 2 % de la population mondiale. Or, si le coton est une fibre naturelle, sa production, elle, ne l'est pas toujours. Une bonne dose de pesticides et beaucoup, beaucoup, d'eau sont parfois nécessaires à sa récolte afin de suivre la demande mondiale. Quant au coton biologique, souvent présenté comme la solution magique à tous nos problèmes, il ne représenterait seulement que 1 % du coton utilisé dans le monde[2]. Pas encore de quoi sauver la planète, donc.

Pour autant, le coton est parfois injustement montré du doigt, alors que d'autres matières bien pires sur le plan environnemental mériteraient d'être davantage dénoncées (je pense au polyester, qui, rappelons-le, est une matière issue de la pétrochimie !).

Comme je le disais plus haut, beaucoup de chiffres qui circulent dans les médias ou sur les réseaux sociaux sont issus de vieilles études datant des années 1990/2000. Ils n'ont plus vraiment de valeur aujourd'hui, tant ils sont sortis de leur contexte social ou géographique.

LE COTON : DÉMÊLER LE VRAI DU FAUX

Le coton est souvent blâmé pour la quantité d'eau et de pesticides que sa culture requiert. C'est l'un des exemples les plus cités lorsqu'il s'agit d'évoquer les dérives de l'industrie textile et l'argument numéro 1 des marques pour défier la concurrence et vous vendre

1. Selon l'Ademe (Agence de la transition écologique), infographie « La mode sans-dessus-dessous ».

2. Selon Textile Exchange, dans un rapport publié le 30 juin 2021, intitulé « Record Organic Cotton Production un 2019/20, Shows Textile Exchange Report » .

du coton biologique. Mais selon un rapport de Transformers Foundation publié en juillet 2021[3], il est urgent de lutter contre la désinformation : beaucoup de chiffres à propos du coton sont obsolètes voire complètement faux.

L'un des chiffres que nous voyons apparaître le plus souvent est celui-ci : il faudrait 20 000 litres d'eau pour fabriquer un tee-shirt en coton. La culture du coton consommerait également à elle seule 1/4 de la production mondiale de pesticides. Mais selon Transformers Foundation, ces chiffres ne sont basés sur aucune statistique fiable et ne représentent pas la réalité d'aujourd'hui. Premièrement, ils font circuler l'idée que le coton a besoin de tellement d'eau qu'il ne peut pousser dans les régions arides uniquement grâce à l'intervention de l'homme et à une irrigation mécanique. Or, le coton est une plante adaptée aux régions sèches comme l'Égypte, la Turquie, ou la Grèce. C'est précisément parce qu'il peut survivre à ce climat aride et produire une récolte que les agriculteurs choisissent de cultiver le coton ! Si cette idée que le coton est gourmand en eau est tant véhiculée, c'est que sa culture a parfois lieu dans des régions soumises à un stress hydrique (pénurie d'eau), comme l'Ouzbékistan.

De plus, il est important de faire le distinguo entre l'eau de pluie avec laquelle le coton pousse naturellement (eau verte), et l'eau issue de nos rivières et réserves souterraines (eau bleue) car cela varie considérablement en fonction des pays. Certains agriculteurs n'utilisent que l'eau de pluie (eau verte) et d'autres utilisent l'irrigation (eau bleue) ou un mélange des deux. Un peu plus de la moitié (52 %) de tout le coton mondial est pluvial, en Afrique ce chiffre atteint même 95 %. À l'inverse, l'Égypte, l'Australie ou l'Iran, ont l'empreinte en eau verte la plus faible. Mais qu'advient-il de ces eaux une fois utilisées ? Sont-elles nettoyées et réutilisées ?

Vous voyez bien à la lecture de ces quelques lignes que nos fameux 20 000 litres d'eau nécessaires pour la fabrication de nos vêtements n'ont plus beaucoup de sens : la consommation d'eau, lorsqu'elle est sortie de son contexte, n'est pas à elle seule un indicateur valable pour mesurer l'impact environnemental d'un vêtement. Ce chiffre a notamment été donné par la World Wildlife Fund dans un rapport intitulé : *L'impact du coton sur les ressources en eau douce et les écosystèmes,* datant de... 1999 ! Selon Transformers Foundation, ces données

3. https://www.transformersfoundation.org/

ne doivent plus être utilisées : la désinformation brise la confiance mutuelle entre l'industrie et les consommateurs. Or, l'heure est plutôt à inviter les consommateurs à réfléchir à ce qu'ils achètent et les industriels à développer de meilleures pratiques dans l'utilisation des fibres.

Il en va de même pour l'impact lié aux pesticides ou l'impact social (conditions de travail). Sur ce plan, la culture du coton est loin d'être rose. Le scandale révélé au grand jour en 2020 lié au travail forcé des milliers de Ouïgours en Chine dans des camps d'internement nous l'a rappelé à juste titre. Cela est impardonnable, et s'il y a bien un point sur lequel nous ne pouvons pas débattre ni apporter de nuance, c'est bien celui des conditions de travail des personnes qui fabriquent nos vêtements.

Pour le reste, je ne peux que vous conseiller d'apprendre à lire au-delà des chiffres, à croiser les informations et à toujours vérifier vos sources quand vous le pouvez. Analyser une situation par vous-même est le seul moyen de développer votre libre-arbitre !

Gardez à l'esprit que la mode est avant tout une industrie commerciale. Beaucoup de faux chiffres circulent uniquement dans le but de faire du sensationnalisme, aussi bien sur les réseaux sociaux dans le but de gagner des likes et des abonnés, que de la part des marques qui les utilisent à des fins marketing en faisant du *greenwashing*.

UN DRESSING IDÉAL EST UN DRESSING QUI DURE

Ainsi, si nos vêtements s'usent naturellement avec le temps, les remplacer à chaque saison apparaît de plus en plus comme un mauvais calcul. Le shopping est peut-être un plaisir pour certaines d'entre nous, mais c'est aussi une activité très chronophage, y compris le shopping en ligne. Certes, en achetant sur internet, vous gagnez le temps de déplacement et évitez la queue pour les essayages laborieux en cabine ou à la caisse. Mais l'inconvénient est que vous ne pouvez pas essayer les vêtements avant de valider votre panier et en plus, vous payez souvent des frais de port. Si par malheur, quand votre commande arrive, rien ne vous va, il faut tout renvoyer à l'expéditeur ! Refaire l'emballage, aller à la poste... Avez-vous vraiment envie de vous infliger cela aussi souvent ? C'est d'ailleurs l'une des raisons pour lesquelles j'achète peu sur internet, en plus du besoin que j'éprouve à toucher le vêtement et à l'examiner sous toutes les coutures avant de faire un choix éclairé. Par ailleurs, vous devez absolument choisir des vêtements de bonne qualité, parce que jeter des vêtements abîmés ou usés alors qu'ils n'ont été portés que peu de fois est un spectacle désolant et très agaçant. Combien de fois ai-je eu le sentiment désagréable d'avoir gaspillé mon argent pour des tee-shirts achetés quelques euros, mais qui ne passaient pas l'été ? Loin d'être une bonne affaire, voilà l'une des pires dérives de la mode jetable à mon sens, ce miroir aux alouettes qui vous donne le sentiment d'avoir plus en dépensant moins d'argent, tout en sachant que des tonnes de vêtements termineront leur vie dans une déchetterie quelques mois plus tard. Devoir systématiquement remplacer des vêtements de piètre qualité qui s'usent très vite est une mauvaise stratégie qui risque de vous coûter beaucoup plus cher à la longue. Mieux vaut investir son argent dans des vêtements résistants qui traversent les saisons d'année en année. Constater que les vêtements que vous aimez vous accompagnent longtemps est une immense source de satisfaction ! Non seulement parce que vous ferez des économies, mais aussi parce que vous serez très fière d'avoir fait les bons choix. Et puis, c'est quand même plus agréable de s'habiller avec de beaux vêtements bien coupés et fabriqués dans de belles matières nobles, vous ne trouvez pas ?

LA LIVRAISON « OFFERTE » : EST-CE VRAIMENT UN CADEAU ?

Le shopping en ligne est une belle invention pour se faciliter la vie... à condition de rester raisonnable ! Sur la plupart des gros sites, la livraison et les retours sont offerts. Mais en réalité, il ne s'agit pas de vous faire plaisir : c'est surtout un moyen efficace de vous faire acheter plus. Alors avant de dégainer votre carte bleue, gardez en tête que les achats compulsifs en ligne ne sont pas un cadeau pour votre porte-monnaie ni pour la planète. À elles seules, les livraisons représentent 10 % des gaz à effet de serre de tous les transports réunis[4] (dont un tiers concerne la mode !). Sans parler de tous ces emballages plastiques parfois inutiles pour transporter votre nouvelle robe.

Voici quelques conseils pour limiter autant que possible votre impact écologique lorsque vous achetez en ligne :

- Évitez de commander le même produit en plusieurs tailles afin de limiter les retours inutiles. Lisez bien la fiche produit et les conseils taille renseignés par le site Internet. De nos jours, les petites marques affichent volontiers un tableau de mesures pour vous aider à choisir la bonne taille. Si nécessaire, n'hésitez pas à leur demander conseil directement.

4. Reportage ARTE : « Les dessous de la mode à bas prix », diffusé en 2021.

- Optez pour une livraison en point relais plutôt qu'à domicile ; cela évite les allers-retours des transporteurs si vous n'êtes pas chez vous au moment de la livraison. De plus, les livraisons en point relais sont calculées pour être groupées et optimisées.
- Évitez les livraisons « express » en 24 heures, ce sont les plus polluantes car elles exigent un véhicule dédié à votre livraison. Anticipez donc vos achats pour éviter de devoir commander à la dernière minute (exemple : la fameuse commande passée le 23 décembre au soir).
- N'achetez rien sur Internet en pleine nuit, en cas de gros chagrin, ou parce que vous avez cinq minutes à perdre… ce sont rarement des achats réussis.

SON DRESSING REFLÈTE LA PERSONNE QUE L'ON A ENVIE D'ÊTRE

On dit que l'habit ne fait pas le moine. C'est vrai et faux à la fois. Personnellement, je trouve un peu hypocrite de dire que l'on ne se soucie pas de son apparence ni de l'image que l'on renvoie aux autres. Nos vêtements et nos tenues racontent forcément quelque chose de nous, même si l'histoire est simple. Il est naturel de vouloir montrer une bonne image de soi à travers sa manière de s'habiller. Aimer la mode, s'habiller ou même suivre les tendances a longtemps été considéré comme quelque chose de superficiel, et c'est dommage. Les vêtements sont de merveilleux compagnons au quotidien et un formidable moyen de stimuler sa créativité, de s'amuser et de se réinventer. Ce n'est pas pour rien que beaucoup de femmes changent de garde-robe à des moments clés de leur vie.

Ce courant de pensée qui veut que la mode soit superficielle, bien qu'elle soit l'une des industries les plus juteuses, est heureusement en train de changer au nom de l'écologie. La peur du réchauffement climatique et, surtout, notre préoccupation pour l'avenir de nos enfants sont en train de modifier nos comportements de consommation. On mange local, bio quand on peut et on recycle enfin nos déchets. Pour la mode, c'est pareil. Même s'il reste encore beaucoup à faire, nous avons pour la plupart commencé à la consommer différemment. En achetant peut-être un peu moins de vêtements et en les choisissant mieux. Peut-être avez-vous même déjà acheté un vêtement en seconde main, comme c'est le cas de quatre Français sur dix en 2019, selon un sondage de l'Institut français de la mode ? Dans tous les cas, il est important que votre dressing représente vos valeurs et soit aligné avec la personne que vous avez envie d'être. Posez-vous ces questions : est-ce que ma garde-robe correspond au changement que j'ai envie d'amorcer dans ma vie ? Suis-je à l'aise avec son contenu ? Il y a quelques années, je me suis débarrassée d'un manteau noir en fourrure de lapin magnifique que j'avais acheté sur un coup de tête avec une amie pendant les soldes. À l'époque, la vraie fourrure animale était encore à la mode et j'avais l'habitude de suivre les tendances. Mais je n'ai jamais réussi à porter ce manteau, j'avais très peur du regard des gens. Allaient-ils penser que j'étais une personne cruelle ? J'adore les animaux, mais je ne suis pas une militante active de la cause animale. Pourtant, je n'avais pas envie d'être cette personne qui porte un animal mort sur le dos. Le manteau en lapin est donc resté dans l'armoire pendant des années, avec ses étiquettes. Je n'osais même pas le vendre sur un site d'occasion tellement j'avais honte !

Derrière chaque vêtement, il y a aussi la question de la justice sociale. Bien sûr, vous n'avez pas envie de porter des vêtements fabriqués par des gens dont les droits sont bafoués et qui travaillent dans les pires conditions qui soient, à l'autre bout du monde. D'ailleurs, il ne s'agit pas que de cela : l'industrie de la mode révèle son lot de mauvaises surprises, comme nous le verrons plus loin. Mais comment savoir ce que l'on achète ? Je vais vous aider à comprendre ce qui se cache derrière l'étiquette de vos vêtements, afin que vous puissiez créer le dressing de vos rêves le plus éthique possible.

Oui ! Vous pouvez décider que votre dressing soit le reflet de votre personnalité et de vos valeurs. C'est une excellente raison de redonner du sens à vos futurs achats.

CHAPITRE 4

LE DRESSING DURABLE DES ENFANTS

Ah, la mode enfantine. En voilà un sujet sur lequel il y a des choses à dire. Même s'ils grandissent vite et changent de taille régulièrement, nos enfants aussi ont le droit à leur dressing idéal et responsable. Certes, ils ne sont pas en représentation. Nous n'attendons pas d'eux qu'ils soient sur leur trente-et-un à l'école, ce sont des petits êtres encore libres et innocents (et on les envie un peu). En revanche cela ne signifie pas que la manière de les habiller n'a aucune importance. Au contraire les enfants ont des besoins encore plus impérieux que les nôtres.

En tant que maman de deux garçons de onze et cinq ans (et qu'il faut rhabiller tous les ans), je sais à quel point faire du shopping pour eux est une activité chronophage. Si vous vous dites que vous ne vous en sortez pas avec la gestion de la garde-robe de vos enfants, rassurez-vous : moi non plus. J'ai commis plein d'erreurs d'achats, surtout pour mon fils aîné. Moi aussi, je me suis fait avoir en craquant pour des tonnes de vêtements super mignons mais peu pratiques. J'ai acheté et testé la plupart des marques, grandes ou petites, de *fast fashion* ou de petits créateurs. J'ai été déçue par la qualité de certaines pourtant réputées, et à l'inverse, surprise par la solidité des vêtements de grandes enseignes. Et j'en suis arrivée à cette conclusion : habiller ses enfants de manière efficace et durable est encore plus difficile que pour nous. En particulier car le marché de la mode enfant n'est pas toujours adapté à la vraie vie. Un exemple tout bête : en hiver il est très difficile de trouver des pulls bien chauds ou 100 % laine pour les petits. Ou alors, on en trouve à prix d'or, que beaucoup de parents ne sont pas prêts à dépenser, quand ce n'est pas carrément un manque de moyens financiers.

Est-ce que cela signifie que les marques se fichent complètement que nos enfants aient froid ? Pas sûr. C'est plutôt un problème de coût. Confectionner un vêtement pour enfants revient presque aussi cher que fabriquer un vêtement en taille adulte. Le coût de la main-d'œuvre est quasiment le même. Or, si nous sommes prêtes à casser notre tirelire pour nous offrir un beau pull en laine que l'on pourra conserver des années, nous avons du mal à faire de même pour nos enfants, surtout s'il faut recommencer tous les ans. Et donc, puisque vendre des pulls en laine trop chers ne serait pas rentable pour les marques, celles-ci préfèrent ne pas prendre de risque et n'en font tout simplement pas fabriquer, ou peu.

Alors, comment constituer une garde-robe pratique et durable à vos enfants sans vous ruiner ni surconsommer de la *fast fashion* ? Bien entendu, il n'y a pas de solution magique à ce casse-tête : il faut composer avec les moyens et le temps dont vous disposez. Mais pour vous guider dans vos futurs achats, qu'il s'agisse d'habiller vos propres enfants ou si vous avez un cadeau à offrir, voici mes conseils, basés sur ma propre expérience ainsi que celle des lectrices de mon blog avec lesquelles j'échange régulièrement sur cette thématique.

MES SITES DE SECONDE MAIN PRÉFÉRÉS POUR ENFANTS

Il n'y a pas que Vinted pour acheter en seconde main ! Voici mes adresses en ligne préférées pour chiner des vêtements d'occasion à vos enfants et renouveler leur garde-robe à prix doux. Ces sites ont l'avantage de proposer des sélections pointues parmi les plus belles marques pour enfant, et toujours en excellent état. Trop stylé !

- Il était plusieurs fois : du classique chic de 0 à 16 ans à chiner parmi plus de 300 marques référencées sur le site (Bout'chou, Bonton, Cyrillus, Petit Bateau…). Également une rubrique vintage pour les amoureuses des petits looks rétro.
https://www.iletaitplusieursfois.com/

- By Bambou : un concentré de jolies pièces tendance et de petits créateurs plus confidentiels (Emoi Emoi, Poudre Organic, Studio Bohème, Emile et Ida…). Chaque semaine l'équipe envoie une sélection de nouveautés directement dans votre boîte mail si vous le souhaitez.
https://www.bybambou.com/

- Bonâge : une sélection de pépites en excellent état réalisée par Sophie, la fondatrice de ce joli site. Uniquement des marques de créateurs comme Bonpoint, Bonton, Marlot, Blune… https://www.bonage.fr/

- Salopettes et petit col : des nouveautés à découvrir tous les jours de 0 à 10 ans. La sélection mélange des marques classiques (Jacadi, Tartine et Chocolat, Bonpoint…) et plus tendance (Arsène et les Pipelettes, Frangin Frangine, La Petite Collection, entre autres). https://salopettepetitcol.com/

- Graine de Mômes : une sélection minutieuse et pointue de plus de 2 000 articles de 0 à 12 ans, avec des pièces dans l'air du temps comme des bloomers ou des barboteuses. https://www.grainedemomes.com/

- Marcel et Fifi : ce site belge propose de jolies pièces pour les enfants de 0 à 8 ans à des prix vraiment très doux, ainsi que des jouets et articles de puériculture. https://www.marceletfifi.be/

- De filou en filou : encore une belle sélection de 0 à 12 ans. Avis aux mamans des Hauts-de-France, ce site basé à Lille vous propose également de vendre les vêtements de vos enfants. Il suffit de prendre rendez-vous avec l'équipe qui vous reçoit dans ses locaux et s'occupe de tout pour vous. https://www.defilouenfilou.fr/

Tous ces sites proposent également de vendre les vêtements de vos enfants et se chargent de tout : prise des photos, mise en ligne, vente et expédition des articles. Certains rachètent directement vos articles contre un paiement immédiat, d'autres vous reversent une commission après la vente de vos articles. Avant de vous décider, n'hésitez pas à vérifier les conditions pour chacun d'entre eux.

LE CONFORT = LA PRIORITÉ NUMÉRO 1

Cela semble évident et pourtant… Il y a dix ans, je rédigeais déjà un article sur mon tout premier blog au sujet du confort des vêtements d'enfants. Je reprochais aux marques de vouloir habiller nos enfants (et surtout les bébés) comme des adultes miniatures, avec des jeans, des chemises, des polos et même des chaussures style baskets (souvent en plastique) pour les nouveaux-nés. Avec une mention spéciale pour les vêtements de cérémonie et les mini-costumes trois-pièces et cravate.

Dieu merci, on en trouve de moins en moins aujourd'hui. La mode enfant a changé et tend à devenir de plus en plus cosy et confortable ; et je pense que c'est en partie grâce aux petits créateurs engagés et écoresponsables. En effet, beaucoup de marques créées ces dernières années sont nées d'un besoin, ou plutôt de la constatation d'un manque de choix de vêtements jolis, pratiques et sains sur le marché de la mode enfant. Ainsi, de nombreuses jeunes mamans se sont lancées dans l'entreprenariat à la suite de leur propre expérience... pour notre plus grand bonheur, mais surtout celui de nos enfants, qui méritent autant que nous d'être bien habillés, avec des vêtements confortables et inoffensifs pour leur santé.

À la crèche, à l'école et même lorsqu'ils sont ados, les enfants explorent constamment leurs limites. Ils bougent sans cesse et ont besoin de pouvoir marcher, courir, grimper au toboggan à leur guise sans être entravés par des vêtements qui les serrent ou les gênent d'une quelconque manière. C'est encore plus vrai pour les bébés qui apprennent à se retourner, se mettre debout puis à marcher. Les vêtements en coton molletonné sont idéals pour les enfants, ils apportent la souplesse et la douceur dont ils ont besoin et aident à réguler leur température corporelle. Si les bodys sont les meilleurs amis des bébés jusqu'à deux ans, ce n'est pas pour rien ! Pratique à mettre et à enlever, le legging en coton est également un indispensable du trousseau des nourrissons. Je n'ai jamais compris pourquoi on trouve encore des jeans au rayon bébé en taille 3 mois ou 6 mois. En effet, si le jean est la pièce culte du vestiaire des parents, c'est la pièce la moins confortable pour les bébés ! C'est raide, froid, pénible à enfiler et ça n'a rien de douillet, sans parler de l'épaisseur de la couche qui complique encore un peu tout ça. Mes enfants n'ont jamais voulu en porter. J'ai aussi le souvenir que nous avions reçu des tas de mini jeans en cadeaux de naissance, qui n'ont jamais servi. Quand Basile était bébé, en hiver je lui mettais des petits bloomers (culottes bouffantes) avec des collants en laine, tant il est difficile de trouver des pantalons chauds pour les petits à cette saison. Non seulement je le trouvais adorable dedans (j'adorais ce petit look rétro !) mais j'étais surtout certaine qu'il n'aurait pas froid.

Il y a également une catégorie de vêtements que j'appelle « compliqués » comme les chemises à boutons trop ajustées, les blouses à collerettes (souvent trop serrées), les jupes qui tournent et qui remontent... Elles sont plutôt à réserver pour les grandes occasions, surtout si vos enfants ne savent pas encore se débrouiller seuls. Oui aux blouses en gaz de coton un peu amples et faciles à enfiler (mes préférées sont chez Poudre Organic), aux combinaisons et salopettes en molleton, aux gilets à zip faciles à fermer, aux sweats colorés, aux pantalons souples à taille élastique. Il n'y a pas que les joggings ou les leggings. Au printemps, les pantalons en lin fluide et, en hiver, les pantalons en velours côtelé sont une bonne alternative, pour les filles comme les garçons.

Dans tous les cas, avant de choisir un vêtement pour un enfant, demandez-vous si vous-même auriez envie de le porter tous les jours. Si la réponse est non, épargnez cet inconfort à votre enfant.

LES MEILLEURES MARQUES ÉCO-RESPONSABLES POUR ENFANTS

Pour aller encore plus loin, voici une liste de jeunes marques françaises respectueuses de l'environnement et engagées pour une mode meilleure. Celles-ci proposent des pièces stylées qui répondent au besoin de confort des enfants. Des pépites à suivre de près !

- Studio Bohème : des pièces unisexes jusqu'à 6 ans, en coton biologique certifié GOTS. Des bodys, leggings, barboteuses et tee-shirts aux couleurs patinées et aux motifs délicats. C'est ma marque préférée pour les bébés. (Fabrication : Portugal) https://studioboheme-paris.com/

- Poudre Organic : encore des bons basiques unisexes en coton bio et faciles à mixer. Mention spéciale pour les leggings aux couleurs tendres et les blouses en gaze de coton, qui permettent de créer des looks chic et confortables. (Fabrication : Portugal) https://www.poudreorganic.fr/

- Minabulle : encore une marque que j'adore ! Minabulle propose des vêtements poétiques dans une palette de couleurs rares et élégantes. Parmi mes coups de cœur, le gilet Amarok aux oreilles d'ourson, tellement chou et pratique. (Fabrication : Portugal) https://minabulle.com/

- Elémentaire Paris : une marque pétillante et haute en couleurs qui propose des sous-vêtements (culottes, débardeurs, boxers) et vêtements basiques (sweatpants et sweats) en coton biologique jusqu'à 12 ans. La marque se définit comme une entreprise à mission et a créé un fonds de dotations en 2020, afin de soutenir des associations qui luttent pour l'égalité des chances. (Fabrication : Portugal et France) https://elementaireparis.com/

- Frangin Frangine : des pièces alliant confort et longévité pour des looks tendance et un brin rétro. Salopettes, barboteuses et blouses en gaze de coton forment le cœur de la collection. Jusqu'à 12 ans. (Fabrication : Portugal et Bulgarie) https://www.franginfrangine.com/

- La Petite Collection : des blouses en liberty, des robes à carreaux ou des pantalons en velours… la marque propose des pièces intemporelles aux accents légèrement rétro. J'aime

tout particulièrement les pantalons, pulls et gilets en tricot (laine et coton bio) confortables et bien chauds. Les couleurs sont magnifiques ! La Petite Collection c'est également du très beau linge de lit pour bébé et enfant aux couleurs tendres, en lin ou en coton bio. (Fabrication : Portugal et France)
https://www.la-petite-collection.com/

- Comète Paris : une très jolie marque de pyjamas en coton bio imaginée pour faciliter la vie des parents. Adieu les boutons à pression (un enfer quand il faut changer les bébés la nuit !), vive la fermeture Éclair ! Déshabiller un bébé n'a jamais été aussi simple. (Fabrication : Portugal)
https://www.cometeparis.com/

DES VÊTEMENTS SOLIDES ET RÉSISTANTS

Oui, les enfants poussent comme des champignons, et c'est un peu rageant de dépenser de l'argent pour des vêtements qu'ils ne vont mettre que quelques mois. Et pourtant… rogner sur la qualité c'est prendre le risque de devoir remplacer certains vêtements plusieurs fois dans la saison. Eh oui, les enfants adorent se jeter par terre, grimper partout et tombent souvent. Alors la question de la solidité des vêtements se pose inévitablement. Mais un vêtement solide ne veut pas nécessairement dire un vêtement cher. Faites exactement comme lorsque vous choisissez un vêtement pour vous : vérifiez sa composition sur l'étiquette, l'épaisseur du tissu, examinez les finitions pour voir si les boutons sont bien cousus, si les fermetures Éclair sont de bonne qualité (ce point est important car réparer une fermeture Éclair est toujours pénible et un peu coûteux). Si elle glisse mal ou se coince dès les premières utilisations, ce n'est jamais bon signe. De plus, votre enfant risque de se blesser.

Pour les enfants très énergiques, certaines marques comme Vert Baudet proposent des modèles de pantalons dits « indestructibles » renforcés aux genoux. Cela n'empêche pas les trous au bout de quelques mois, mais rallonge quand même un peu la durée de vie du pantalon.

Quoi qu'il arrive, vous ne pourrez pas empêcher vos enfants de se salir et d'abîmer leurs vêtements. D'où l'importance de choisir des matières faciles à entretenir comme le coton que vous pourrez laver et détacher facilement à 60 degrés si nécessaire, ou certains mélanges de laine naturelle avec de l'acrylique qui résistent très bien au lavage. C'est le cas par exemple des pulls marins Armor Lux composés à 50 % de laine et 50 % d'acrylique, très chauds et résistants. Dans ce cas précis, la laine naturelle apporte la chaleur et l'acrylique la résistance. En revanche, évitez les mailles avec des cocktails de matières synthétiques douteux comme le polyamide ou l'élasthanne qui non seulement ne tiennent pas chaud mais rétrécissent au lavage et se déforment.

Choisir des vêtements de bonne qualité, qui durent longtemps, est une bonne stratégie si vous avez plusieurs enfants. C'est pour cette raison que j'adore les vêtements mixtes (non genrés) et intemporels : ils peuvent servir à toute la fratrie et avoir plusieurs vies. Le ciré et les pyjamas Petit Bateau, les bottes de pluie Aigle, le pull marin Armor Lux ne sont pas seulement des clichés bretons. Ce sont des valeurs sûres qui durent et se transmettent. Idem pour les doudounes si elles sont de bonne qualité ou les accessoires (bonnets ou écharpes en laine).

DES VÊTEMENTS SAINS

La peau des enfants est plus fine et sensible que la nôtre, et nécessite une attention particulière. En Europe, le règlement REACH encadre depuis 2007 l'usage des substances toxiques contenues dans nos vêtements. Cela concerne de nombreuses substances cancérogènes, toxiques pour la reproduction, ainsi que de nombreux perturbateurs endocriniens que l'on peut retrouver dans les tissus, les teintures et même les accessoires types zips (qui contiennent du nickel ou du chrome), boutons... La liste des substances soumises à ces restrictions s'allonge régulièrement mais malheureusement elles ne sont pas systématiquement interdites (*sic*) à condition de ne pas dépasser un certain seuil. Pire : il n'existe aucune réglementation spécifique dans le règlement REACH à l'attention des vêtements d'enfants, qui y sont donc encore plus exposés ! Oui, ça fait peur. La bonne nouvelle, quand même, c'est que de nombreux contrôles effectués ces dernières années (avec analyse chimique en laboratoire) ont montré une amélioration de la situation en ce qui concerne l'utilisation des produits dangereux. Les marques les utilisent de moins en moins mais il reste encore beaucoup d'efforts à faire.

En attendant, privilégier les matières naturelles (et biologiques quand cela est possible) comme le coton ou le lin reste un bon moyen de limiter les substances toxiques dans la garde-robe. Les labels GOTS (le plus fiable) ou OEKO-TEX apportent déjà de nombreuses garanties, aussi bien pour la santé de vos enfants que pour l'environnement. Je vous conseille d'éviter au maximum les vêtements à paillettes ou à sequins (même si c'est très tentant !) archi-polluants et bourrés de micro-plastiques. En plus, les plus petits pourraient les avaler. Attention aussi aux imprimés, et notamment les flocages en plastique (imprimés collés) qui contiennent des phtalates, un perturbateur endocrinien redoutable pouvant menacer la fertilité et la santé des fœtus. Préférez les jolies broderies quand c'est possible, ou les modèles de tee-shirts et sweats unis.

Lavez systématiquement les vêtements neufs de vos enfants avant de leur donner, plusieurs fois si nécessaire, avec une lessive hypoallergénique ou éco-certifiée (c'est encore mieux). La fameuse « odeur de neuf » cache en fait beaucoup de produits chimiques en surface. Plus un vêtement a été lavé, moins il est toxique : la seconde main est donc une super alternative écologique, en plus d'être économique.

LES BASIQUES DE LA GARDE-ROBE DES ENFANTS

Faciles à mettre, confortables et jolis, voici quelques basiques indispensables et indémodables pour faciliter l'habillage de vos enfants le matin. Ce sont des vêtements mixtes et durables que vous pourrez transmettre entre plusieurs enfants, filles ou garçons ! Je cite des marques uniquement à titre indicatif pour faciliter vos recherches, que ce soit directement en boutique ou sur des sites de seconde main.

Pour les enfants à partir de 3 ans :

- un sweat à capuche zippé gris chiné ou bleu marine (GAP, Bout'chou...)
- un ciré jaune ou bleu marine (Petit Bateau)
- des bottes de pluie style Aigle
- des sous-vêtement techniques pour l'hiver, style Heattech Uniqlo, Damart ou tee-shirts de ski chez Décathlon (moches mais pratiques !)
- une paire de baskets blanches style Stan Smith qui va avec tout : jeans, joggings ou même une robe avec une paire de collants en laine
- une paire de sandales en cuir Salt-Water, idéales à la ville comme à la plage (elles vont dans l'eau)
- une marinière en coton l'été ou un pull marin en laine en hiver (Armor Lux, Saint James, Petit Bateau)
- une chemise en jean à porter ouverte sur un tee-shirt ou fermée sous un pull (Monoprix, Cyrillus)
- un jean confortable ou un pantalon en velours à taille élastique
- une bonne parka à capuche (Cyrillus, GAP, Sergent Major...)
- un pull en cachemire, à chiner d'occasion (Monoprix, Zara, Acanthe)

Pour les bébés :

- des leggings en coton bio (Poudre Organic, Studio Bohème...)
- des barboteuses ou des bloomers en gaze de coton à porter avec des collants en laine pour avoir bien chaud (Bonton, Poudre Organic, Frangin Frangine, Marlot...)
- un gilet sans manches en moumoute (Cyrillus, La Redoute, Bout'chou,

Bonton, Minabulle...) : pratique car il s'enfile en deux secondes sur un pull ou un tee-shirt à manches longues. Et il est idéal pour jouer à la maison ou à la crèche !

- des chaussons en cuir souples (Tichoups, Bibalou)
- des petits cardigans unis en maille souple, coton ou laine (Bonton, Cyrillus, Petit Bateau, Bout'chou...)

LA SECONDE MAIN : N'OUBLIEZ PAS D'ANTICIPER

Exactement comme pour vous, acheter les vêtements de vos enfants en seconde main reste la meilleure manière de renouveler leur garde-robe sans vous ruiner, tout en faisant un geste écologique. La seule différence est que les enfants grandissent vite, donc il vaut mieux anticiper quelques achats. Ainsi, vous ne serez pas prise au dépourvu lorsque la saison sera venue ! En effet, chiner sur les sites de seconde main prend du temps et les délais de livraison sont souvent plus longs que sur un site de marque classique. Sur Vinted, les vendeurs ont jusqu'à 5 jours pour vous expédier votre commande. À cela s'ajoute le traitement de votre colis par le transporteur (par exemple Mondial Relay) si bien que le temps de recevoir votre article, il peut se passer dix jours. Pas génial si l'hiver est arrivé d'un coup et que votre enfant a besoin d'un manteau chaud maintenant. Ou qu'il n'a plus de pantalon à sa taille pour aller à l'école. Anticiper les besoins de ses enfants est la clé pour réussir ses achats en seconde main. D'autant plus que Vinted et autres sites de seconde main (voir l'encadré « mes sites de seconde main préférés pour les enfants ») regorgent de petites pépites à peine portées tant les enfants (surtout les bébés) grandissent vite ! Il y a vraiment moyen de faire de belles affaires : c'est grâce à la seconde main que j'ai pu me faire plaisir et habiller mes enfants avec certaines marques que j'adore comme Bonton, Mini Rodini, Bobo Choses ou Stella McCartney for Kids. Ce sont des marques de qualité et très tendance dont j'adore le style mais qui sont inabordables pour moi en temps normal.

Bien sûr, je ne suis pas une maman parfaite. J'achète encore régulièrement des vêtements neufs pour mes garçons dans des enseignes de *fast fashion* pour des raisons pratiques (lorsque je suis pressée et que je n'ai pas pris le temps d'acheter en seconde main justement). Tout particulièrement des pantalons, car c'est un vêtement que les enfants abîment vite et que l'on trouve peu en bon état et d'occasion. Surtout pour les plus grands. En effet, s'il y a beaucoup de choix de vêtements d'occasion pour les bébés ou les petites tailles jusqu'à 6/8 ans, il est plus difficile de trouver des belles pièces en taille 10 ou 12 ans.
Ne négligez pas les vide-greniers et autres marchés aux puces, on peut aussi faire de

très belles affaires en achetant des lots à des prix parfois dérisoires.

Dans tous les cas, passer un peu de temps à chiner des vêtements de qualité pour ses enfants est une activité agréable qui s'avère gagnante, tant sur le plan écologique que sur le plan financier.

CHAPITRE 5

LE MINIMALISME N'EST PAS UN CONCOURS

Il paraît que posséder moins de choses nous rendrait plus heureux·ses, en plus d'être un beau geste pour la planète. Partout, dans les médias, on nous encourage à revenir à l'essentiel et à essayer de produire le moins de déchets possible. Sur la toile ou les réseaux sociaux, on voit fleurir de nombreux comptes à la gloire du minimalisme et du zéro déchet, érigés comme le nouveau mode de vie à adopter absolument. D'ailleurs, vous n'avez sans doute guère échappé à la folie Marie Kondo ni à sa méthode de rangement qui a fait le tour du monde. Sa méthode consiste, rappelons-le, à se débarrasser du superflu pour ne garder que les objets qui nous procurent de la joie. Mais comment fait-on quand tous les objets qui nous entourent nous rendent heureux·ses ? Doit-on quand même les jeter au nom du sacro-saint minimalisme et de l'écologie ? Je suis la première à dire qu'il y a une réelle urgence à moins consommer. Mais cette idée de juger l'engagement citoyen d'une personne en fonction de la taille de son dressing ou de la quantité d'objets qu'elle possède m'agace un peu.

LA DIFFICULTÉ DE SORTIR DE SA ZONE DE CONFORT

La première raison évidente qui me fait dire que le minimalisme n'est peut-être pas pour tout le monde, c'est que chacune de nous évolue à son rythme. Cela ne veut pas dire que tout le monde n'est pas capable de raisonner sa façon de consommer. Mais nous n'avons pas toutes les mêmes priorités ni les mêmes sensibilités. Peut-être que certaines d'entre vous se sentent rassurées par le fait de posséder beaucoup de vêtements dans leur garde-robe ? Comment vous en vouloir ? Voilà cinquante ans que les centres commerciaux existent, avec pour seul et unique but de nous faire dépenser notre argent sans réfléchir ni compter. Que celle qui n'a jamais zoné dans une galerie marchande le samedi après-midi me jette sa première chemise ! Et maintenant, on nous dit que la planète va très mal et qu'il faut à tout prix arrêter d'acheter des vêtements qui ne servent à rien, au risque de voir l'humanité s'éteindre. Il y a de quoi nous sentir un peu perdues, non ?

Certaines d'entre nous auront besoin de plus de temps pour changer leurs habitudes et sortir de leur zone de confort. C'est un peu comme réussir un exercice de maths : il y aura toujours les champion·ne·s qui réussiront en cinq minutes, tandis que d'autres (moi par exemple) mettront une heure à obtenir le même résultat. Et alors ? Sachez que ma vie tout entière est un exercice de mathématiques. Je prends le temps pour comprendre les choses et j'ai besoin d'analyser longuement une situation avant d'y prendre part. J'ai longtemps pensé que c'était une faiblesse, jusqu'à ce que je prenne conscience enfin que chaque expérience est différente. Ce qui est important, ce sont les efforts que l'on fait pour devenir une meilleure personne. Votre dressing ne sera peut-être jamais aussi bien rangé que celui de Marie Kondo, vos culottes minutieusement pliées, roulées, alignées dans le tiroir de votre commode, et ce n'est pas grave. Le simple fait que vous ayez envie de vous améliorer devrait vous rendre fière de vous-même.

LA FRUSTRATION EST L'ENNEMI DU BIEN

L'un des principaux buts du mode de vie minimaliste est d'éliminer la frustration. Car comment être heureux·se si l'on désire sans cesse des choses que l'on ne possède pas ? Le bonheur est-il dans nos possessions ou dans ce que l'on crée au quotidien ? Je vais vous faire un aveu : je ne suis pas minimaliste dans mon mode de vie. J'ai deux enfants, un chat, un appartement rempli de jouets et d'objets dont certains sont franchement inutiles mais qui me remplissent de joie à leur façon. Dans ma bibliothèque, il y a des livres que je n'ai jamais lus, des souvenirs rapportés de voyage, des cadeaux de mes proches que je ne trouve pas spécialement beaux mais qui me rappellent combien je les aime… J'ai aussi beaucoup trop d'assiettes car j'adore chiner de la vaisselle ancienne en brocante, parce que je trouve ça joli et que j'aime faire de belles tables pour mes invités. Quant à mon dressing, s'il est idéal à mes yeux, il est sans doute plus rempli que celui de certaines d'entre vous. Et je serais très malheureuse de ne plus jamais m'acheter de vêtements. J'aime

les beaux habits et je désire profondément conserver ce droit de me faire plaisir, en revanche, je ne veux plus transiger sur mes convictions écologiques. Il y a donc un équilibre à trouver. C'est ce à quoi je m'applique au quotidien, en mettant en œuvre les actions que je partage avec vous dans ce livre.
Je reçois tous les jours des messages *via* le formulaire de contact de mon blog de femmes qui n'osent plus s'acheter de vêtements alors qu'elles en ont terriblement envie ou même besoin, parce qu'elles voient sur les réseaux sociaux que l'avenir est dans la penderie minimaliste. Certaines m'ont même avoué avoir complètement craqué et acheté beaucoup de vêtements d'un seul coup dont elles n'avaient pas besoin, trop frustrées par ces longs moments de privation ! Un peu comme ma voisine d'enfance, Sophie, dont le Nutella® était l'aliment banni de sa maison et qui avait mangé la moitié du pot à la petite cuillère lors d'un goûter organisé chez moi... Vous imaginez la suite : elle a fait une belle crise de foie. Le pire, dans cette histoire, c'est que ma mère, un peu gênée d'avoir rendu une petite fille malade à sa voisine, n'a plus osé acheter de Nutella® pendant de longues années, nous privant ainsi mon frère et moi de cette douceur que nous adorions tous les deux. Tout ça pour dire que la privation n'est jamais une bonne idée.

TROUVER LE BON ÉQUILIBRE DANS SA PENDERIE

L'idée d'avoir une garde-robe réduite à peau de chagrin vous déprime ? Vous aimez avoir le choix ? N'y renoncez pas. Essayez simplement de trouver votre équilibre en apprenant à distinguer les envies réelles et les achats compulsifs qui n'apportent aucune satisfaction. Vous pouvez commencer par acheter moins de vêtements en réfléchissant à votre dressing idéal, ce à quoi vous voulez qu'il ressemble. Posez-vous les bonnes questions : ai-je besoin d'une dixième robe de soirée alors que je ne sors jamais ? Est-ce que je ne devrais pas m'offrir un pull en laine de qualité pour l'hiver ? Est-ce que je ne prends pas un risque en m'achetant cette blouse orange « parce que l'orange, ça change », alors que je ne porte que du beige, du noir et du bleu marine depuis vingt ans ? Vous ne ferez jamais d'erreurs si vos achats sont guidés par votre manière de vivre. Limiter ses erreurs d'achats, c'est déjà un très grand pas quand on emprunte le chemin d'une mode plus responsable !
Acheter en seconde main est aussi une excellente façon de se faire plaisir sans s'asseoir sur ses convictions écolo quand on aime la mode. Et de renouveler sa garde-robe régulièrement. Il y a d'ailleurs tellement de choses à dire sur la seconde main que j'ai réservé un chapitre entier à cette question.

Le minimalisme n'est pas un concours et vous n'aurez pas plus de mérite à vous débarrasser de tout ce qui se trouve dans votre maison. En revanche, soyez fière de chacun des petits pas que vous ferez pour limiter le gaspillage des ressources, mais aussi de votre argent. Voilà ma vision du minimalisme. Certes, elle n'est pas exemplaire, je pourrais vivre avec moins de vêtements dans ma garde-robe. Mais c'est aussi une vision réaliste face à nos modes de vie d'aujourd'hui et la société de consommation dans laquelle nous baignons.

CHAPITRE 6

JE N'AI PAS DE STYLE, ET ALORS ?

Si une petite voix intérieure vous répète que vous n'avez pas de style et que vous avez l'impression d'être toujours mal fagotée en dépit de tous vos efforts, c'est peut-être votre vision du style qui est erronée. Il est intéressant de vous poser cette question : c'est quoi avoir du style selon vous ? Est-ce avoir de l'allure ? Porter des tenues originales que l'on remarque ? Ressembler à une icône de mode ou à une personne que vous admirez ? Ou tout simplement suivre les tendances ?

VOTRE STYLE VOUS APPARTIENT

J'ai moi-même longtemps cherché mon style vestimentaire. À l'heure où j'écris ces lignes, je ne suis même pas certaine de l'avoir trouvé. Disons plutôt que la manière dont je m'habille ne correspond à aucun de ces styles de mode : romantique, classique, BCBG, grunge, bohème, rock, etc. Mon style est un joyeux mélange de tout ça, et selon les jours, il m'arrive de varier les plaisirs. En vérité, la notion de style m'a toujours semblé très caricaturale, voire un peu ridicule. Comme s'il fallait se procurer une panoplie entière pour adopter un style en particulier et donc, par définition, « avoir du style ». Par exemple, porter une marinière et un petit panier pour ressembler à une Parisienne, une robe longue à fleurs et un chapeau en feutre pour un style bohème, un perfecto en cuir et un tee-shirt rock pour un style rock… Bref, vous avez compris l'idée. Non, vous n'êtes pas obligée d'adopter ce genre d'uniforme pour avoir du style. De même que si votre manière de vous habiller ne ressemble à aucun de ces styles en particulier, cela ne veut pas dire que vous n'avez pas de style. Vous avez simplement inventé un nouveau style : le vôtre !

L'HISTOIRE QUE L'ON A ENVIE DE RACONTER

J'insiste beaucoup sur cette notion de style, car si la mode fait rêver, elle est aussi une source de complexes pour beaucoup de femmes qui se sentent parfois en décalage avec les tendances, alors qu'au fond, elles adorent s'habiller. Or ne pas avoir de style précis n'est pas synonyme d'échec et ne veut pas dire que vous êtes mal habillée ou que vous n'avez aucune allure. L'essentiel est de vous sentir bien dans vos vêtements, d'être en accord avec l'image que vous renvoyez aux autres avec vos tenues. Votre style, c'est tout simplement l'histoire de ce que vous avez envie de raconter à travers vos vêtements.

Vous connaissez le proverbe, on dit souvent que les apparences sont trompeuses. Et nous avons la chance de pouvoir raconter toutes les histoires que nous voulons avec nos vêtements. Élégante, sexy, glamour, rockeuse... Vous pouvez décider d'être qui vous voulez avec vos vêtements ! N'est-ce pas formidable ? Qu'avez-vous envie de dire de vous ? Que vous êtes une personne joyeuse ? Que vous êtes introvertie ou extravertie avec un brin de folie ? Que vous aimez la simplicité ou au contraire l'extravagance ?

Tout est possible, libre à vous de vous habiller selon vos envies. Vous pouvez aussi décider d'être toutes ces personnes à la fois en fonction des jours, il n'y a aucune règle. Cela ne fait pas de vous quelqu'un sans personnalité. Imaginez simplement la personne que vous avez envie d'être et définissez quels vêtements vous pourriez porter pour être cette personne. Par exemple, ma priorité est de porter des vêtements confortables et qui s'adaptent à mon quotidien de maman entrepreneuse. Je pourrais donc me contenter de porter des jeans et des baskets, mais j'ai aussi envie d'être féminine et élégante. Pour moi, il est important de renvoyer cette image soignée aux autres. L'histoire que j'ai envie de raconter aux gens est celle-ci : « Il était une fois une jeune maman active et bien dans sa peau, qui prônait le confort et la simplicité mais qui ne voulait pas renoncer à l'élégance. » Et s'habiller de manière simple et élégante nécessite ainsi pour moi de porter des vêtements basiques mais bien coupés, qui conviennent parfaitement à ma morphologie.

Mes tenues sont souvent minimalistes ; j'aime le style scandinave, et le côté « *effortless chic* » m'apparaît comme la définition même de l'élégance. Ma tenue idéale ? Un jean slim, une chemise en soie, un blazer et une paire de boots plates. Mais pour vous, la simplicité rimera peut-être avec une paire d'escarpins noirs, une jupe noire, un haut en dentelle... Votre histoire est certainement différente. Vous pouvez par exemple raconter l'histoire d'une femme joyeuse et extravertie, qui aime faire la fête et qui a gardé son âme d'enfant. Vous pourriez donc avoir envie de porter des couleurs vives car ces couleurs correspondent à cette définition de la femme joyeuse que vous avez envie d'être... Vous comprenez ? Mais vous pourriez tout aussi bien être une femme joyeuse et extravertie sans pour autant porter du rose ou des couleurs.

Ne vous imposez rien, ne vous refusez rien. Nous avons le droit de nous amuser des clichés ou de vouloir jouer avec nos apparences.

UN STYLE ADAPTÉ À SON QUOTIDIEN

Vous avez une vague idée de votre style idéal et de l'histoire que vous avez envie de raconter, mais est-ce que cette histoire correspond réellement à votre manière de vivre ? Votre style idéal est-il portable au quotidien ou au contraire totalement éloigné de votre mode de vie actuel ?

J'ai tendance à croire que rien n'est interdit, mais il faut rester réaliste. Je cours après mes enfants toute la journée, je prends les transports en commun pour aller travailler et je ne sors pas très souvent le soir... Il m'arrive d'avoir les yeux qui brillent devant des robes de soirée ou des tenues très habillées, mais j'essaie de garder la tête sur les épaules. J'aime l'image que renvoient ces tenues, mais elles sont à mille lieues de mon quotidien qui est plutôt « jean-baskets ». J'essaie donc de prendre du recul et d'accorder davantage d'attention aux vêtements qui correspondent à mon mode de vie. J'avoue que cela peut parfois être frustrant de se contenter de rêver devant des pièces magnifiques, mais cela évite les erreurs d'achat, les regrets et le vilain sentiment de culpabilité qui s'ensuit.

Essayez donc toujours d'accorder plus d'importance aux vêtements qui sont adaptés à votre mode de vie. Si vous avez du mal à définir votre style, c'est une excellente manière d'aller à l'essentiel. Et vous trouverez toujours des solutions pour booster vos tenues si le besoin ou l'envie se font sentir.

LE STYLE N'EST PAS UNE QUESTION D'ARGENT

Souvent, l'une des premières remarques qui nous viennent à l'esprit est que « c'est facile d'avoir du style quand on a de l'argent ». Parce qu'avec de l'argent, on peut acheter davantage de vêtements et en particulier des vêtements de marque, voire de luxe. Mais vous n'avez pas besoin d'être riche pour être stylée et bien habillée !

Le style et surtout l'élégance ne s'achètent pas. Ce qui compte, c'est de trouver le juste équilibre entre vos envies, vos besoins et le budget dont vous disposez. Un beau

vêtement bien coupé dans une matière naturelle et noble comme le lin, même sans marque, est bien plus élégant qu'un vêtement en polyester d'une marque de luxe dans lequel vous allez transpirer.
Si vous n'avez aucun problème avec la *fast fashion* et que vous estimez qu'avec votre budget, vous ne pouvez vous offrir que des vêtements à petits prix, alors soit. J'ai été jeune, étudiante ou fauchée et je respecte totalement votre position. Mais sachez qu'il y a des alternatives. On peut réussir à s'offrir de belles pièces de qualité avec un budget moindre, en diminuant la quantité de nos achats ou en achetant d'occasion. Pensez toujours à la seconde main pour vous offrir des pièces de qualité que vous n'avez pas les moyens de vous acheter plein pot. Évitez autant que possible les enseignes de *fast fashion* et essayez de chiner des vêtements de marques plus haut de gamme ou écoresponsables en dépôt-vente ou sur Vinted. C'est là où on fait les meilleures affaires !

AVOIR DU STYLE : ET SI C'ÉTAIT L'HISTOIRE DE TOUTE UNE VIE ?

On a le droit de faire évoluer son style et de l'affiner toute sa vie. Aujourd'hui, je suis plutôt adepte du style minimaliste, un brin rock, mais peut-être que dans dix ans, je porterai des imprimés à toutes les sauces ? S'il y a bien une chose que la mode m'a apprise, c'est qu'il ne faut jamais dire jamais... C'est long, une vie. Et nos priorités changent en fonction des grandes étapes que nous vivons, comme la maternité ou tout simplement le temps qui passe et notre âge qui nous donne envie de nous habiller différemment.
Même si je me sens très à l'aise avec mon style vestimentaire actuel, je ne cesse de m'inspirer. Je peux passer des heures à lire les blogs, regarder des comptes de mode sur Instagram, surfer sur des sites de petits créateurs, remplir des paniers virtuels ou épingler des images sur mon compte Pinterest. L'un de mes passe-temps favoris est d'observer les tenues des gens dans la rue, c'est un formidable vivier d'inspiration. Si je repère une silhouette qui me plaît, je la regarde en détail et passe de longues minutes à décrypter pourquoi l'ensemble me plaît autant. Bien entendu, j'essaie toujours de rester discrète, car je sais combien cela peut mettre mal à l'aise lorsque l'on constate que quelqu'un nous analyse des pieds à la tête.
Si vous aimez les activités manuelles, vous pouvez aussi faire des tableaux d'inspiration en découpant des images dans des magazines. Épinglez-les sur un tableau en liège que vous garderez à portée de vue pour vous en imprégner.

5 ASTUCES

POUR TROUVER SON STYLE

- **Rester inspirée :** observez les gens dans la rue, découpez des photos dans les magazines ou utilisez les réseaux sociaux (Pinterest ou Instagram) pour épingler les looks qui vous inspirent le plus. Vous constaterez rapidement que vous êtes toujours attirée par le même style de looks ou d'images. Et si c'était ça, votre style ?
- **Investir dans de bons basiques :** c'est la clé pour avoir du style. Cela vous permettra aussi de créer de nombreux looks de styles différents.
- **Prendre ses looks en photos tous les jours :** cela stimule la créativité et vous aide à repérer ce qui vous va le mieux et vos tenues préférées. Qu'ont-elles en commun ? Servez-vous de cette base pour définir votre style au quotidien et guider vos futurs achats.
- **Faire des erreurs :** pour trouver son style, il faut le chercher. Osez les imprimés, la couleur si vous en avez envie. Tant pis si vous vous trompez un peu au début, c'est comme ça que vous arriverez à mieux vous connaître. Si un vêtement vous fait fantasmer mais que vous n'êtes pas sûre de vous à 100 % (de l'aimer longtemps ou que la coupe vous ira bien), achetez-le d'occasion sur Vinted ou en friperie. Vous saurez rapidement si vous souhaitez investir dans le même modèle plus haut de gamme.
- **Être réaliste :** adoptez un style vestimentaire adapté à votre mode de vie pour avoir confiance en vous. C'est le meilleur moyen de trouver votre style.

CHAPITRE 7

POURQUOI BIEN CHOISIR SES BASIQUES EST IMPORTANT ?

Les basiques ne sont *a priori* pas les pièces les plus amusantes de notre garde-robe et pourtant ils sont nos meilleurs amis au quotidien. Non, les basiques ne sont pas des vêtements ennuyeux qui vous enlèvent toute personnalité sous prétexte que tout le monde les porte. Regardez le style de la merveilleuse Jane Birkin : son look le plus culte est celui où elle porte un jean pattes d'éph' et un tee-shirt blanc. Plus simple, tu meurs et pourtant… quelle allure de folie !

Bon, il est vrai que nous n'avons pas toutes le visage ni les jambes longilignes de Jane Birkin à 30 ans. Mais un tee-shirt blanc tout simple ou une marinière peuvent être accessoirisés et portés de milliers de façons différentes pour créer des looks uniques qui vous ressemblent. La marinière ne se porte pas qu'en mode « vacances à Quiberon » ou avec un petit panier en osier comme les Parisiennes. J'adore la détourner et la porter, par exemple, sous une surchemise ouverte et à carreaux de style bûcheron pour lui donner une allure rock. Ou avec un sac ou des chaussures léopard façon *mix and match*. Avec un perfecto et un petit bandana autour du cou, elle devient adorablement rebelle… ou alors un hommage au chanteur Renaud, héhé.

Dans tous les cas, je préfère porter un tee-shirt blanc dans un très beau coton que je vais « pimper » avec quelques accessoires, par exemple des bijoux dorés, plutôt que le dernier tee-shirt à message à la mode que tout le monde s'arrache et dont je me lasserai dans quelques mois.

PARCE QU'ILS SONT LA BASE D'UN DRESSING

Sans même nous en rendre compte, c'est à partir des basiques que nous créons toutes nos tenues le matin. Que serait la vie sans un bon jean qui vous va parfaitement ou une jolie petite robe noire ? Les basiques sont des valeurs sûres sur lesquelles vous pouvez toujours compter quelle que soit votre humeur. Selon la manière dont vous les portez, ils vous aident à rester discrète ou à vous faire remarquer en fonction de vos désirs. Ce sont les seuls vêtements qui offrent cette possibilité. Car avec des pièces plus fortes et extravagantes, il est quasi impossible de passer inaperçue.
Vous l'avez compris, les basiques sont la clé d'une garde-robe efficace. Ce sont les fondations de votre dressing idéal, votre socle vestimentaire. Bien choisis, ils peuvent vous changer la vie !

PARCE QU'ON LES PORTE TOUS LES JOURS

Les basiques sont des vêtements destinés à être portés tous les jours, ils doivent être les plus solides possible et de bonne qualité. Par exemple des tee-shirts en coton épais avec des coutures résistantes ou des jeans dont la toile ne se déformera pas au fil du temps. Vos basiques doivent survivre au temps qui passe et aux multiples lavages, soyez donc très vigilante sur la composition des vêtements et vérifiez bien toutes les finitions et les consignes de lavage avant d'acheter. Vos basiques doivent être faciles à entretenir et passer à la machine à laver sans risque d'accident, de dégorgement ou de rétrécissement. Le but est de vous faciliter la vie, ne l'oubliez pas !

PARCE QUE SIMPLICITÉ NE RIME PAS AVEC MOCHETÉ

Un beau basique bien choisi doit avoir de l'allure quand il est porté tel quel, sans artifices. Une belle coupe, une belle matière, ça change tout ! Un tee-shirt blanc acheté dix euros dans une enseigne de *fast fashion* a de fortes chances d'être transparent, puisque moins épais. Il va sans doute se déformer au premier lavage et, rapidement, vous constaterez que les coutures vrillent... À moins que vous ne recherchiez cet effet un peu vintage, votre tee-shirt n'aura plus beaucoup d'allure. À l'inverse, si votre tee-shirt blanc est tricoté dans un coton un peu épais, avec un col bien dessiné et une coupe structurée, il se suffit totalement à lui-même. Il se peut même que vous receviez de nombreux compliments sur votre tee-shirt alors qu'il s'agit d'un vêtement plutôt banal. Croyez-moi, un beau basique dans une matière noble se remarque toujours. Les basiques ne sont pas des vêtements de substitution. Ils sont selon moi la définition même de la simplicité élégante.

CHAPITRE 8

LES BASIQUES POUR TOUTE L'ANNÉE

Vous ne savez pas par quoi commencer pour imaginer votre dressing idéal ? Voici ce qui compose le mien et pourquoi j'ai choisi chaque pièce. Vous verrez qu'il s'agit en réalité d'une liste de basiques intemporels à porter toute l'année ou presque, quelle que soit la saison.

LES BAS

Un jean bleu : flare, slim, droit, « mom » jean... Choisissez la coupe qui convient le mieux à votre morphologie. Si vous avez un peu de ventre, les tailles hautes engloberont joliment vos formes. Non, le jean slim n'est pas démodé, il va bien aux filles aux longues jambes. Pour la couleur, on opte pour un bleu moyen (ni trop clair, ni trop foncé), qui se porte aussi bien en hiver qu'en été. Et on évite les jeans déchirés pour pouvoir les porter aussi en version soirée.

Un jean blanc : le jean blanc se porte toute l'année, il apporte de la lumière aux looks d'hiver. Il ne grossit pas la silhouette, c'est plutôt une histoire de coupe. On privilégie donc les coupes droites plutôt que slim. Attention à la transparence au niveau des fesses, mais aussi des poches à l'avant. La toile doit être épaisse. Pour cela, on opte pour une toile de jean 100 % coton sans élasthanne. C'est un peu moins confortable mais beaucoup plus flatteur.

Un jean « faux noir » ou noir délavé : il peut aussi être gris anthracite. Cette couleur de jean va avec tout et permet de varier un peu les styles et de créer des looks plus décontractés ou un peu rock.

Un pantalon de smoking noir : le mieux est d'investir dans un beau smoking noir à porter tel quel ou dépareillé. Le pantalon se porte le jour avec des baskets, en version nuit avec des escarpins et un chemisier en soie. Les possibilités sont infinies !

Une jupe en jean : elle se porte aussi bien en été qu'en hiver, surtout si on la choisit dans un bleu moyen. On évite les ourlets déchirés pour pouvoir la porter aussi en soirée avec des talons, un débardeur en soie et un blazer. Pour la longueur, mini ou midi, elle reste intemporelle !

Une petite robe noire : s'il n'en fallait qu'une seule dans l'armoire, ce serait la petite robe noire. À choisir plutôt à manches courtes si l'on veut en profiter toute l'année, et sobre pour pouvoir l'accessoiriser selon ses envies.

LES HAUTS

Une chemise blanche : c'est ma pièce préférée de la garde-robe car la plus versatile. On opte pour une coupe d'inspiration masculine, légèrement oversize mais pas trop. Et 100 % coton bien sûr ! Elle est merveilleuse avec un smoking, rentrée dans un jean taille haute, glissée sous un pull en hiver, nouée à la taille avec un short en jean en été… Je ne pars jamais en vacances sans ma chemise blanche !

Une chemise bleue rayée : moins stricte que la chemise blanche, elle adoucit le teint et apporte un peu de fantaisie aux looks minimalistes. Comme la chemise blanche, on choisit une coupe plutôt masculine, surtout pas cintrée et 100 % coton uniquement. Sinon on transpire !

Un chemisier en soie : plus féminin et délicat que la chemise blanche, le chemisier en soie est une pièce glamour et plutôt habillée. Il fait des merveilles avec un smoking mais se porte aussi bien avec un jean et des baskets blanches pour un style *casual* chic. Attention : on le choisit 100 % soie, plutôt uni et dans les tons beige ou nude pour éviter de s'en lasser. Je vous conseille d'éviter le noir que je trouve triste à mourir et qui ne va – à mon avis – à personne.

Une chemise en jean : elle est indispensable pour créer des looks cool et décontractés. Le seul hic : elle peut être difficile à trouver. Les plus belles chemises en jean se dégotent en friperie car elles ont déjà été portées et sont patinées juste comme il faut. Bleu clair, moyen, foncé…, vous pouvez vous en offrir une de chaque couleur, elles ne se démoderont jamais. Serge Gainsbourg l'avait déjà adoptée dans les années 1970.

Une marinière : la pièce iconique de toutes les garde-robes françaises. On en trouve partout et de toutes les qualités. Préférez la marinière authentique tricotée dans un jersey de coton assez lourd : plus épaisse qu'un tee-shirt mais moins qu'un sweat, pour pouvoir la rentrer dans vos pantalons sans problème. S'il n'en fallait

qu'une seule, elle serait blanche avec de fines rayures bleu marine, à col bateau et manches longues. La vraie marinière des marins, quoi !

Un tee-shirt blanc : sans doute la pièce que j'ai remplacée le plus souvent dans ma vie, pas vous ? Cette fois, on le choisit de bonne qualité : en coton biologique un peu épais, col rond (ou danseuse si vous avez une bonne poitrine), avec des coutures résistantes. Avec des manches pas trop courtes pour pouvoir les retrousser si on veut.

Un tee-shirt gris chiné : moins salissant que le blanc, il fait rarement *cheap*, car il vieillit mieux et tolère une qualité de tissu un peu moins bonne. Il est très cool avec un smoking !

Un tee-shirt rock : vous n'avez pas de tee-shirt rock dans votre placard ? C'est pourtant le basique des filles cool. Il n'est plus réservé aux groupies des groupes de rock des années 1970 ou 1980 et booste à lui seul vos looks minimalistes. Facile à vivre et à associer, le tee-shirt rock s'achète en friperie pour une bouchée de pain. N'hésitez pas à le surtailler et à retrousser les manches.

Un débardeur en soie, style caraco : léger, ultrachic, c'est une pièce très habillée et pourtant indispensable. Très agréable à porter en été avec un pantalon en lin ou un short, il se porte aussi en soirée sous un blazer ou l'hiver avec un gros cardigan en maille. Si son côté trop sexy vous fait peur, portez-le avec des baskets et choisissez-le en noir pour éviter la transparence. Préférez aussi un modèle avec des bretelles réglables et dont le décolleté ne descend pas trop bas, au cas où vous voudriez porter un soutien-gorge bandeau en dessous.

Un gilet en grosses mailles : utile en toute saison, l'hiver avec une blouse en soie ou un caraco en dentelle, et en été pour les soirées un peu fraîches en terrasse ou à la plage. J'aime particulièrement les gros gilets de couleur claire, blanc ou écru, pour leur côté intemporel. Je vous conseille d'investir dans un modèle en laine plutôt qu'en coton, qui sera plus chaud en hiver. Attention, certaines laines grattent quand on les porte à même la peau, surtout les modèles bon marché car les fibres sont plus courtes. Vous éviterez cela en choisissant des laines réputées pour leur douceur comme le cachemire, la laine mérinos, la laine d'agneau ou l'alpaga. Soyez vigilante avec le mohair qui gratte beaucoup même si son moelleux et son aspect « gonflé » sont très attirants. De plus, c'est une laine fragile qui s'entretient difficilement, contrairement au cachemire qui adore l'eau.

LES VESTES ET MANTEAUX

Un blazer noir : à porter seul sur un jean, une robe ou en total look tailleur-pantalon. Au printemps ou à l'automne, il sert de veste pour l'extérieur, en hiver, on le glisse sous un gros manteau. Il tient aussi chaud qu'un gros gilet tout en étant plus élégant et structuré.

Un trench-coat : autrefois manteau des officiers de l'armée britannique, il est devenu un indispensable de la garde-robe féminine. Intemporel, élégant, le trench est un basique qui se transmet de génération en génération s'il est de bonne qualité. Je vous conseille un trench beige, qui va à toutes les couleurs de peau. Aujourd'hui, il se porte plutôt long et *oversize*, mais une coupe plus classique fonctionne très bien aussi. Vérifiez qu'il soit bien imperméable, c'est la base.

Un perfecto : une pièce bien plus facile à apprivoiser qu'on ne le pense. Le perfecto se porte toute l'année, en veste d'extérieur au printemps ou à l'automne. Il peut également remplacer le blazer ou le gilet. C'est aussi un indispensable du vestiaire rock. Si vous redoutez un peu l'effet motarde, évitez le perfecto avec des franges ou des clous partout et un aigle dans le dos. Optez pour un modèle sobre et classique noir. Ah, et on oublie le simili cuir... Un beau perfecto doit être en cuir et se patiner avec le temps. Vous ne souhaitez pas encourager le commerce du cuir ou la cruauté animale ? Pensez à vous le procurer en seconde main.

Une veste en jean : une pièce que j'adore car elle se porte toute l'année. Au printemps avec une jolie robe à fleurs bohème, les soirs d'été un peu frais avec un tee-shirt. En automne ou en hiver, elle se glisse facilement sous un manteau. La veste en jean idéale ? Une coupe droite classique et intemporelle, dans un bleu moyen, c'est-à-dire ni trop clair ni trop foncé. Choisissez un modèle plutôt court, que vous pourrez porter plus facilement avec des robes sans casser votre silhouette. Mes préférées sont les vestes Levi's ou les modèles vintage que l'on trouve en friperie. Comme elles ont déjà été portées, elles possèdent un charme fou ! La veste en jean est une pièce qui vieillit très bien et qui est facile à porter à tout âge. Vous me croyez si je vous dis qu'à 40 ans, je porte toujours ma veste en jean du lycée ?

DES BASKETS BLANCHES

Les baskets blanches sont la seule paire de chaussures que je porte absolument toute l'année, je ne voyage jamais sans elles. Confortables, élégantes et pratiques, elles sont un *must have* de tout vestiaire intemporel. Je conseille de les choisir en cuir plutôt qu'en toile (pour pouvoir les porter toute l'année) sans logo et plutôt fines afin qu'elles soient les plus versatiles possibles, et que vous puissiez les porter aussi bien avec une robe qu'avec un pantalon sans faire une croix sur l'élégance. Attention, des baskets blanches sales ou abîmées donnent vite une allure négligée. Pensez à les nettoyer de temps en temps ou à les remplacer si nécessaire.

L'IMPRIMÉ LÉOPARD

Ah, l'imprimé léopard ! Certaines le détestent et pourtant c'est un intemporel qui peut vraiment donner un caractère à une garde-robe très simple. Et, non, contrairement aux idées reçues, le léopard n'est ni agressif, ni vulgaire, c'est une question de dosage. La matière joue énormément sur le rendu : privilégiez des matières naturelles comme la soie ou le coton pour cet imprimé. *Exit* les matières synthétiques et *cheap* comme le polyester qui lui donnent un aspect brillant. Le moulant n'est pas du meilleur effet non plus avec cet imprimé, préférez les vêtements fluides comme une blouse ou une jupe en soie. Normalement, le léopard ne reste jamais dans l'armoire. Il s'accorde avec tous les tons neutres, beige, blanc, noir, gris, et même le rouge, le bleu roi ou le jaune fluo ! Il est génial mélangé à d'autres imprimés comme les pois ou les rayures, en *mix and match*. Bref, vous l'avez compris, c'est mon imprimé préféré !

CHAPITRE 9

COMMENT RECONNAÎTRE DES VÊTEMENTS DE QUALITÉ ?

Pour éviter de remplacer vos jeans ou vos tee-shirts trop souvent, aussi bien pour le bonheur de votre portefeuille que celui de la planète, apprenez à reconnaître les beaux vêtements de qualité. C'est facile, vous verrez, il suffit de bien regarder certains détails. Voici mes astuces pour y voir plus clair.

DÉCRYPTEZ LES ÉTIQUETTES DE COMPOSITION

Lorsque nous achetons un vêtement, notre réflexe est souvent de regarder l'étiquette du prix. Mais peu de gens s'attardent sur l'étiquette de composition qui est cousue à l'intérieur. En France, la loi oblige heureusement les marques à indiquer la composition exacte et détaillée de chaque vêtement, qui donne des indications précieuses sur la qualité d'une pièce mais aussi sur sa durabilité. Lisez bien cette étiquette : s'agit-il d'une matière 100 % naturelle et noble comme le coton, la soie ou le cachemire ? Le coton est-il biologique ? Certifié par un label ? Le vêtement contient-il des matières synthétiques mélangées qui polluent et font transpirer comme le polyester ou l'acrylique ? La matière est-elle facilement recyclable ? Car il ne s'agit pas uniquement de qualité mais également de prendre en compte le dernier cycle de vie d'un vêtement. En effet, lorsque l'on achète un vêtement, on devrait toujours penser à ce qu'il deviendra une fois usé. Et malheureusement, les matières synthétiques, même si elles se recyclent, libèrent des microplastiques qui ne sont pas biodégradables à chaque fois qu'on les lave.

BON À SAVOIR
En France, les marques n'ont à ce jour pas l'obligation d'indiquer le pays de fabrication sur l'étiquette, contrairement à la composition. De même, les consignes d'entretien sont facultatives.

Le pays de fabrication inscrit sur l'étiquette d'un vêtement est un indicateur utile en termes de qualité, mais aussi d'éthique. Évidemment, plus le circuit est court, avec des vêtements fabriqués en Europe, voire en France, plus le vêtement a de chances d'avoir été fait dans de bonnes conditions. Mais il y a toujours des exceptions. Par exemple, la mauvaise réputation de la Chine comme pays de production nous fait oublier que ce pays possède un savoir-faire historique pour certaines matières comme la soie. Trop compliqué tout ça ? Oui, un peu. C'est la raison pour laquelle nous devons toujours, en tant que consommatrices, aller chercher les informations dont nous avons besoin par nous-mêmes. C'est le meilleur moyen d'acheter en faisant des choix éclairés. Notez que les marques de mode les plus responsables sont souvent les plus transparentes. La plupart affichent clairement les descriptifs de leurs produits ou leurs conditions de fabrication sur leur site. Non seulement c'est un gain de temps énorme, mais c'est aussi très agréable de savoir exactement ce que l'on achète.

Mais si les étiquettes apportent beaucoup d'informations, elles ne disent malheureusement pas tout. Cela peut être difficile d'évaluer l'engagement écoresponsable d'une marque uniquement grâce à ces étiquettes, surtout si la marque n'est pas claire sur ses méthodes de fabrication.

FAIRE APPEL À SES SENS

Si vous êtes dans une boutique, touchez le tissu et étirez-le pour voir comment il réagit : est-il transparent ? Est-il doux et agréable ? S'il se froisse, ce n'est pas bon signe à moins que ce soit du lin ; ça veut dire qu'il est trop fin. Pire, si le vêtement a déjà bouloché sur son cintre, fuyez ! Cela arrive fréquemment au moment des soldes, quand les marques ressortent les stocks des années précédentes qui ont déjà subi de nombreux frottements lors des essayages ou des manipulations diverses. Bref, faites appel à vos sens et à votre intuition, cela fonctionne assez bien. Si les vêtements ont des doublures, comme les blazers, assurez-vous qu'elles sont cousues et non thermocollées. Et privilégiez les doublures dans des matières artificielles comme la viscose, le cupro ou le modal, qui sont fabriquées à partir d'éléments naturels (pulpe de bois pour la viscose ou graines de coton pour le cupro) et qui sont biodégradables, contrairement aux doublures en polyester, qui est une matière synthétique.

EXAMINER TOUTES LES FINITIONS

Analysez le vêtement sous toutes les coutures. Ce n'est pas forcément très amusant, mais la qualité se cache dans les détails et les finitions doivent être propres et soignées. Vérifiez d'abord les coutures : sont-elles épaisses, renforcées par des surpiqûres aux endroits sensibles ou plutôt fines et grossières ? Les points sont-ils identiques ? Si elles commencent déjà à se découdre alors que le vêtement n'a pas été porté, ce n'est pas bon signe. Apprenez aussi à repérer une couture anglaise, une technique qui offre une finition parfaite aussi bien sur l'endroit que l'envers du tissu et sans bords apparents. Sur les chemises ou les tissus légers et transparents, c'est un gage de qualité (vous avez du mal à visualiser ? Tapez « couture anglaise » sur Google, qui vous offrira quantité d'exemples pour vous aider à la repérer). S'il s'agit d'un gilet ou d'un manteau, vérifiez que les boutons sont bien accrochés et qu'ils ne commencent pas à pendouiller. Aucun fil ne doit dépasser. Et les ourlets alors ? S'il n'y en a pas, eh bien... c'est que vous avez mis la main sur un article bon marché !

OBSERVER LA COUPE

Ne négligez pas la coupe, c'est le critère essentiel quand on choisit un vêtement. Car un vêtement taillé dans la matière la plus noble et écologique qui soit n'aura aucun intérêt s'il tombe mal sur vous. Ne faites aucune concession : un basique vous habille tous les jours, il doit donc être d'un confort absolu ! La blouse qui serre sous les bras, la jupe qui remonte sans arrêt ou le jean qui gêne à l'entrejambe, on oublie. Évidemment, le seul moyen de vérifier la coupe d'un vêtement est de l'essayer avant de l'acheter. Ainsi, préférez le shopping en boutique plutôt que sur internet quand vous le pouvez.

Sachez que les jeunes marques écoresponsables attachent une grande importance à la coupe de leurs vêtements. Beaucoup d'entre elles réalisent d'abord des patronages dans une toile de coton, qu'elles refont parfois plusieurs fois avant de lancer une production dans leurs ateliers. C'est une étape qui prend du temps dans le processus de création d'un vêtement mais qui permet d'obtenir des coupes parfaites. Inutile de préciser que les enseignes de *fast fashion* qui sortent une nouvelle collection entière toutes les deux semaines zappent souvent cette étape. Ce qui explique pourquoi certains de leurs vêtements sont si mal coupés !

LE PRIX N'EST PAS UN GAGE DE QUALITÉ

Ah, la question du prix ! Vaste sujet, n'est-ce pas ? Si on se doute bien qu'un tee-shirt acheté 5 euros en fin de soldes a peu de chance de durer, laquelle d'entre nous ne s'est pas fait avoir en « mettant le prix » dans un vêtement pour qu'il ressemble à une serpillière deux mois plus tard ? Cela m'est arrivé si souvent ! Notamment dans les années 2000-2010 où j'achetais encore chez certaines marques hyperbranchées des robes ou des blouses à des prix totalement exagérés. Je me laissais encore berner par l'idée que le prix est gage de qualité. Pourtant, j'avais déjà une bonne connaissance des matières textiles. Une partie de moi trouvait absolument scandaleux de vendre des robes 100 % polyester à 200 euros fabriquées en Asie et dans des conditions douteuses. Mais le marketing faisant bien son travail, moi aussi j'avais envie d'appartenir à une certaine classe sociale en achetant mes fringues chez Maje plutôt que chez Pimkie, et de porter le dernier haut à la mode que toutes les blogueuses s'arrachaient.

Quelques jours après la naissance de mon fils aîné, en 2010, mon mari pensant bien faire m'avait offert une parka d'une enseigne à la mode pour Noël, pour la coquette somme de 500 euros environ. Elle était très jolie bien que pas très chaude (ce qui est quand même embêtant pour une parka), kaki avec de jolis boutons officier et une capuche en fourrure de raton laveur (*sic*). Je vous le donne en mille, une semaine plus tard, la moitié des boutons avaient disparu, la doublure commençait à se déchirer et, cerise sur le gâteau, il n'y avait même pas de bouton de rechange caché à l'intérieur ! Je m'étais donc rendue en boutique pour réclamer des boutons de rechange mais... il n'y en avait pas. En plus de ses prix honteusement élevés, la marque n'avait même pas de service après-vente digne de ce nom. Ce cadeau raté m'est resté très longtemps en travers de la gorge et j'ai commencé à réaliser que j'allais devoir mieux choisir mes vêtements. J'ai compris que ces marques qui se disent haut de gamme ne sont en réalité que des marques de *fast fashion* déguisées dans un marketing séduisant. Elles rognent sur les coûts de production au maximum, gonflent les prix de vente et font ainsi des marges commerciales de folie ! C'est rageant !

LE COÛT CACHÉ DES VÊTEMENTS À BAS PRIX

À l'époque de nos grands-mères, quand Zara ou H&M n'existaient pas encore, beaucoup de nos vêtements étaient fabriqués en France, notamment dans les Hauts-de-France alors bassin du textile. J'ai moi-même connu cette époque, jusqu'au début des années 1990 où l'on se contentait encore de « moins mais mieux ». Le prix était – à ce moment-là – un gage de qualité et on en avait pour son argent, à savoir des vêtements bien coupés avec des finitions soignées et qui restaient beaux très longtemps. D'ailleurs, il n'est pas rare de trouver en friperie des vêtements fabriqués en France datant des années 1970 ou 1980 toujours en excellent état !

Qui dit qualité dit forcément coût de production plus élevé, donc un prix de vente en conséquence. Beaucoup jugent la mode écoresponsable encore trop chère aujourd'hui. Mais en réalité, les marques de mode éthique pratiquent des prix justes, avec des marges réduites au minimum. Elles suppriment tous les intermédiaires pour rendre leurs prix les plus accessibles possibles, en vendant uniquement sur leur propre site internet par exemple.

Ce qui n'est pas normal, aujourd'hui, c'est de payer son tee-shirt 10 ou même 15 euros. Cela a forcément un impact à tous les niveaux, à commencer par le coût humain. La fabrication de ce fameux tee-shirt comporte de nombreuses étapes : le design, l'achat de la matière première, la fabrication, l'étiquetage, l'acheminement, la distribution…, et autant de personnes qui, derrière, doivent être payées pour effectuer ces différentes étapes. Inutile de préciser qu'il y a un problème : des gens sur la chaîne sont sous-payés pour que nous puissions nous acheter ce fichu tee-shirt à 10 euros. Pour fabriquer à bas prix, les grandes enseignes misent sur de la main-d'œuvre à faible coût. Souvenez-vous de la catastrophe du Rana Plaza, le 24 avril 2013. L'effondrement de cette usine de confection au Bangladesh avait fait plus de mille victimes ensevelies sous les décombres et au moins autant de blessés. Ce jour-là, le monde entier découvrait la réalité de l'industrie de la mode jetable et toutes ses conséquences. Ce drame m'a beaucoup marquée. Avant cela, je n'avais jamais réalisé à quel point les conditions de travail dans certains pays pouvaient être aussi dangereuses voire inhumaines. Tout ça pour que nous autres Européens puissions assouvir nos envies de shopping et de tee-shirts à 10 euros.

L'autre coût caché de la mode à bas prix est l'impact environnemental. En 15 ans, la production textile mondiale a été multipliée par deux. En 2018, ce ne sont pas moins de 100 milliards de vêtements[5] qui ont été produits à travers le monde. Or la plupart de ces vêtements sont en matières synthétiques. Il a également fallu intensifier l'agriculture, notamment la culture du coton, incitant à l'utilisation d'engrais chimiques et de pesticides pour répondre plus vite à la demande. Sans parler du danger pour notre santé, en tant qu'êtres humains, à porter autant de substances toxiques sur notre peau. Une étude italienne très inquiétante parue en janvier 2021 dans le journal scientifique *Environment International* a montré que des particules de microplastique se trouvaient dans des placentas de femmes enceintes. On ne connaît pas encore bien les effets de ces microplastiques sur les êtres humains, mais cela pourrait devenir un problème de santé majeur dans les années à venir.

Pour conclure, retenez bien ceci : un vêtement à bas prix est rarement de bonne qualité. Il y a forcément quelqu'un qui en paie le prix sur la chaîne de production et

5. Selon une étude de l'Ademe, l'Agence de la transition écologique, infographie « La mode sans dessus-dessous », multimedia.ademe.fr

il est parfois très lourd. Un prix élevé n'est pas forcément gage de qualité non plus, pensez toujours à lire les étiquettes et à vous renseigner au maximum sur les marques auprès desquelles vous faites vos achats. Notre clairvoyance est à ce jour le seul moyen d'acheter de la qualité et de soutenir une mode plus juste et responsable.

OÙ TROUVER DES BONS BASIQUES ?

Voici une petite liste non exhaustive de mes marques préférées pour acheter de bons basiques bien coupés et qui durent.

Les jeans

Marques écoresponsables : Patine Paris (coton bio et recyclé), 1083 (fabriqué en France), Atelier Tuffery (fabriqué en France), Balzac Paris (label GOTS), Sézane (label GOTS), Le Pantalon (label GOTS)
Grandes enseignes : And Other Stories (coton bio), Monki (coton bio), Levi's, Agolde (coton bio), Arket (coton bio)

Les tee-shirts

Marques écoresponsables : Patine Paris, Organic Basics (label GOTS), Le Tee-shirt propre (fabriqué en France et GOTS), Les Sublimes (label GOTS)
Grandes enseignes : Arket, Agnès B, New Jersey, Monki

Les chemises

Marques écoresponsables : Les Sublimes, Sézane, Balzac Paris, Sensed, Réuni, Dear Didi, Patine Paris, Atelier Dalangeac
Grandes enseignes : Figaret, APC, New Jersey, Maison Standards, Arket, Gap
La chemise en jean : en friperie ou chez Levi's, American Vintage
La chemise en soie : And Other Stories, Monoprix, Cyrillus, Maison Standards

Les smokings et blazers

Marques écoresponsables : Mister K, 17H10, Auria Paris
Grandes enseignes : The Kooples, And Other Stories, Joseph, Massimo Dutti

La veste en jean

En friperie ou chez Levi's

La marinière

Marques écoresponsables : Le Minor, Les Sublimes, Le Slip français, Armor Lux, Coton Vert, Saint-James
Grandes enseignes : Petit Bateau, Monoprix

Le perfecto

En friperie ou chez All Saints, Claudie Pierlot, Schott, Acne Studios

Le trench-coat

Burberry (en friperie), Comptoir des Cotonniers, APC, Arket, And Other Stories

Les baskets blanches

Veja, Rivecour, Jules & Jen (fabriqué en France), N'Go shoes, Adidas Stan Smith « Primegreen » en matières recyclées

LES SUBLIMES

MA MARQUE DE MODE ÉCORESPONSABLE

Vous connaissez désormais mon histoire avec le vêtement. Mon blog, Le Dressing idéal, me conduit à l'écriture de ce livre, mais pas seulement. En même temps que j'écrivais le livre que vous tenez entre vos mains, un autre projet voyait le jour : Les Sublimes, ma propre marque de vêtements écoresponsable. On dit souvent que l'on crée ce qui nous manque et c'est bien l'histoire des Sublimes, un dressing idéal composé de vêtements désirables mais faciles à vivre, pour se sentir sublime et avoir confiance en soi, partout, tout le temps, pendant longtemps !

Notre promesse : « Vous réconcilier avec votre garde-robe ! »

CHAPITRE 10

COMMENT ÊTRE TOUJOURS CHIC AVEC DES BASIQUES ?

S'habiller uniquement avec des basiques n'est pas nécessairement synonyme de look décontracté ou négligé. Il y a simplement quelques règles à retenir pour éviter le style trop sportswear et toujours avoir l'air chic avec des basiques. Voici 5 conseils qui fonctionnent à tous les coups.

PORTER SON HAUT RENTRÉ À L'INTÉRIEUR

Avez-vous remarqué que les tee-shirts ou les chemises sont mieux mis en valeur quand ils sont rentrés à l'intérieur de votre pantalon ou de votre jupe ? Cette façon de faire s'inspire fortement du classique « tailleur-pantalon », mais c'est tellement plus cool avec un jean ! Même quand on a des rondeurs, je trouve personnellement bien plus joli de les mettre en valeur avec un beau pantalon taille haute bien galbant, en rentrant votre haut à l'intérieur. Cela permet de vraiment structurer votre silhouette et d'apporter une touche d'élégance à vos tenues. Essayez !

APPRENDRE À DOSER SES ACCESSOIRES

Les accessoires sont importants quand il s'agit d'être chic avec des basiques. Ce sont eux qui feront la différence et éviteront à vos tenues d'avoir l'air trop décontractées. Apprenez toutefois à bien les doser, car l'élégance se cache aussi dans les détails : un joli sac en cuir uni, des petites créoles toutes simples, un bracelet jonc délicat ou, au contraire, une grosse montre d'homme, sont des accessoires sobres mais élégants que l'on remarque. Ou pourquoi pas un foulard en soie autour du cou ou de votre poignet ? Personnellement, j'aime rester dans la finesse et la délicatesse quand j'ai envie d'être chic. Il m'arrive parfois de choisir des accessoires colorés pour booster mes tenues, par exemple un sac rouge, ou des bijoux vintage un peu funky... Mais il est rare que je porte tous ces accessoires en même temps, car j'aime garder une petite touche *effortless* chic et sobre dans mes tenues.

JOUER AVEC LES PROPORTIONS

Pour donner du rythme à des tenues basiques, j'aime jouer avec les proportions. Si je porte un jean slim, par exemple, j'opte systématiquement pour une pièce *oversize* en haut, et inversement. Encore une fois, cela permet de structurer la silhouette... Au risque de me répéter, c'est souvent ce qui fait tout le charme de la tenue ! Le « serré en bas + large en haut » est l'option que je choisis le plus souvent. J'ai des jambes très fines mais des épaules larges et je trouve que c'est cette combinaison qui me va le mieux. À vous de choisir les meilleures options en fonction de vos goûts et de votre morphologie.

SOIGNER SON APPARENCE

Avoir de l'allure, ce n'est pas que grâce aux vêtements que l'on porte. C'est aussi tout le soin que l'on accorde à son apparence générale : son hygiène, sa coiffure, son maquillage... Je suis la première à militer pour le « *less is more* », mais quand même, il y a des limites. OK pour le combo « jean/tee-shirt/baskets » à condition d'avoir fait un petit effort sur le reste. Pas la peine d'en faire des tonnes... Des ongles et un teint soignés, un peu de mascara et un beau rouge à lèvres vif suffisent. Ce sont en tout cas les choix que je fais le plus souvent lorsque j'ai envie d'être chic avec des basiques. L'astuce qui fonctionne à tous les coups, c'est le rouge à lèvres rouge vif, ça donne une élégance folle à n'importe quelle tenue ! Enfin, même si j'ai la chance d'avoir des cheveux fins et de ne pas avoir besoin de les coiffer au sens propre du terme (jamais de brushing), j'aime les attacher en un joli chignon flou. Ah, et j'oubliais : ces règles s'appliquent de la tête aux pieds ! Eh oui, des chaussures sales ne font rêver personne. Pensez à leur offrir un bon coup de cirage de temps en temps, en plus c'est une activité qui, je trouve, est assez relaxante. Et évitez si possible de porter vos baskets préférées mais déglinguées le jour où vous avez envie d'être chic. Et pour finir : une petite pédicure maison avant d'enfiler une paire de sandales ne fait jamais de mal.

OPTER POUR DES MATIÈRES NOBLES

Chic avec des basiques, oui mais à condition de bien les choisir et de privilégier de belles matières, si possible naturelles. Oui aux chemises et tee-shirts 100 % coton, aux chemisiers 100 % soie, au vrai cuir... Non au polyester et aux mélanges de matières synthétiques douteux qui brillent et font transpirer. Ce n'est pas une question de prix ni de valeur, mais de noblesse du vêtement et de sa matière. Une chemise blanche 100 % coton achetée 25 euros chez Mango aura toujours plus d'allure qu'une blouse en polyester achetée n'importe où ailleurs. Attention aux finitions aussi. Les coutures qui se défont, les fils qui pendouillent, les trous et les taches, ce n'est pas chic. Vos basiques, même bon marché, doivent toujours être impeccables.

ÉVITER LE NOIR

Ne tombez pas dans le piège, le noir n'est pas aussi élégant qu'on le pense. Il ne pardonne pas et peut très vite faire *cheap* en fonction des matières que vous portez ou s'il est un peu délavé. Le noir fonctionne bien dans certains cas, avec une petite robe noire ou un smoking. Pour le reste, c'est la roulette russe... Vous n'en revenez pas de lire ces lignes ? Rendez-vous au chapitre 47, dans lequel je vous explique pourquoi le total look noir est un faux ami (après avoir cru moi aussi pendant des années que c'était le summum du chic). En attendant, si vous ne voulez pas vous tromper, gardez le noir pour les pièces du bas (pantalons, jeans, jupe) et misez plutôt sur des teintes neutres mais lumineuses en haut, comme le gris clair, le blanc même en hiver, le beige ou encore le bleu marine, qui est toujours chic et sied beaucoup mieux au teint, quoi qu'il arrive.

CHAPITRE 11

COMMENT ÊTRE TOUJOURS STYLÉE AVEC DES BASIQUES (SANS TROP DÉPENSER) ?

Il y a des astuces qui fonctionnent à tous les coups pour avoir du style avec des vêtements basiques, même avec le sacro-saint « jean/tee-shirt blanc ». Le but est aussi de renouveler ses tenues avec ce qui se trouve déjà dans sa garde-robe et ainsi éviter d'accumuler. Voici quelques petits *tips* qui ne coûtent pas grand-chose mais qui changent tout.

METTRE DES LUNETTES DE SOLEIL

Voici LE conseil numéro un si vous voulez donner du style à n'importe quelle tenue. Ce n'est pas pour rien que toutes les influenceuses mode portent systématiquement des lunettes de soleil sur leurs photos de looks. Non, ce n'est pas parce qu'elles sont éblouies par le soleil toute l'année, mais parce que ça rehausse n'importe quel style ! Parfois, c'est aussi une astuce pour cacher les cernes et un regard fatigué, c'est vrai. Mais on s'en moque, c'est stylé quand même. N'hésitez pas à vous offrir de jolies lunettes de soleil dans des styles différents, rétro, rock ou classique. Cela vous permettra de ne pas vous lasser. Si vous n'avez pas besoin de lunettes de soleil adaptées à votre vue, vous trouverez sûrement votre bonheur en friperie pour une bouchée de pain. Sinon, mon enseigne préférée est Jimmy Fairly, bien connue des modeuses un peu branchées. Elle propose des montures très tendance à des prix raisonnables. La marque s'est également fait connaître à ses débuts pour sa démarche éthique « *buy one, give one* » : pour chaque paire de lunettes achetée, Jimmy Fairly finance une paire à une personne dans le besoin.

PORTER DES BIJOUX BLING-BLING

Sans pour autant vous transformer en sapin de Noël, les bijoux sont un moyen facile de créer son style tout en ayant l'avantage de ne pas prendre trop de place dans votre dressing. Si vous aimez les bijoux fins, vous pouvez les cumuler pour donner du relief à vos tenues basiques : en portant plusieurs bracelets fins au poignet et des colliers de différentes longueurs, par exemple. Vous pouvez aussi opter pour un collier multi-rangs. C'est magnifique avec une chemise blanche ouverte jusque dans le décolleté. Pour ma part, j'aime bien porter des bijoux un peu bling-bling lorsque mes tenues sont très basiques. Pas forcément des bijoux très colorés (je ne porte que du doré), mais des bijoux que l'on remarque : une bague imposante, une montre d'homme, une manchette plutôt qu'un bracelet fin, des grosses boucles d'oreilles pendantes, un collier à chaîne épaisse (style gourmette)… Les bijoux vintage sont parfaits pour ça car ils ont beaucoup de caractère. Profitez de l'été pour cumuler les bracelets autour de votre poignet, car en hiver, ils sont cachés sous vos pulls.

HABILLER SA TÊTE

On ne pense pas suffisamment à sa tête quand il s'agit d'avoir du style avec des vêtements basiques. En hiver, quand nos looks sont cachés sous des gros manteaux, les bonnets sont pourtant une super-option pour donner du style à notre silhouette. Ne vous interdisez rien et osez la couleur, c'est tellement plus agréable quand les journées sont courtes et qu'il fait gris dehors ! Si vous avez « une tête à chapeau », vous devriez vous faire plaisir… Rien de plus stylé et élégant qu'un beau chapeau en feutre. Mes préférés sont ceux de chez Maison Michel. Ils sont assez chers mais possèdent une élégance sans pareille.
En été, casquettes de baseball vintage et chapeaux en paille seront vos meilleurs alliés de style. Cependant, j'aime aussi les looks avec casquette en hiver, je trouve qu'ils ont beaucoup d'allure avec un manteau long ceinturé, une paire de baskets et un petit sac à main chic.

OSER LE CUIR

Une pièce en cuir peut booster n'importe quelle tenue basique ! Ma pièce préférée ? Le perfecto, sans doute le plus facile à porter quand on n'a pas l'habitude d'oser le cuir. J'adore la touche rock qu'il apporte à mes looks, je le porte vraiment très souvent. Si le cuir est un peu cher pour votre budget ou que vous n'êtes pas sûre de vous, optez pour la seconde main. On trouve beaucoup de pièces en cuir en friperie, et souvent en excellent état. Il y a quelques mois, j'ai également acheté une jupe en cuir vintage sur Vinted que je porte avec un simple tee-shirt blanc ou une chemise blanche et des baskets. J'adorerais investir dans un beau pantalon en cuir, mais je n'ai pas encore trouvé la perle rare (si vous souhaitez vous orienter vers des pièces synthétiques ou véganes, rendez-vous au chapitre 15).

TROQUER SES ESCARPINS CONTRE DES SNEAKERS

Vous n'osez pas porter des sneakers avec une tenue classique ? C'est pourtant l'une des meilleures astuces pour twister un look basique et avoir de l'allure. Les sneakers apportent une touche *streetwear* vraiment cool, à mixer avec des basiques à l'infini. Mes versions préférées : le smoking ou la jupe en cuir avec des sneakers.

Attention, je ne parle pas des baskets blanches basiques. Mais plutôt des grosses baskets à l'allure masculine, que l'on appelle « *dad shoes* », qui sont souvent colorées et surtout très imposantes, d'où leur doux nom de « chaussures à papa ». Certains aiment aussi les appeler « *ugly shoes* » (chaussures moches) parce qu'en effet, on ne peut pas dire qu'elles soient spécialement belles ou élégantes..., surtout si l'on définit l'élégance d'une chaussure par sa finesse. Ces grosses baskets existent depuis les années 1980, mais c'est la marque de luxe Balenciaga qui a relancé la tendance en 2017 avec son modèle « Triple S », que tout le monde trouvait moche... Ce qui n'a pas empêché ce modèle de devenir la *it shoe* de l'année ! J'adore ce style de baskets. Je les trouve tellement cool avec un smoking, une jupe en cuir ou un jean « mom » vintage. Mes préférées sont les Kindsay, de la marque Isabel Marant, très confortables avec une ligne féminine malgré leur taille imposante. Mais on trouve ce style de baskets un peu partout désormais.

PORTER DU VINTAGE

Le vintage est à la mode, profitez-en ! C'est la meilleure façon de créer des looks originaux en mixant de belles pièces vintage et originales avec vos basiques, sans dépenser trop d'argent.

Même si les prix pratiqués en friperie ont tendance à flamber, les vêtements vintage sont bien moins chers que les vêtements neufs et parfois de meilleure qualité ! Alors amusez-vous et inventez de nouveaux looks en mixant vos basiques préférés à des vêtements ou des accessoires vintage. Chiner un vieux tee-shirt rock que vous porterez avec votre jean préféré ou une jupe fleurie à porter avec un simple tee-shirt blanc. Un joli sac rétro des années 1950 peut aussi donner un charme fou à n'importe quelle tenue intemporelle ou minimaliste.

Avec le vintage, vous pouvez vous créer un style unique que l'on ne verra pas sur tout le monde et à moindres frais. C'est tout bénef. À vous les friperies ! (Pour connaître les meilleures adresses de friperies en ligne, rendez-vous au chapitre 18.)

CHAPITRE 12

CINQ IMPRIMÉS QUI NE SE DÉMODENT JAMAIS

Les imprimés ont-ils leur place dans le dressing idéal ? Désolée, mais ma réponse de normande risque de vous décevoir… Tout dépend de vos goûts et de votre style ! Si, depuis que vous êtes toute petite, vous adorez les couleurs et les vêtements « gais » aux jolis imprimés, alors oui, il est évident que ce genre de pièces doit faire partie de votre garde-robe. Mais si, comme moi, vous êtes plus à l'aise avec les vêtements unis ou aux couleurs neutres comme le blanc, le bleu marine, le gris ou le noir, je vous conseille plutôt de miser sur des imprimés plus discrets et intemporels. Sinon, il y a de fortes chances que vous vous sentiez déguisée et que vos nouveaux achats restent au fond du placard. Sachez qu'il existe des imprimés intemporels qui habillent des générations entières de femmes depuis de très longues années. Eh oui, la marinière traverse les époques sans jamais se démoder. Le carreau écossais revient tous les hivers. Pourquoi ? Parce que ce sont des imprimés élégants, discrets et qui s'accordent avec le reste de notre garde-robe.

LES RAYURES

La rayure est la grande gagnante des imprimés ! Qui ne possède pas une marinière dans son dressing ? Ses rayures ont fait le tour du monde et inspiré les plus grands couturiers ; il ne se passe pas une saison sans qu'elle ne soit remise au goût du jour. Hommes, femmes ou enfants, la marinière habille toute la famille depuis

plusieurs générations. Alors oui, c'est un peu le cliché *Frenchy* ou breton (surtout avec un ciré jaune), mais elle reste une valeur sûre qui peut vous sauver la mise en toute situation. On peut la porter en vacances au bord de la mer, au bureau avec un pantalon de smoking ou une jupe crayon… Il m'est même arrivé de porter une marinière avec un tutu noir en tulle, et ce soir-là, je n'avais eu que des compliments ! Bref, la marinière est tellement tout-terrain que je ne pars jamais en voyage sans en glisser une dans ma valise ! Et si la marinière n'est pas votre tasse de thé, essayez donc la chemise rayée…
Les rayures sont très faciles à associer avec toute votre garde-robe et fonctionne bien en *mix and match* avec quasiment tous les autres imprimés (voir chapitre 25).

LES POIS

Sous leur allure un peu rétro, les pois n'en sont pas moins un imprimé intemporel. Souvent associés à une mode vintage des années 1950 et aux robes de pin-up remises au goût du jour par la série *Mad Men*, ils traversent la mode sans jamais sourciller… Gros pois, petits pois, en marine et blanc ou en noir, les pois plaisent beaucoup car ils sont pétillants et vont à toutes les femmes. Je suis certaine que vous avez des pois dans votre placard… Non ? Attention, l'effet n'est pas du tout le même en fonction de la taille des pois : les petits pois sont plus modernes que les gros pois qui sont plutôt rétro, surtout s'il s'agit d'une robe cintrée ! Vous pouvez aussi vous amuser à mélanger les deux tailles de pois en haut et en bas, ça fonctionne.

L'IMPRIMÉ FLEURI

L'imprimé fleuri est le plus féminin des imprimés intemporels. Il est particulièrement intéressant car il se décline de multiples façons. Et, non, tous les imprimés à fleurs ne se ressemblent pas… Il y a les japonisants, les printaniers, les imprimés d'automne, les fleurs sur fond pastel, les fleurs graphiques, le Liberty (le plus classique)… Il y a autant de motifs qu'il existe de fleurs dans la nature, c'est dire si l'offre est suffisamment large pour que vous puissiez trouver votre bonheur. Il évoque ce que nous avons de plus cher : la nature. Et rien que pour cette raison, il ne se démodera jamais.
Si l'imprimé fleuri vous effraie à cause de son allure mémère ou, au contraire, de petite fille sage, je vous conseille de le décaler avec une pièce forte, par exemple une jupe fleurie avec un tee-shirt rock. Ou au contraire, de l'assagir avec un bon basique, par exemple un tee-shirt blanc. Une paire de baskets blanches plutôt que des sandales à talons est aussi un bon moyen de ne pas porter une robe à fleurs au premier degré, façon belle des champs (si c'est ce que vous voulez éviter à tout prix).
Pour les pièces du haut, comme les blouses ou les chemises à fleurs, un bon jean vieilli

ou une jupe en cuir seront vos meilleurs alliés pour des looks pas trop « tradi ».

L'IMPRIMÉ LÉOPARD

J'adore l'imprimé léopard, c'est mon préféré. Tout comme les rayures et la marinière, le léopard est un classique de la garde-robe. En petites touches avec quelques accessoires (sac, ceinture ou chaussures), il apporte un peu de fantaisie glam-rock à n'importe quelle tenue basique. Côté vêtements, il est plus difficile à apprivoiser : les matières *cheap* ne pardonnent pas et ne rendent pas hommage à cet imprimé tant porté par certaines icônes comme Marilyn Monroe ou Audrey Hepburn. Eh oui, un top en polyester avec un imprimé léopard grossier n'est pas très chic, voire jugé vulgaire par certaines personnes. Gardons à l'esprit que cet imprimé est depuis longtemps associé aux femmes sexy et rebelles dans l'imaginaire collectif. En 1954, la célèbre pin-up Bettie Page posait à moitié nue dans le magazine *Playboy* vêtue d'une minirobe en peau de léopard avec deux (vrais) léopards allongés à ses pieds. Cette inoubliable série de photos connue sous le nom de « Jungle Bettie » l'obligea à comparaître trois ans plus tard devant une commission d'enquête du Sénat contre la pornographie. On comprend mieux pourquoi l'imprimé léopard est tant décrié aujourd'hui ! Une autre raison pour laquelle il dérange autant, c'est qu'il est associé depuis des siècles à la domination de l'être humain sur l'animal : les hommes partaient à la chasse et revenaient triomphants avec la peau de l'animal. Et puis, dans les années 1970, l'imprimé léopard est carrément devenu l'un des étendards du mouvement punk.
D'ailleurs, je repense souvent à l'une de mes professeures au lycée qui ne portait que des chemisiers moulants en motifs animaliers dont le léopard, le tout dans des matières synthétiques et brillantes. Cela avait tenu la classe en haleine toute l'année… Disons-le franchement, ses chemisiers ne faisaient pas l'unanimité auprès des élèves. En revanche, l'imprimé léopard peut être très chic sur une matière noble et fluide comme la soie ou le cupro. C'est une question de dosage !
Aujourd'hui, vous ne risquez plus tellement la faute de goût en portant du léopard. Il est admis que cet imprimé est devenu un grand classique de la garde-robe. Certes, il ne plaît pas à tout le monde, mais si vous avez envie d'oser… eh bien osez !

LES CARREAUX

Les carreaux sont indémodables, ils reviennent à chaque saison. Tout particulièrement l'imprimé écossais (ou tartan) et son cousin le prince-de-galles, un peu plus sobre car il est gris et blanc. Ce sont deux grands classiques de la garde-robe que l'on porte volontiers en automne ou

en hiver sur des blazers en laine ou des chemises en flanelle, *aka* la fameuse chemise de bûcheron. La chemise à carreaux écossaise rouge est d'ailleurs parfaite pour créer des jolis looks de Noël ; avec un pantalon blanc ou une jupe à sequins dorée, pensez-y !
L'imprimé vichy est plutôt un imprimé d'été, il est ravissant sur les petites robes estivales, jupes midi ou petits hauts style « top Bardot » à épaules dénudées. Son petit côté rétro plaît toujours autant depuis les années 1970, mais vous n'êtes pas obligée de le porter façon pin-up. Avec des pièces *streetwear*, c'est très joli aussi, ou encore en version romantique avec des espadrilles compensées... Bref, l'imprimé vichy a encore de beaux jours devant lui.

CHAPITRE 13

COMMENT NE PAS S'ENNUYER AVEC DES BASIQUES ?

Si même après tout ça vous avez encore peur de vous ennuyer avec des basiques, rassurez-vous, j'ai encore un ou deux conseils sous le coude à vous donner !

TROUVER SA SIGNATURE DE MODE

Un bon moyen d'affirmer votre style, même s'il est simple, est de trouver votre signature de mode, ou plutôt votre marque de fabrique vestimentaire. Est-ce qu'il y a quelque chose qui caractérise votre style et qui fait dire à vos amis : « Oh tiens, j'ai pensé à toi en voyant ça », ou quelque chose qui vous caractérise au point que tout le monde pense à vous en voyant ce quelque chose ? Voici un exemple : pendant longtemps, ma signature de mode, ça a été les chaussures dorées. Je considérais d'ailleurs comme une faiblesse mon incapacité à résister aux chaussures dorées ou, pire, aux paillettes dorées. J'avais un peu honte de cette addiction car elle est très cliché. Eh oui, « les filles adorent les paillettes, c'est bien connu » ! Mais un jour, une amie m'a dit qu'elle pensait toujours à moi quand elle croisait une femme dans la rue qui portait des chaussures dorées. Alors j'ai compris que peut-être cette attirance pour les chaussures dorées faisait partie de ma personnalité et que je ne devais pas la renier..., mais plutôt en faire ma signature de mode !
Avec le temps, mon style s'est un peu affirmé et j'ai ajouté une seconde signature de mode à mon style : l'imprimé léopard. Il est très présent en petites touches

dans ma garde-robe : baskets, sac, pull, un collier avec une tête de léopard..., et même une veste en fausse fourrure pas très discrète mais que je porte souvent en hiver.
Qu'on se le dise, je n'ai rien inventé et je ne suis pas la seule à en porter. Mais ce qui me plaît, c'est que cela fasse partie de mon identité vestimentaire au point que les gens pensent à moi lorsqu'ils voient du léopard ou du doré quelque part !
Votre signature à vous, c'est peut-être le carré avec une frange, votre passion pour le rouge à lèvres rouge ou les talons aiguilles. Ça peut être les vêtements rouges (coucou Anne Roumanoff), les minijupes ou les baskets que vous collectionnez ?
La signature de mode est très utile car elle permet de gagner en confiance en soi en donnant une identité plus forte à son apparence physique ou vestimentaire. Mais elle n'est pas non plus une fin en soi. Faites-le seulement si l'idée vous amuse et non pas uniquement pour vous démarquer. C'est même un peu risqué, surtout si vous optez pour un changement capillaire radical.

LA COULEUR ROUGE... COMME « FIL ROUGE » DE SA GARDE-ROBE

Une autre astuce pour ne pas s'ennuyer avec une garde-robe basique est bien sûr d'y ajouter de la couleur. Il y a beaucoup d'idées reçues sur les couleurs dans la mode, sur ce qu'elles représentent et comment elles s'accordent entre elles ou pas. D'ailleurs, certaines couleurs nous attirent comme des aimants autant qu'elles nous font peur. Mais ne vous interdisez rien ! Si vous avez très envie d'oser la couleur mais que vous ne savez pas comment vous y prendre, n'hésitez pas encore une fois à faire appel à une conseillère en image qui possède ces compétences et vous aidera à repérer les couleurs qui vous vont le mieux. Cela vous fera gagner un temps précieux.
Il y a néanmoins une couleur qui va à toutes les femmes ou presque : le rouge. Eh oui, le rouge va bien aux blondes, aux brunes, aux rousses et à toutes les carnations. S'il n'y avait qu'une couleur à ajouter à sa garde-robe, ce serait le rouge. Mais pas tous les types de rouge. Attention aux rouges orangés, rosés ou bordeaux, optez plutôt pour le rouge vif. Le rouge vif est le plus intemporel des rouges, celui dont on se lasse le moins. C'est aussi le plus facile à associer. Il fait vibrer les couleurs classiques comme le bleu marine ou le gris clair, réveille les nuances de beige et le camel. Il est sublime aussi avec du rose, du violet ou du vert bouteille.
Ma garde-robe ne m'a jamais autant satisfaite que depuis que j'ai moi-même adopté le rouge en petites touches. J'ai commencé par m'offrir un petit sac en bandoulière rouge de la marque Furla (modèle Mini Metropolis). Ce sac absolument ravissant et très lumineux a littéralement transcendé ma garde-robe et

donné une autre dimension à mes looks basiques. Je reçois systématiquement des compliments quand je le porte, quelle que soit ma tenue du jour ! Je l'avais acheté un peu sur un coup de tête pour apporter un peu de gaieté à mes tenues, mais je ne pensais pas qu'il plairait autant. C'est l'un de mes meilleurs achats. Lorsque j'ai lancé ma propre marque de vêtements Les Sublimes en 2021 (voir l'encadré chapitre 9), la première couleur que j'ai proposée dans ma collection de pulls en cachemire a été… le rouge ! Et c'est la couleur qui a été le plus rapidement en rupture de stock.

Un célèbre créateur de mode américain du nom de Bill Blass a dit un jour cette phrase : « Quand vous doutez, portez du rouge. » Je suis d'accord avec lui, impossible de s'ennuyer avec du rouge. C'est une couleur affirmée, lumineuse et pleine d'énergie.

CHAPITRE 14

LE CAS DU SAC À MAIN

Le sac à main n'est pas seulement utile pour transporter toutes ses affaires. C'est un accessoire de mode à part entière et qui occupe une place importante dans la composition d'une tenue, qui peut être totalement gâchée par un mauvais choix de sac à main. Mais ça ne veut pas dire qu'il faut les collectionner pour autant : selon votre style et vos habitudes, un ou deux beaux sacs en cuir dans des couleurs intemporelles comme le noir ou le camel peuvent suffire pour toute l'année. Au printemps ou en été, un petit sac de couleur pastel, beige ou blanc, ou encore un panier en raphia ou en osier, peuvent apporter une note estivale rafraîchissante à vos looks et s'accorder facilement avec toute votre garde-robe.

LE CÔTÉ PRATIQUE *VS* L'ESTHÉTIQUE

Oubliez les idées reçues du type « je suis grande donc je dois porter un grand sac » et inversement (voire pire, « je suis grosse donc je dois porter un gros sac » comme j'ai pu le lire parfois), qui sont des conseils archaïques et clivants. Vous devez simplement trouver votre équilibre dans tout cela. L'idéal est de pouvoir essayer les sacs à main qui vous font envie sur vous. Si le résultat vous plaît, que vous aimez la silhouette que vous renvoie le miroir, alors banco ! C'est aussi simple que cela, et c'est valable pour tous les essayages de manière générale, d'ailleurs.
Gardez en tête que le sac qui vous donnera de l'allure est avant tout celui qui correspond à vos besoins et à votre mode de

vie : si vous aimez avoir les mains libres, optez pour un sac en bandoulière ou un sac à dos plutôt qu'un porté épaule. Vous êtes souvent en déplacement pour des raisons professionnelles ? Un grand sac cabas avec des compartiments pour ranger votre agenda et votre ordinateur portable pourrait vous être utile. Vous prenez les transports en commun tous les jours ? Gare aux pickpockets et préférez les sacs qui se ferment complètement avec un zip plutôt qu'avec un bouton aimanté qui s'ouvre trop facilement, ou laisse entrevoir le contenu de votre sac. Attention aussi aux sacs panier en été : ils sont très en vogue mais il est facile de se servir à l'intérieur… préférez-le avec une fermeture de style pochon en coton cousu à l'intérieur (vous pouvez également le fabriquer vous-même).

Le format du sac aussi est important. Ne vous encombrez pas d'un grand sac si vous n'en avez pas l'utilité, vous risquez de le remplir et de vous charger inutilement. Je suis moi-même adepte du *less is more* question sacs à main. La plupart du temps, je ne porte que de petits sacs en bandoulière pour des raisons pratiques. J'aime avoir les mains libres, et comme je marche beaucoup à Paris, mon sac doit impérativement être léger si je veux éviter le mal de dos en fin de journée. Inutile de vous dire que son contenu est très rationnel : il y a mes clés, mon téléphone, un stylo, un porte-monnaie (qui fait aussi porte-cartes et contient ma carte d'identité) et parfois un flacon de gel hydroalcoolique pour me laver les mains. C'est tout. Ne comptez donc pas sur moi pour vous dépanner d'un paquet de mouchoirs ou d'un tampon hygiénique, désolée ! Mais, en vérité, nous avons rarement besoin de toutes ces choses que nous trimballons « au cas où ». Et personne n'attend de vous que vous soyez Mary Poppins ! Bien sûr, c'est différent quand on voyage ou que l'on a de très jeunes enfants qui ont des besoins spécifiques, mais le reste du temps, le contenu de notre sac à main mériterait vraiment d'être allégé. Il y a sans doute autant de sacs à main idéaux qu'il y a de femmes. Néanmoins, pendant l'écriture de ce livre, je me suis amusée à faire un sondage auprès des lectrices de mon blog et j'ai reçu plus de trois cents témoignages. Pour une grande majorité d'entre elles, le sac idéal est le suivant : un sac en bandoulière de contenance moyenne (assez grand pour y transporter un livre de poche ou un petit carnet par exemple), léger mais solide, dont la bride ne fait pas mal aux épaules, avec une fermeture sécurisée mais facile à ouvrir, des rangements avec accès rapide et… qui se fait oublier quand on le porte. Oui, c'est très précis ! J'ai été très étonnée de constater que peu d'entre elles avaient mentionné en premier l'aspect esthétique, la matière ou même une marque en particulier. Comme quoi, même si les femmes disent adorer les sacs à main, elles ne sont pas encore totalement aliénées, n'en déplaise aux mauvaises langues.

BON À SAVOIR

C'est évident, vous vous lasserez beaucoup plus vite d'un sac original mais peu pratique que vous ne pourrez pas porter tous les jours, que d'un beau sac intemporel qui répond à toutes vos attentes.

LE FANTASME *VS* LA VRAIE VIE

Fantasme : avoir plein de beaux sacs de marques de luxe et en changer tous les jours en fonction de sa tenue.
Vraie vie : collectionner les sacs différents mais pas forcément de qualité. Flemme de tout transvaser et garder le même sac tous les jours pendant six mois. Vous vous reconnaissez ? Voilà pourquoi il est inutile de collectionner les sacs ! Ne dépensez pas inutilement votre argent pour des pièces éphémères à chaque saison ou pour des sacs dont vous vous lasserez vite parce qu'ils font *cheap* (souvent le cas des sacs achetés dans les enseignes comme Zara ou H&M qui sont rarement en cuir) ou parce qu'ils ne sont pas du tout pratiques. Le bon exemple : la pochette de soirée. Très chic lors d'un cocktail, on ne peut pas le nier, mais expliquez-moi comment vous mangez, parlez et buvez votre coupe de champagne avec une seule main ? Avez-vous souvent l'occasion d'aller à ce genre de soirée mondaine ? Si oui, préférez une pochette avec une chaîne dorée (aussi appelée « minaudière ») que vous pourrez porter à l'épaule et vous laissera les mains libres.
Dans ce cas précis, le fait d'investir dans une belle pièce intemporelle de qualité et multifonctions prend tout son sens. Quitte à porter le même sac tous les jours, autant se faire plaisir en investissant dès le départ dans celui de ses rêves, plutôt que d'entasser les modèles bon marché et de continuer à loucher sur celui qui nous fait vraiment envie… J'ajoute qu'un beau sac de qualité n'est pas nécessairement un sac de luxe : un sac en cuir vintage sans marque avec une belle patine est tout aussi élégant à mon sens, voire plus. Un cabas en toile rigide peut également avoir fière allure, et il est très pratique quand on a beaucoup de choses à porter.

FAUT-IL INVESTIR DANS UN SAC DE LUXE ?

Vous avez les moyens de vous offrir le sac Chanel de vos rêves, mais vous n'osez pas sauter le pas ? Comment ne pas vous comprendre… Ce n'est pas un achat comme les autres, les prix sont devenus complètement fous ! En plus, qu'on le veuille ou non, le sac de luxe est un marqueur social qu'il vous faudra assumer, surtout si le logo est très visible. On risque aussi de vous voler votre sac durement payé, dans la rue à l'arraché ou sur une terrasse de café. Une triste réalité à laquelle il faut se préparer. Et pourtant, le marché du luxe se porte si bien que les grandes maisons augmentent chaque année le prix de leurs best-sellers. Une hausse particulièrement marquée en 2020 avec la crise sanitaire, durant laquelle le prix des matières premières, notamment le cuir, s'est envolé : en juillet 2021, Chanel annonçait une nouvelle hausse des prix de ses sacs iconiques de 10 à 15 %, soit la troisième augmentation depuis le début de la pandémie[6]. Il n'y a pas que le coût des matières premières qui fait grimper la facture : l'objectif de ces marques n'est pas d'être accessibles au commun des mortels, mais de rester élitistes et prestigieuses. Et la demande pour certains modèles cultes est telle (exemple : le très convoité Birkin d'Hermès) que ces marques jouent sur la rareté du produit en créant des listes d'attente. Cela ne fait qu'attiser le désir des clientes potentielles qui attendent parfois de longs mois et sont prêtes à payer le prix fort pour la pièce tant désirée !

Cependant, voici un argument qui pourrait vous convaincre de vous offrir un sac de luxe. Les cabinets de conseil sont unanimes : investir dans un sac de luxe s'avère aussi pertinent qu'investir dans l'immobilier, tant la plus-value peut être forte au bout de plusieurs années. C'est donc un excellent placement financier… Attention, cela est uniquement valable pour les modèles iconiques et intemporels des grandes maisons dont on est sûr qu'ils ne décoteront pas – comme le Chanel Timeless noir, neuf. En boutique, il coûte déjà plus de 5 000 euros ! Soit le prix d'un très beau voyage de noces à l'autre bout du monde !

Les sacs de luxe se transmettent aussi de mère en fille, ce qui est une excellente motivation et permet d'amortir son achat. Les versions vintage (en bon état) de ces modèles iconiques s'arrachent aujourd'hui à partir de 2 500 euros sur le marché de l'occasion, sur des sites comme Videdressing ou Vestiaire Collective. À ce prix, c'est une bonne affaire, donc ils partent très vite. Soyez réactive !

Certes, le marché du luxe est réservé aux gens aisés. Mais certaines marques proposent des produits d'appel pour les budgets moins importants. C'est le cas du Speedy de Vuitton, que l'on trouve parfois à partir de 300 ou 400 euros en seconde main, mais qui continue de prendre de la valeur.

Dans tous les cas, ne vous décidez pas trop vite et renseignez-vous bien sur les prix pour débusquer les arnaques. Un sac Chanel iconique en super-état à moins de 1 000 euros, c'est trop beau pour être vrai. Quant à la contrefaçon, elle est malheureusement courante. N'achetez que sur des sites parfaitement sûrs qui offrent une garantie authenticité (Videdressing par exemple).

6. Selon le média indépendant spécialisé *The Fashion Law*, « *Chanel boosts Prices Again, Sending Price Tags Up by 15 percent or More for Certain Bags* », juillet 2021.

CHAPITRE 15

PEUT-ON ENCORE PORTER DU CUIR ?

Avec le battage médiatique autour de l'élevage intensif et ses ravages sur l'environnement, il est normal de se demander si nous pouvons encore porter du cuir.

LES DESSOUS DE LA FILIÈRE DU CUIR

Sans parler de la question du bien-être animal, qui se pose inévitablement à nous, l'élevage bovin est responsable de 14,5 % des gaz à effet de serre de la planète[7]. Certes, en Europe, 99 % des peaux utilisées pour le cuir proviennent d'animaux élevés pour la production de lait ou de viande. Cela signifie que les animaux ne sont donc pas élevés pour le cuir. C'est seulement après l'abattage que leurs peaux sont considérées comme des sous-produits renouvelables, qui sont récupérés et transformés en cuir fini pour fabriquer nos sacs et nos chaussures. On peut donc considérer cela comme une forme de recyclage. Mais... est-ce que l'industrie du cuir n'encourage pas l'élevage malgré tout, si nous continuons à acheter du cuir ?
Quant au bien-être animal évoqué plus haut, même s'il existe de nombreuses fermes d'élevage où les animaux sont choyés (beaucoup d'éleveurs aiment

7. Organisation des Nations unies pour l'alimentation et l'agriculture ; http://www.fao.org/news/story/fr/item/197623/icode/

sincèrement leurs animaux), ils n'ont pas d'autres choix que de les envoyer à l'abattoir, l'abattage des animaux à la ferme étant interdit pour des raisons d'hygiène. Et nous avons toutes vu circuler sur les réseaux sociaux (plus ou moins volontairement d'ailleurs) des vidéos choquantes de l'association PETA mettant en lumière des actes de violence envers les animaux qui ont lieu dans les abattoirs français. Certains diront qu'il s'agit heureusement d'exceptions. Mais premièrement, c'est impossible de le vérifier par soi-même. Et puis quand bien même l'abattage a lieu dans des conditions de respect optimales, ces animaux n'ont pas demandé à mourir et il est évident que la question de la souffrance animale s'impose à nous.
Un autre problème de taille dans l'industrie du cuir est la traçabilité. Contrairement à la viande ou au lait, il est presque impossible de savoir de quelle ferme provient une peau. La traçabilité se perd au moment du tannage, c'est-à-dire lorsque la peau de l'animal est transformée en cuir, rendant le cuir imperméable et résistant. La première étape consiste à plonger les peaux dans un gros tonneau (le foulon) pour les nettoyer, et à moins d'avoir identifié chaque peau avant cette étape ou de les plonger dans des tonneaux bien distincts, c'est à ce moment précis que l'on perd l'origine du produit.
Et puisque nous parlons du tannage, celui-ci a par ailleurs de plus en plus mauvaise presse : saviez-vous que 85 % des peaux sont tannées avec du chrome ou des sels d'aluminium, des métaux lourds hautement toxiques et allergisants ? On imagine le désastre du tannage au chrome sur l'environnement, dans la mesure où celui-ci est en partie rejeté avec les eaux de rinçage (celles-ci sont néanmoins de plus en plus contrôlées, heureusement). Mais aussi les conséquences sur la santé des tanneurs qui respirent ces substances toute la journée, parfois au péril de leur vie...

ALORS ON FAIT QUOI ?

Malgré tous ces inconvénients (et non des moindres), le cuir est une matière noble, solide et respirante, qui se patine avec le temps. En ce sens, elle apparaît comme une matière désirable et durable à privilégier si vous souhaitez garder vos sacs ou vos chaussures très longtemps.

LE TANNAGE VÉGÉTAL

De plus en plus de marques proposent des modèles de sacs en cuir au tannage végétal, c'est-à-dire un tannage réalisé sans chrome mais avec des éléments naturels comme les écorces de bois (chêne, mimosa, pin, épicéa) ou les plantes. Il s'agit le plus souvent de marques écoresponsables qui indiquent utiliser cette technique de tannage végétal sur leurs fiches produits : n'hésitez pas à les consulter ou à demander des infos supplémentaires sur la provenance du cuir (en Europe, le cuir est majoritairement italien).

Le cuir au tannage végétal est une super-option pour limiter son impact environnemental. Mais attention à ne pas le confondre avec les appellations « cuir végétal » ou « cuir végan », qui ne désignent pas une matière animale mais une matière à base de fruits (pomme ou ananas) ou de plantes, mélangées la plupart du temps à du plastique (parfois recyclé) pour obtenir l'aspect du cuir. En réalité, ce sont des mots-valises qui veulent tout et rien dire... Si ces nouvelles matières innovantes ont le mérite d'être sans souffrance animale, leur impact n'est pas nul pour autant. Tout n'est pas à jeter dans l'appellation « cuir végan », mais je vous invite à vous renseigner sur la composition des produits que vous achetez. Entre le cuir ou le plastique, il faut choisir. Le tannage végétal n'en est qu'à ses balbutiements, mais c'est une technique prometteuse. Elle est plus longue que le tannage classique, donc jugée moins rentable pour les entreprises, mais j'ai bon espoir que l'industrie s'adapte à la demande du consommateur, qui souhaite acheter des produits plus naturels et moins néfastes pour l'environnement ou leur santé.

L'*UPCYCLING* POUR REVALORISER UN SAVOIR-FAIRE

Certaines marques écoresponsables utilisent des stocks dormants de cuir issus des grandes maisons de luxe. Ce sont des stocks destinés à être détruits qui vivent donc une nouvelle vie grâce à des petits créateurs engagés. Comme il s'agit de stocks en quantité limitée, ce sont des collections en petites séries. J'aime beaucoup ce que proposent la marque Phi.1618 et ses sacs aux lignes pures, ou encore Entoure et ses ceintures contemporaines upcyclées. Ces deux marques fabriquent leurs produits en France, afin de revaloriser le savoir-faire artisanal.

LES AVANTAGES DU CUIR AU TANNAGE VÉGÉTAL

- Il permet d'obtenir des teintes plus profondes et nuancées.
- Il se patine très joliment au fil du temps.
- Le tannage végétal rend chaque peau unique.
- Il est respectueux de l'environnement et de ses fabricants.
- Il ne provoque pas d'allergie.
- Il est durable.

LES INCONVÉNIENTS DU CUIR AU TANNAGE VÉGÉTAL

- Il est plus sensible à l'eau et se tache facilement.
- Il a une odeur plus forte qui peut déranger.
- Il coûte plus cher au consommateur (car le procédé de fabrication est plus long et coûteux).
- Le nombre de couleurs possibles lors de la teinture est limité.

LES SACS CULTES (ET INDÉMODABLES !)

Les sacs de luxe : le Timeless de Chanel qui va avec tout, le Classic Box de Céline très minimaliste, le Birkin d'Hermès (le plus cher de tous), le 2.55 de Chanel et son fermoir Mademoiselle, le Loulou d'YSL passe-partout.

Les *it bags* qui ont fait leurs preuves : le Farrow de Sézane (tannage végétal), le César de Balzac Paris, le Numéro 1 de Polène, le Demi-Lune d'APC, le Mini Metropolis de Furla, l'Igor de Jérôme Dreyfuss.

Les marques de maroquinerie écoresponsables très désirables : Raphaelle Germain (fabriqué en France), O My Bag (tannage végétal), Louvreuse (fabriqué en France), Rivecour (fabriqué au Portugal), Bleu de Chauffe (fabriqué en France), Astré (fabriqué en Italie), Léo & Violette (fabriqué en Italie).

Les marques véganes : Minuit sur Terre (fabriqué au Portugal), Matt & Nat (matériaux recyclés), Alixane, Jean-Louis Mahé.

L'*it bag* des jeunes mamans : le sac Josefina de la marque du même nom, aussi beau que pratique pour ranger couches, lingettes, doudou de votre bébé... mais aussi votre téléphone, agenda ou ordinateur portable. C'est le sac tout-terrain des mères actives !

PARTIE 2

QUATRE SAISONS

POUR CRÉER SON DRESSING IDÉAL

Maintenant que nous avons remis de l'ordre dans votre armoire et créé ensemble la base de votre dressing idéal, allons plus loin. Je vous propose d'adapter votre garde-robe aux saisons (et à leur climat) et de vous guider pas à pas vers une garde-robe écoresponsable. À chaque saison, son humeur et un objectif à remplir. Une manière amusante de transiter avec douceur vers une mode plus *green*. Le printemps, avec son son air de renouveau, sera l'occasion de se mettre à la seconde main, une façon simple et efficace de mieux consommer tout en continuant à se faire plaisir. En été, place au lâcher-prise et à un peu plus d'inclusion dans la mode. La rentrée sera plus studieuse : à l'automne, nous verrons comment gagner du temps le matin en créant des tenues *powerful*, tout en faisant le point de manière précise et concise sur les grandes lignes de la mode éthique : le *made in France*, les labels, les matières à privilégier... Oui, il va falloir étudier un peu (mais c'est plus simple que vous ne le pensez). Ensuite, vous pourrez vous reposer un peu en hiver. La saison invitant au cocooning, nous en profiterons pour exploiter à fond le contenu de votre garde-robe et le chouchouter pour le faire durer. Un beau programme, n'est-ce pas ?

LE PRINTEMPS

L'HUMEUR DE LA SAISON : LE RENOUVEAU

Ah, le printemps ! J'ai l'impression de revivre, pas vous ? Les jours qui rallongent, les cerisiers en fleurs et le soleil qui chauffe à nouveau la peau… C'est tellement jouissif ! Vive le retour à la lumière et aux tenues plus légères. Et côté penderie, c'est la saison du renouveau et la joie absolue. Mais attention : les nouvelles collections fleurissent en même temps que les arbres, alors la tentation d'acheter tout et n'importe quoi est grande ! C'est bien normal, après de longs mois d'hiver passés sous des couches de vêtements et des gros manteaux. Alors on respire un grand coup, on fait un miniménage de printemps dans sa garde-robe et on adopte une nouvelle façon de consommer : la seconde main. Car acheter d'occasion est la manière la plus écologique d'assouvir ses envies de nouveautés. Ce sont des vêtements qui existent déjà et qui n'attendent que vous pour leur donner une seconde chance. Les friperies, les dépôts-ventes et les plates-formes comme Vinted ou Leboncoin n'ont plus beaucoup de secrets pour moi. Découvrons ensemble comment nous y prendre pour glisser doucement vers un dressing plus responsable grâce au marché de l'occasion.

CHAPITRE 16

COMMENT SE DÉBARRASSER DES VÊTEMENTS QUI ONT COÛTÉ CHER ?

Ne vous êtes-vous jamais demandé quoi faire des vêtements, chaussures ou accessoires qui ont coûté cher, en vous lançant dans un grand tri de votre garde-robe ? Quelle épineuse question, n'est-ce pas ? Quels que soient nos moyens financiers, il y a toujours des vêtements qui nous ont coûté plus cher que d'autres et dont nous avons du mal à nous séparer. C'est normal ! Se débarrasser des choses pour lesquelles on a investi beaucoup d'argent ou économisé de longs mois est difficile. Le plus désagréable est de devoir admettre que l'on s'est trompée en ayant fait un mauvais choix, en plus du sentiment de gaspillage que cela nous inspire.
STOP ! STOP ! Ne culpabilisez plus et profitez de cette expérience malheureuse pour aller de l'avant. Votre argent a de toute façon déjà été dépensé et ce n'est pas en gardant tous ces vêtements dans votre placard que vous allez le faire revenir. Prenez du recul et rationalisez la situation : ce sac Gucci en velours bleu canard qui vous sort par les yeux ou ces escarpins Louboutin qui vous tuent les pieds ne vous apportent plus de joie ? Au contraire, ils vous encombrent et remuent sans cesse le couteau dans la plaie ? Ne leur faites pas de quartier, débarrassez-vous-en et libérez-vous de cette culpabilité. Ce ne sont que des vêtements, personne ne va venir vous jeter des tomates.

OPTION NUMÉRO 1 : LES REVENDRE

Revendre vos vêtements qui ont coûté cher est la meilleure option pour vous permettre de récupérer une petite partie de votre argent. Les vêtements de marques milieu de gamme comme Sézane, Balzac Paris, Claudie Pierlot, etc. se vendent très bien en seconde main sur des plates-formes comme Vinted, Videdressing.com ou Vestiaire Collective, surtout s'ils sont encore neufs ou en très bon état. Pour les pièces encore plus chères (Isabel Marant, ACNE, etc.), c'est un peu plus difficile de vendre à des prix corrects sur Vinted, qui reste le royaume de la bonne affaire. Soit vous êtes prête à négocier et vendre à un prix parfois inférieur à 75 % du prix d'achat, soit il vous faudra être très patiente et attendre qu'une personne veuille bien acheter votre article au prix que vous avez fixé.

Pour les marques de luxe, comme Chanel, Hermès, Saint Laurent, etc., je vous conseille les plates-formes spécialisées dans le luxe comme Videdressing, qui possède un service de contrefaçon et authentifie la marchandise qui transite sur le site. Vous vendrez plus rapidement que sur Vinted où beaucoup de clientes se méfient (à juste titre) des contrefaçons.

Cela peut sembler surprenant de vouloir se débarrasser d'un vêtement ou d'un sac de luxe, mais en réalité, cela arrive très souvent : besoin d'argent, cadeau raté, héritage dont on veut tirer profit, etc. Nous avons également vu dans le chapitre précédent que beaucoup de personnes utilisent les objets de luxe comme des placements financiers, puisque certains modèles cultes de sacs comme le Timeless de Chanel ou le Kelly d'Hermès prennent de la valeur chaque année. Les garder toute une décennie dans son placard en attendant que leur prix ait doublé peut s'avérer une bonne affaire.

Mais ma solution préférée pour vendre les belles pièces d'occasion reste les dépôts-ventes ayant pignon sur rue. C'est le meilleur moyen de vendre rapidement, surtout si vous n'avez pas le temps ni l'envie de gérer vous-même la logistique inhérente à la vente en ligne. Vendre sur internet est à la portée de tous, mais il y a une contrepartie : cela prend un temps fou, car il faut faire les photos, rédiger les annonces, préparer et envoyer les colis, et parfois même gérer le service après-vente quand les clientes sont mécontentes. Cela devient vite une activité à plein temps !

Les dépôts-ventes prennent généralement une commission de 50 % sur les ventes, mais ils s'occupent de tout, de la mise en vente au service client. À mon sens, cela revient au même que de vendre ses vêtements à moitié prix sur Vinted comme c'est souvent le cas... La tranquillité d'esprit en plus ! Ils font également un gros travail de sélection en amont afin de ne proposer que des pièces en bon état. Vous trouverez rarement des vêtements abîmés, tachés ou troués en dépôt-vente. J'ai la chance de vivre à Paris et il est vrai que les dépôts-ventes y sont nombreux. Mais beaucoup ont ouvert leurs portes dans des petites villes, tant la mode de seconde main se développe. N'hésitez pas à vous renseigner et à les soutenir !

Rendez-vous au chapitre 19 pour découvrir tous mes conseils pour bien vendre en ligne.

OPTION NUMÉRO 2 : LES DONNER, TOUT SIMPLEMENT

Si l'idée de revendre vos vêtements vous déplaît ou que vous ne souhaitez pas y passer du temps, vous pouvez tout simplement les donner. Un peu piquant sur le moment mais au moins, vous ferez plaisir à quelqu'un. Et ça, c'est très gratifiant, vous ne trouvez pas ?
Ce n'est pas toujours facile de donner des vêtements qui coûtent cher à des associations ou à des gens que l'on ne connaît pas, mais encore une fois, cet argent a déjà été dépensé et ne reviendra plus. Alors autant que ce dont vous ne voulez plus serve à d'autres, y compris aux personnes réellement dans le besoin. À partir du moment où l'on décide de donner un objet, c'est parce que l'on est prêt·e à s'en séparer. Donc la logique voudrait que l'on puisse le donner à n'importe qui, peu importe sa valeur. J'ai réalisé cela suite à un commentaire d'une lectrice, Anne-Sophie, sur mon blog. Selon elle, les personnes défavorisées ont autant le droit de porter des jolies choses que n'importe qui d'autre. Elle avait raison. Sa remarque était si juste qu'elle m'avait beaucoup touchée. Je vois désormais les choses autrement grâce à elle.
« J'aime cette idée de continuité purement gracieuse dont d'autres moins chanceux pourront profiter. » – Anne-Sophie
Une autre option qui permet d'adoucir la séparation est la transmission. C'est-à-dire donner vos vêtements qui coûtent cher à une personne proche que vous aimez : votre sœur, votre meilleure amie... Cela permet de rendre votre don plus concret et peut-être que vous aurez la chance d'en profiter par procuration. Je n'ai pas de sœur alors je donne beaucoup à ma maman. J'adore la voir porter les vêtements que je lui ai offerts. De son côté, je sais qu'elle en est fière : c'est sa manière de me dire qu'elle m'aime et qu'elle pense à moi.
Pouvoir transmettre une pièce que l'on aime à une personne chère est une manière de prolonger son histoire. Et quelle vision émouvante de la mode durable et responsable, vous ne trouvez pas ?

CHAPITRE 17

CINQ BONNES RAISONS D'ACHETER EN SECONDE MAIN

« Les friperies, ça pue ! »
« C'est démodé ! »
« Hors de question que je porte ce truc déjà porté »…

Voilà les remarques auxquelles je me heurtais il y a quelques années, lorsque je faisais part de ma passion pour la mode de seconde main à mes copines. En dehors du fait de payer moins cher ses vêtements, elles ne voyaient pas l'intérêt d'acheter des vieux trucs. Je ne pouvais pas leur en vouloir : la seconde main n'avait pas le même succès qu'aujourd'hui. Et puis, soyons honnêtes, l'odeur de poussière et de transpiration de certaines friperies était assez décourageante. Mais aujourd'hui, tout a changé ! La technologie a rendu la mode circulaire accessible à tout le monde et en trois clics (merci Vinted !), et l'idée de mieux consommer en donnant une seconde vie à des choses qui existent déjà commence doucement à faire son chemin.

UN ACTE CITOYEN

On dit souvent qu'acheter, c'est voter. En achetant de la seconde main, vous faites un geste citoyen : vous réduisez la demande pour des vêtements neufs. Ou du moins, vous ne l'encouragez pas, puisque vous achetez quelque chose qui existe déjà. Et ça, ce n'est pas rien en termes d'impact environnemental. Sur le plan humain, vous aidez aussi à la création d'emplois et à la réinsertion sociale lorsque vous achetez dans certaines boutiques solidaires comme Emmaüs ou la Boutique solidaire bis à Paris, par exemple. Certains vide-dressings sont parfois organisés pour des associations caritatives. Il y a souvent de belles actions à soutenir qui rendent vos achats encore plus satisfaisants.

LA FRIPE, C'EST CHIC

Il paraît qu'en 2028, le marché de la seconde main dépassera celui de la *fast fashion*. C'est le rapport publié en janvier 2021 par le site Thred Up[8], une plateforme américaine de vente de mode entre particuliers. Cela ne m'étonne guère, il suffit d'aller dans certains quartiers branchés de Paris le samedi pour constater que les jeunes ne font plus la queue chez Zara… mais devant Guerrisol ou Kiloshop ! Et dire que si j'étais née vingt ans plus tôt, j'aurais été branchée ! En tout cas, j'aurais eu moins l'air d'une extraterrestre aux yeux de mes amies et n'aurais pas subi autant de moqueries. Merci à mes parents de m'avoir trimballée dans les brocantes quand j'étais plus jeune. J'ai longtemps détesté cela, je ne prenais aucun plaisir à arpenter les rayons de vieux objets et je suivais mes parents en râlant, tout comme le font mes enfants avec moi aujourd'hui. Et puis un jour, à force, la magie a opéré : je me suis rendu compte que chaque objet qui se trouvait là avait une histoire et qu'il était unique.

UNE POCHETTE-SURPRISE GÉANTE

On ne sait jamais sur quoi on va tomber quand on entre dans une friperie ou un dépôt-vente. C'est ce que j'aime le plus : contrairement à toutes ces grandes enseignes standardisées qui vendent la même chose et laissent peu de place à la surprise, dans les friperies ou les dépôts-ventes, tous les vêtements sont uniques et disponibles dans une seule taille ! Si vous flashez sur une pièce qui est, par chance, à votre taille, ne laissez pas filer votre trésor. Combien de fois ai-je regretté de ne pas avoir acheté mes coups de cœur en friperie. Il y a deux ans, lors d'un week-end à Amsterdam avec mon mari, nous avions parcouru la ville dans les deux sens pour un sweat léopard que j'avais laissé sur son cintre dans une friperie, ne voulant pas encombrer mon dressing inutilement. Finalement, ce sweat m'avait obsédée toute la journée ! Mon mari, voyant que j'étais très déçue et pleine de regrets, m'avait aidée à retrouver l'adresse de cette petite friperie que nous avions visitée le matin. J'étais tellement soulagée quand j'ai vu que mon sweat (oui, c'était déjà le mien, haha) m'attendait là où je l'avais laissé.

8. https://www.thredup.com/resale/static/thredup-resaleReport2020-42b42834f03ef2296d83a44f85a3e2b3.pdf

L'idée n'est pas d'acheter tout ce qui vous plaît en seconde main de manière compulsive, au risque d'accumuler, mais les coups de foudre pour une pièce vintage sont réels. La fripe, c'est comme l'amour : il faut savoir donner une chance au produit, au risque de passer à côté d'une belle histoire.

L'APPRENTISSAGE DE LA PATIENCE

Certaines pièces vintage sont très recherchées, comme le trench Burberry et toutes les pièces en jean en général. Quelle que soit la pièce que vous convoitez, la trouver peut prendre du temps. Mais quel passe-temps agréable de chercher la perle rare ! Je trouve tout aussi amusant d'écumer Vinted pendant des heures que de remplir des paniers virtuels sur H&M comme je le faisais autrefois. Ou d'arpenter toutes les friperies d'une ville juste pour le plaisir des yeux, plutôt que d'errer dans les rayons des grands magasins où tout se ressemble et paraît bien plus fade. En prenant compte de nos réelles envies, on achète moins sur un coup de tête. On reprend aussi la main sur son pouvoir de consommateur. Et quel bonheur quand on met enfin la main sur la pièce tant convoitée !

SE FAIRE PLAISIR SANS CULPABILISER

Enfin, un autre gros avantage de la seconde main (et pas des moindres) est qu'il permet de dynamiser sa garde-robe basique avec des pièces plus fortes et originales dont on pourrait se lasser rapidement, sans nécessairement casser sa tirelire. En clair, s'amuser et se faire plaisir sans culpabiliser. Les erreurs d'achat sont toujours moins douloureuses pour l'ego et le portefeuille quand elles sont d'occasion. On a moins le sentiment de s'être fait avoir ou d'avoir gaspillé ses sous. Et sur le plan écologique, on n'a pas encouragé la mode jetable en se ruant dans les grandes enseignes. C'est tout bénef' !

GARE AUX ACHATS COMPULSIFS SUR VINTED

Si la seconde main est géniale pour se faire plaisir en gardant une conscience écolo, attention quand même à ne pas en abuser et acheter n'importe quoi sous prétexte que c'est en seconde main ! Pour avoir moi-même beaucoup chiné en friperie ou sur Vinted, je sais que le plaisir de trouver une perle rare peut devenir addictif. Dans le pire des cas, ce n'est même plus l'objet en lui-même qui nous intéresse, mais uniquement la satisfaction très éphémère d'avoir fait une bonne affaire. C'est comme ça que l'on se retrouve tous les soirs dans son canap' à ouvrir l'appli Vinted sur son téléphone et à chercher tout et n'importe quoi. Une vraie drogue ! C'est totalement contre-productif car ces vêtements achetés de manière compulsive finiront certainement au fond de votre armoire, en plus il faudra vous déplacer pour aller chercher les colis au relais, quelle plaie... Il fut un temps pas si lointain où je passais des soirées entières sur Vinted à acheter tous les vêtements que je trouvais beaux et pas chers pour mes enfants alors que leur placard était déjà plein. Juste pour le plaisir d'acheter des fringues de mes marques préférées (Bonton, par exemple) à des prix défiant toute concurrence. Quand l'adrénaline redescend, on se sent tellement nulle !

N'achetez en seconde main que ce dont vous avez besoin ou qui vous fait vraiment envie. Les achats d'occasion restent des achats qui doivent être réfléchis. Car même s'ils ne pollueront pas la planète – ou moins –, ils risquent de polluer votre garde-robe. Précisément ce dont vous ne voulez plus.

CHAPITRE 18

LES MEILLEURES FRIPERIES EN LIGNE

Il n'y a pas que Vinted ou Leboncoin pour faire du shopping en seconde main ! Les friperies en ligne fleurissent sur la toile, pour le plus grand bonheur des amateurs de vintage. Voici mes préférées :

IMPARFAITE

www.imparfaiteparis.com
Imparfaite est la pionnière des friperies en ligne et sans doute la plus branchée, avec une sélection mode très pointue. Attention, ces pièces exceptionnelles partent très vite, il vaut mieux être rapide. On y trouve de bons vieux jeans 501 vintage patinés comme il faut, qui font des fesses d'enfer. Si on a un doute, un « Levi's® 501 calculator » imaginé par l'équipe permet même de trouver la bonne taille. On trouve également du vrai beau vintage de créateurs (Yves Saint-Laurent, Givenchy...), un filtre permet même de focaliser sa recherche uniquement sur ces créateurs de luxe. Pratique !

LA FRIPE FRANÇAISE

www.lafripefrancaise.com
Créée par deux jeunes Lilloises sensibles à la mode écoresponsable, La Fripe française est la nouvelle adresse pour shopper du vintage en ligne. Ellynn et Camille chinent aux quatre coins de la France des pépites vintage qu'elles lavent et retouchent avant de les proposer à la

vente. Les nouveautés sont mises en ligne deux fois par semaine environ.

AU CŒUR DE MON DRESSING

aucoeurdemondressing.fr
Mi-friperie, mi-dépôt-vente moderne, Au cœur de mon dressing est la boutique responsable imaginée par Perrine, une Lilloise qui propose aussi des prestations de conseil et optimisation de sa garde-robe. Son univers est très doux et les vêtements qu'elle chine, toujours de très bon goût. Une pépite.

GIGETTE VINTAGE

gigette-vintage.com
Chez Gigette, tout est trop chouette ! La petite équipe chine des pièces uniques des années 1960 aux années 1990. Gigette mise sur les vêtements et les accessoires fun et colorés pour une garde-robe durable et joyeuse ! La boutique propose toutes les tailles du 32 au 50, et une sélection de bijoux originaux auxquels il est difficile de résister.

LA BONNE PIOCHE

www.labonnepiocheparis.com
L'une des friperies chics préférées des Parisiennes possède désormais son e-shop. J'aime beaucoup y jeter un œil, le site est très agréable avec de belles photos qui donnent envie, et une présentation très claire et sobre des produits en vente.

J'IRAI CHINER POUR VOUS

www.jiraichinerpourvous.com
Chaque vendredi, une nouvelle sélection est mise en ligne sur le site J'irai chiner pour vous par Agathe, la créatrice de cette friperie si cool. Soyez rapide, les pièces sont tellement bien choisies qu'elles partent vite. Tous les vêtements sont présentés portés par Agathe *herself*, un vrai plus car cela permet de se projeter facilement.

OLDÉ PARIS

www.oldeparis.com
Fondé par Emma Bonneaud, influenceuse mode, le site Oldé Paris propose de nombreuses pièces de créateurs vintage sélectionnées avec soin. Non seulement le site est très beau et agréable, mais les vêtements sont quasiment tous présentés sur de vrais modèles. Esthétique et pratique !

LA FRANGE À L'ENVERS

www.lafrangealenvers.fr
Avis aux provinciales, La Frange à l'envers, l'un des dépôts-ventes préférés des Parisiennes, a aussi son e-shop. Le site

propose une sélection de pièces toujours tendance et en parfait état.

ASOS MARKETPLACE

www.asos.com
Si le site Asos est plutôt un géant de la *fast fashion*, on y trouve étonnamment une marketplace vintage. Bon, on ne va pas s'en plaindre, il y a beaucoup de choix parmi les milliers de pièces disponibles, à des prix très intéressants. C'est l'endroit parfait pour chiner un tee-shirt rock ou un vieux jean Levi's® en bon état.

ESTY

www.etsy.com
Sur ce site à l'origine dédié aux petits créateurs et vendeurs *homemade*, on peut désormais acheter des vêtements et des bijoux vintage. Il suffit de se rendre dans l'onglet « Vintage » qui se situe tout en haut à droite. Les filtres de recherche sont très performants, vous pouvez sélectionner les boutiques uniquement en France par exemple. C'est très pratique si vous ne souhaitez pas faire venir vos achats de l'autre bout du monde et limiter votre impact carbone ainsi que le montant des frais de port. Comme pour Asos Marketplace, les recherches doivent se faire en anglais... mais on s'y habitue vite.

CHAPITRE 19

COMMENT BIEN VENDRE EN LIGNE ?

Vendre ses vêtements, sacs à main ou chaussures sur des plates-formes de seconde main comme Vinted ou Leboncoin est un jeu d'enfant tant elles sont faciles à appréhender. Je vends moi-même sur ce type de plate-forme depuis plus de quinze ans (j'ai commencé sur le site de vente aux enchères Ebay) et j'y vois énormément d'avantages quand il s'agit de se débarrasser au plus vite de ses affaires. Vinted est la plate-forme la plus populaire à ce jour et vous trouverez sans aucun doute des acheteuses !
Néanmoins, pour des ventes rapides et efficaces, voici mes conseils, que l'on pourrait appeler « les 10 commandements d'une bonne vendeuse ».

UNE PAGE DE PROFIL ATTRACTIVE TU CRÉERAS

Votre page de profil est votre carte d'identité sur Vinted. Inutile de cultiver le mystère, c'est exaspérant et ça ne donne pas envie d'acheter. Personnellement, ça me fait fuir. Ajoutez donc une jolie photo de vous et faites l'effort de rédiger quelques lignes pour vous présenter rapidement. Pas besoin d'étaler votre CV, un petit « Salut, je m'appelle XXX ! Bienvenue dans mon dressing que je renouvelle régulièrement, n'hésitez pas à me contacter si vous avez des questions. » Voilà, c'est simple comme bonjour, ça prend trois minutes et ça donne envie aux acheteuses d'échanger avec vous.

DES VÊTEMENTS DE SAISON TU VENDRAS

Vous auriez envie d'acheter une robe d'été en décembre, vous ? Moi non, et vos potentielles acheteuses non plus. C'est une question de bon sens. Donc ne vendez que des vêtements de saison et attendez le printemps avant de ressortir vos shorts d'été ou vos maillots de bain pour les vendre. Calez-vous tout simplement sur le calendrier de l'année pour réussir vos ventes. C'est bien plus efficace.

DES PHOTOS QUI DONNENT ENVIE TU FERAS

Pas besoin d'être une photographe professionnelle pour mettre vos articles en valeur. Mais évitez les photos floues ou trop sombres. On doit voir vos vêtements très nettement pour avoir envie de les acheter et, si possible, de près et en détail ! Rapprochez-vous du vêtement que vous souhaitez photographier et faites toujours vos photos à la lumière du jour, près d'une fenêtre. Vous obtiendrez un bien meilleur résultat !

Une astuce qui fonctionne bien est de poser vos vêtements à plat, sur un fond neutre et uni. Cela peut être votre parquet ou votre lit (sauf si votre housse de couette est bariolée). Vous pouvez également les prendre en photo sur un cintre, suspendus à une poignée de porte. C'est un peu le système D, mais ça marche. Ce qui est important est de ne pas avoir un décor trop chargé qui brouille vos articles. Par exemple : trop de couleurs dans la pièce ou une chambre mal rangée autour. N'oubliez pas que vos articles doivent apparaître en gros plan.

L'idéal, quand même, pour booster les ventes, est de vous prendre en photo avec vos vêtements portés. Vous n'êtes pas obligée de montrer votre tête, juste votre silhouette. Les acheteuses ne pouvant pas essayer avant d'acheter, elles adorent voir le vêtement porté sur vous avant de cliquer sur le bouton « acheter ». Cela leur permet de se projeter, mais aussi de comparer leur morphologie et leur taille avec les vôtres et de mieux évaluer si le vêtement leur ira ou pas.

Je vends moi-même régulièrement sur ces plates-formes, et les vêtements qui partent en premier sont toujours ceux dont je montre des photos de moi qui les porte. Eh oui, pour vendre rapidement et mieux, il faut donner de sa personne.

HONNÊTE ET PRÉCISE DANS TES DESCRIPTIONS TU SERAS

Tout se vend sur le marché de la seconde main, y compris les vêtements tachés ou troués. Il m'est arrivé de vendre des vêtements de mes enfants qui étaient décousus ou des gilets auxquels il manquait un bouton. Le seul impératif est de le préciser dans la description et de joindre des photos avec les défauts mentionnés en

gros plan. Certaines acheteuses sont d'excellentes couturières et achètent volontiers des vêtements décousus ou avec des boutons manquant à moindre coût. Il faut tout simplement le signaler dans l'annonce. Cette preuve écrite pourra également vous servir en cas de litige si l'acheteuse se plaint en recevant la commande.
Plus vous donnerez de détails, moins les acheteuses auront besoin de vous poser de questions. Voici ce que je renseigne systématiquement : composition du vêtement (matières), instructions de nettoyage, défauts éventuels, et si le vêtement taille correctement ou non. À défaut, il m'arrive de préciser quelques mesures, comme la longueur, le tour de taille, etc.

TES PRIX DE VENTE TU BAISSERAS

Beaucoup de mes amies se plaignent de ne rien vendre sur Vinted. Je suis donc allée vérifier leur profil et la raison m'a semblé évidente : elles vendent beaucoup trop cher ! Que vous vendiez des articles de luxe ou non, dites-vous que les acheteuses sont comme vous : elles viennent sur les plates-formes de seconde main pour trouver la perle rare, mais aussi pour faire des affaires. Pour vendre à coup sûr, il faut pratiquer des prix assez bas, au minimum 50 % moins cher que le prix de vente en boutique. On est d'accord, c'est rageant, mais c'est ça ou l'article a de fortes chances de vous rester sur les bras. Vous avez envie de vider votre placard, oui ou non ?
Certaines marques se vendent mieux et plus cher que les autres, c'est le cas de Sézane par exemple. N'importe quel vêtement Sézane en bon état se vend généralement dans la journée, voire dans l'heure... Fou ! Attention avec Sézane : certaines vendeuses pas très honnêtes en profitent pour revendre certaines pièces *sold out* et très recherchées plus cher que le prix d'origine... Ne vous faites pas avoir ! Les sacs à main de luxe Chanel, Hermès sont également très prisés sur Videdressing ou Vestiaire Collective et partent très vite !

TOUJOURS RÉACTIVE TU SERAS

Vendre sur Vinted, c'est un peu comme jouer à la marchande, donc assurer aussi le service après-vente. Si une potentielle cliente prend deux minutes de son temps pour vous demander une information supplémentaire, c'est qu'elle est sans doute intéressée. N'attendez donc jamais plus de 24 heures (à l'échelle d'internet, c'est déjà trop) pour répondre à vos messages. Même si certaines questions vous agacent comme « Est-ce qu'il s'agit d'un vrai 39 ? » (un grand classique), « Pourquoi le vendez-vous ? » (je trouve cette question déplacée, mais j'y réponds toujours), « Est-ce que c'est un noir vraiment noir » (*sic*), « Est-ce que les boutons sont en plastique ou en résine végétale ? », « Quelle est la largeur des manches », etc. Oui, c'est pénible, mais c'est ça, le service client !

BON À SAVOIR
Plus votre annonce sera détaillée, moins les acheteuses auront de questions à vous poser. Donc donnez le maximum d'informations, notamment les mesures à plat si vous avez le temps. N'hésitez pas à vous procurer un mètre ruban, c'est très utile.

PLUSIEURS ARTICLES À VENDRE SI POSSIBLE TU METTRAS

Vous aimez entrer dans un magasin vide, vous ? C'est un peu froid, non ? Sur Vinted, c'est pareil, pour réussir ses ventes, il vaut mieux avoir plusieurs articles en vente en même temps. C'est une tactique qui fonctionne très bien pour donner envie aux acheteuses de s'intéresser au contenu de votre garde-robe, surtout si vos mises en ligne sont récentes. De plus, la plateforme permet aux acheteuses d'acheter en lot pour réduire les frais de port ou de bénéficier de réductions, si vous avez activé cette option. C'est tout bénef' pour multiplier les ventes.

TES EMBALLAGES TU SOIGNERAS

Vous aimeriez recevoir un vêtement froissé ou emballé à la va-vite ? Non, évidemment ! Faites un petit effort et soignez vos colis. Lavez, repassez systématiquement vos articles, et pliez-les soigneusement. Pour les vestes et les manteaux, un petit tour au pressing avant la mise en vente est la moindre des choses. Utilisez aussi un rouleau autocollant pour retirer les cheveux ou les éventuelles poussières.

Pour l'emballage, privilégiez la récup' et gardez les cartons que vous recevez à domicile, lorsque vous commandez sur des sites e-commerce. Mais pas le carton de pizza de la veille ni la boîte de céréales vide de vos enfants. Cela vous fait sourire ? Sachez que cela m'est déjà arrivé de recevoir un tee-shirt dans ce type d'emballage, et ce n'est pas très agréable. Quand je vends des vêtements sur Vinted, j'aime bien utiliser du papier de soie recyclé pour mes emballages. J'ajoute parfois des fleurs séchées, du washi-tape ou un joli ruban en fonction de ce que j'ai dans les tiroirs. Quand j'ai le temps, je glisse même un petit mot (« Merci pour votre achat, à bientôt ») et *zou !* Je mets tout dans un carton et roule ma poule. Ça prend un peu de temps, mais c'est une attention qui ne laissera pas indifférent.

Ce n'est pas parce qu'il s'agit d'un achat d'occasion qu'il ne faut faire aucun effort. Et n'oubliez pas que vous recevez une évaluation à la fin de la transaction. Une cliente satisfaite est une cliente qui revient !

COOL ET SYMPA TU SERAS

Sur Vinted ou Leboncoin, ce sont avant tout les communautés de gens qui font vivre la plate-forme. Soyez aimable avec eux comme vous le seriez dans la rue ou avec vos ami·e·s. N'hésitez pas à envoyer un petit mot après la transaction pour savoir si l'acheteuse est contente de sa commande, ça fait toujours plaisir. J'ai plus de 200 transactions à mon actif sur Vinted et j'ai fait de belles rencontres virtuelles avec certaines acheteuses. L'une d'elles est devenue maman au moment où nous échangions. Je lui ai glissé une petite surprise dans son colis : un joli pyjama de mon dernier bébé qui était devenu trop petit. Elle était vraiment heureuse. Moi j'étais contente de lui faire plaisir et ça ne me coûtait rien du tout.
Les plates-formes de seconde main ne sont pas le monde des Bisounours pour autant, et ce serait mentir de dire que l'on n'y croise jamais de personnes malhonnêtes ou désagréables. Mais on peut apprendre à tirer parti de leurs avantages, pour vendre intelligemment et participer à une mode plus vertueuse.

RAISONNABLE TU SERAS

Au même titre qu'il ne faut pas acheter sans arrêt sous prétexte que c'est de l'occasion, Vinted ne doit pas servir d'autel à vos achats ratés. Cette plate-forme doit rester une option pour vous séparer des vêtements dont vous ne voulez plus, et non pas pour vous débarrasser de vos achats compulsifs. Beaucoup regrettent que la plate-forme Vinted soit devenue un marché géant de la *fast fashion* d'occasion… Il est vrai que l'on trouve à foison des vêtements H&M ou Zara, parfois encore neufs avec leurs étiquettes ou portés une seule fois. La plupart de ces vêtements sont sans doute des erreurs d'achat qui atterrissent sur la plate-forme plutôt que de rester au fond d'un placard ou de finir dans une poubelle. Sur le principe, pourquoi pas. Oui mais… le simple fait de savoir que l'on peut facilement revendre sur Vinted un vêtement acheté à la va-vite n'encourage pas à réfléchir à ses achats. On se dit : « Tant pis si je ne porte cette fringue qu'une ou deux fois, au pire elle finira sur Vinted. » Or être une consommatrice écoresponsable, c'est donner du sens à chacun de ses actes.
Vinted est une chance pour nous de mieux consommer. C'est aussi une alternative plus écologique à nos envies du moment, parce que oui, on a le droit de vouloir se faire plaisir ou de suivre les tendances. Mais ça ne doit pas être une excuse pour justifier nos razzias au Zara du coin. Imaginez, si tout le monde faisait ça…

CHAPITRE 20

LES BASIQUES DU PRINTEMPS

Au printemps, je profite des températures plus clémentes pour porter à l'envi mes basiques préférés comme le trench ou le chemisier en soie, qui sont idéaux en cette saison. C'est aussi la période de l'année où je porte le plus ma marinière (en été il fait parfois trop chaud) ainsi que ma veste en jean. Néanmoins, j'aime l'idée d'insuffler un air de renouveau à ma garde-robe avec des pièces intemporelles qui évoquent le printemps et qui sont pour moi des basiques de saison.

LA COMBINAISON PANTALON

Le printemps est la saison idéale pour la combi-pantalon, car vous pouvez simplement ajouter une petite veste en jean ou un perfecto. Allure garantie ! La combi-pantalon est une pièce très élégante qui se suffit à elle-même. Si vous trouvez la bonne, qui tombe parfaitement sur vous, je vous promets que vous vous sentirez belle et confiante. C'est la magie de la combi ! Même si ce n'est pas très pratique quand il s'agit de passer aux toilettes, son pouvoir de séduction compense largement ce petit inconvénient.

UNE BLOUSE LÉGÈRE

Au printemps, j'use et abuse de mes chemises en coton. Mais chaque année, j'aime bien m'offrir une petite blouse légère et printanière que je choisis dans une matière fluide comme la soie ou le voile de coton. Mes blouses préférées au printemps sont les blanches en coton avec de jolies broderies à l'anglaise. La blouse blanche brodée permet de créer des looks de styles différents : par exemple bohème, portée avec une jupe longue à fleurs ou un jean seventies à la coupe « flare » (jambe élargie). Avec un jean, un perfecto et une paire de Converse, la blouse blanche brodée se fait plus rock, moins romantique. Très facile à associer, c'est une pièce intemporelle qui traverse les générations sans jamais se démoder. La preuve est que l'on en trouve plein en friperie, parfois dans de très beaux cotons de qualité, qui leur ont permis de durer. Les blouses à fleurs, à pois ou dans des tons pastel ou nude (couleur peau) peuvent également booster votre garde-robe de printemps et égayer en un clin d'œil vos tenues basiques. Ne vous privez pas, ce sont des pièces très faciles à porter avec un jean ou un pantalon noir ou blanc. Et ces pièces qui sentent bon le printemps vous mettront de bonne humeur le matin.

UN FOULARD EN SOIE

Vous connaissez le proverbe : « En avril, ne te découvre pas d'un fil ! » Sachez que je respecte ce principe à la lettre, quitte à avoir un peu chaud les jours de grand beau temps. La météo peut être tellement traître en cette saison ! D'ailleurs, le foulard n'est pas seulement un accessoire décoratif. C'est aussi un indispensable de la garde-robe de printemps pour vous protéger des petits coups de vent inattendus fréquents à cette période, surtout si vous n'avez pas la chance de vivre au soleil. Mais le foulard est surtout un moyen d'apporter une petite touche de fantaisie à votre tenue sans dépenser des fortunes. On le choisit de préférence en soie, mais vous n'êtes pas obligée de casser votre tirelire pour vous offrir un carré de soie Hermès, même si vous avez toujours entendu qu'il s'agit d'une valeur sûre. C'est vrai, le carré de soie Hermès est un classique indémodable que les femmes se passent de mère en fille (et qui se revend très bien sur le marché de l'occasion). Mais les motifs sont souvent très classiques, voire un peu BCBG. Sachez que l'on trouve de très jolis foulards en soie dans des enseignes comme Monoprix, à petits prix, par exemple.

Si vous le pouvez, évitez le foulard en polyester qui ressemble à de la soie mais qui ne tient absolument pas chaud et va s'user très vite, en plus d'être une calamité écologique. Ou alors achetez-le en friperie. Les friperies sont une mine d'or pour les foulards : on en trouve des centaines dans toutes les matières et de toutes les qualités. Il faut souvent fouiller dans des bacs, mais quel bonheur de trouver la perle rare !

L'avantage du foulard est qu'il se porte de mille façons. Autour du cou, noué au poignet, en guise de ceinture ou sur les anses de votre sac à main. Il sert de touche finale à vos tenues en mal d'inspiration et n'est jamais un mauvais achat.

UN PULL EN FINE MAILLE

Trop chaud pour porter un gros pull d'hiver mais pas assez pour sortir avec un simple chemisier ? Votre meilleur allié de la saison est le petit pull fin. Le vrai luxe est de s'offrir un pull très fin en cachemire à porter à même la peau au début du printemps. Superfine, la laine mérinos est aussi une bonne option, car elle est thermorégulante et respirante. Sinon, optez pour un simple pull en coton pas trop épais, il sera plus agréable à porter et facile à glisser dans vos pantalons.
Le petit pull en fine maille est vraiment un basique du printemps, qui aide à patienter en douceur jusqu'à l'été. Je vous conseille de choisir un modèle uni, dans une coupe simple. Côté couleur, j'avoue que ma préférence va au blanc, blanc cassé, beige, et tous les tons nude ou pastel qui sont les plus printaniers mais aussi les plus faciles à assortir avec le reste de sa garde-robe. Avec des tons neutres, vous ne pouvez pas vous tromper. De plus, cela flatte votre teint, surtout avec une touche de blush sur vos joues ou de rouge à lèvres.

UNE PAIRE DE CHAUSSURES « NUDE » OU DE COULEUR CLAIRE

Côté chaussures, c'est aussi le moment de mettre vos pieds à l'heure du printemps. Quel que soit votre type de chaussures favori, boots, ballerines, derbies ou escarpins, choisir un modèle de couleur nude, beige ou de n'importe quelle couleur claire fait vraiment du bien au moral !
Personnellement, je porte rarement des sandales ouvertes avant fin mai ou début juin (c'est l'inconvénient de vivre à Paris), mais je me fais plaisir avec des derbies ou des boots de couleur claire. Mes boots préférées sont le modèle Dicker en cuir nubuck de la marque Isabel Marant, qui ont un petit talon et un style un peu folk. C'est un modèle culte de la marque qui existe en plusieurs coloris et qui a toujours autant de succès auprès des modeuses aguerries. Ce n'est guère étonnant : elles sont souples et extrêmement confortables, solides et indémodables. J'ai hésité pendant des années à me les offrir car leur prix est assez important, mais je n'ai jamais regretté mon achat. Les miennes sont beiges et idéales pour le printemps, même si je les porte toute l'année. Le modèle Dicker a souvent été copié, mais jamais égalé. On trouve néanmoins des modèles similaires de bonne qualité et plus abordables parmi les grandes enseignes de chaussures, comme Minelli ou Bocage.
Les baskets blanches sont aussi idéales au printemps, car elles craignent moins la pluie et illuminent nos looks de saison, en plus d'être cool et agréables à porter. Les Converse montantes blanches ou noires font aussi partie de mes chaussures préférées au printemps.

UNE ROBE LONGUE BOHÈME

Pourquoi c'est un basique du printemps ? Parce qu'elle est légère, féminine, poétique, vaporeuse, agréable à porter et synonyme de liberté. Je ne lui trouve que des qualités. Elle est tellement facile à vivre et à associer avec les autres basiques de la garde-robe que je ne pourrais pas m'en passer. Elle fonctionne aussi bien avec le perfecto qu'avec la veste en jean, des baskets blanches ou des boots folk. Une grande majorité de ces robes sont en viscose, un tissu fabriqué à base de matériaux naturels (pulpe de bois) mais dont le procédé de transformation chimique du fil est assez polluant. Achetez-la plutôt en seconde main, ou alors optez pour une viscose qui possède le label EcoVero ou FSC. Ces labels indiquent que la viscose est fabriquée à partir de pulpe de bois issu de forêts durables et contrôlées, avec une consommation d'eau réduite de 50 %.

Ne pensez pas que les longues robes bohèmes ne vont qu'aux grandes : c'est totalement faux. Il s'agit plutôt de trouver la bonne longueur. Vous avez d'autres possibilités que la robe longue XXL qui traîne par terre. Une longueur midi, à mi-mollet, c'est très joli aussi quand on est petite, encore plus avec un petit talon. Le meilleur moyen de le savoir est d'essayer. Rendez-vous au chapitre 36 pour un décryptage des labels.

UN PANTALON FLUIDE ET LÉGER

Pour changer un peu des jeans et des pantalons noirs, j'aime beaucoup porter des pantalons fluides et légers au printemps. Ils sont particulièrement jolis avec une veste courte, comme la veste en jean ou le perfecto, voire un blazer pour un style plus pointu. Côté coupe, je préfère les tailles hautes qui sont toujours plus flatteuses. Pour le reste, tout dépend de mes coups de cœur, mais j'aime beaucoup les formes carotte ou paperbag, ou encore le pantalon palazzo, magnifique avec sa taille haute et sa jambe très large.

Le lyocell est une matière écoresponsable de choix pour ce type de pantalon. C'est une matière fluide qui donne un joli tombé à vos vêtements et qui est très agréable à porter. Comme la viscose, le lyocell est une fibre fabriquée à partir de pulpe de bois mais qui a l'avantage d'être totalement recyclable car fabriquée en circuit fermé. Sa production ne nécessite que très peu d'eau. Le lin est aussi une bonne option pour vos pantalons légers de printemps. C'est une fibre naturelle qui possède de nombreuses vertus, comme nous le verrons dans le chapitre réservé aux matières.

Depuis quelque temps, je me surprends à avoir des envies de pantalon en soie pour le printemps. Il est tellement chic, surtout en noir ou en beige. Mais je n'ai pas encore trouvé le bon !

CHAPITRE 21

DENIM, MON AMOUR

Ma mère dit souvent sur le ton de la plaisanterie que je suis née avec un jean, et elle n'a pas tort. Les jeans ont toujours fait partie de ma vie depuis la plus tendre enfance. Je n'étais pas vraiment le genre de petite fille modèle qui portait des robes volantes bien repassées. Plutôt le genre qui rentrait de l'école avec ses collants troués, des taches sur son tee-shirt et la tête toute décoiffée. Mon plus jeune fils, Basile, est aussi l'un de ces enfants épicuriens qui aiment jouer librement et se salir avec l'innocence la plus pure. Je me revois tellement en lui que cela m'inspire une tendresse infinie, même lorsqu'il bousille son nouveau pantalon dès le premier jour.

Mais revenons-en à mon amour du denim. Je ne me souviens pas, hélas, de mon premier jean. En revanche, je me souviens très bien de mon tout premier jean fétiche : le Levi's® 501, acheté lors d'une braderie commerçante de mon village avec ma maman. J'avais 15 ans et l'impression d'avoir obtenu le Graal ! Un jean Levi's® 501, quoi ! Ce jean était le *must have* des années 1990 et toutes mes copines en avaient un. Il coûtait environ 500 francs, ce qui était une coquette somme à l'époque et un sacré investissement pour les parents, d'où l'hésitation des miens pendant de longs mois avant de m'en offrir un. Ma mère se souvient aussi de ce moment où elle m'a offert ce fameux jean. Nous en parlons souvent, car ce jour-là, elle a vu mes yeux briller pour la première fois devant un vêtement. Ce 501, je l'ai usé jusqu'à la corde, il a même été rapiécé deux fois aux fesses avec des patchs autocollants. Je l'ai chéri comme un trésor de longues années avant de m'en débarrasser, je ne sais plus de quelle façon. Je suis un peu triste que notre histoire passionnée ait connu une telle fin ! Vive l'âge ingrat de l'adolescence où l'on saute d'une chose à une autre sans état d'âme...

Depuis quelques années, le jean Levi's® 501 est de nouveau à la mode et la marque Levi's® en profite pour le revisiter : elle propose des modèles plus « slim » ou « cropped », c'est-à-dire avec une longueur 7/8e. Mais le jean Levi's® 501 qui plaît le plus aux modeuses reste incontestablement le modèle vintage des années 1990, celui qui fait de belles fesses et se vend à prix d'or en friperie. Il devient de plus en plus difficile à trouver en bon état. Je préfère moi aussi ces modèles anciens. Ils sont 100 % coton, sans élasthanne, taillés dans une toile plus épaisse et de meilleure qualité. Le gros avantage des jeans vintage est celui d'avoir déjà vécu, ce qui leur donne un charme authentique et unique ! Leur inconvénient ? Ils sont souvent moins confortables et il faut parfois en essayer des dizaines avant de trouver le bon. Mais ça vaut le coup !

LE JEAN ÉCORESPONSABLE : MODE D'EMPLOI

Le jean est l'un des vêtements les plus portés dans le monde entier. Mais c'est aussi l'un des plus décriés pour ses conséquences désastreuses sur la planète. Eh oui, le jean est principalement fait de coton, non biologique dans la plupart des cas, dont les premiers producteurs sont la Chine et l'Inde. La majeure partie des jeans présents sur le marché européen sont fabriqués en Asie, au Bangladesh, en Chine ou en Turquie, dans des usines qui fonctionnent encore au gaz ou au charbon. Pas très local tout ça, et bonjour le bilan carbone. Quant à la teinture, parlons-en : les produits chimiques utilisés pour obtenir le joli bleu indigo de votre jean sont parfois déversés dans les rivières. Dans certains pays d'Asie, des villages entiers ont leurs eaux polluées par cette industrie ; avec parfois des conséquences terribles sur la santé des habitants, notamment des enfants qui développent de graves problèmes de peau ou respiratoires. Ajoutez à ça que pour obtenir un joli bleu délavé, il faut laver les jeans à grand renfort d'eau, de pierres ponces et de produits chimiques (chlore, permanganate de potassium...) et vous obtenez le vêtement parfait pour ruiner la planète et ses habitants.

Alors, on fait comment quand on adore les jeans mais qu'on ne veut pas cautionner tout ça ?

Le jean d'occaz'

Si je jean pollue, il a au moins l'avantage d'être increvable. Les bonnes friperies ou les sites d'occasion pullulent de pièces

Les Sublimes
LEVI STRAUSS & CO
501
DENIM

en denim de toutes sortes, assouplies et patinées par le temps... donc plus confortables ! Les plus jolis jeans (et pas seulement notre bon vieux 501), vestes et chemises en jean s'achètent d'occasion, donc ne vous privez pas.

J'adore chiner des pièces en jean au rayon hommes des friperies, notamment les chemises que je porte ouvertes sur un tee-shirt ou un débardeur avec des gros colliers dorés. Les acheter d'occasion permet de les collectionner sans culpabiliser et de varier les couleurs : bleu clair, bleu moyen, foncé... De quoi se faire plaisir quand on aime le denim. J'ai récemment acheté une chemise en jean vintage des années 1980 sur Vinted pour la modique somme de... 10 euros.

Le jean « brut »

Le jean que l'on dit « brut » provient de la teinture bleue indigo d'origine qui n'a subi aucun traitement ni aucun délavage. Il est bleu très foncé avec un aspect cartonné. Quand un jean est délavé ou que sa couleur bleue apparaît plus claire, avec un aspect « vieilli », c'est qu'il a subi un *finishing*.

Certaines techniques de délavage sont un désastre écologique et humain, notamment le délavage au sable dit « *sandblasting* », qui consiste à pulvériser du sable à haute pression sur la toile afin d'obtenir une patine. Cette méthode est terrible : elle expose les ouvriers à des poussières de silice, dont les poumons se retrouvent envahis de sable au bout de quelques années de labeur. La silicose est la même maladie que celle qui a emporté mon grand-père il y a vingt ans, après avoir passé sa vie dans une mine de charbon du nord de la France. Et ce n'était pas beau à voir : pour pouvoir respirer correctement, il était relié en permanence à une bonbonne d'oxygène qu'il emportait partout. Dieu merci, le *sandblasting* est progressivement abandonné par de nombreuses marques qui affirment avoir banni cette pratique. Il est peu à peu remplacé par des techniques de délavage beaucoup plus écologiques et exemptes de produits toxiques. C'est le cas du délavage à l'ozone, par exemple, qui remplace l'eau de Javel. Cette méthode consiste à utiliser de l'oxygène transformé en gaz inoffensif (ozone) grâce à une machine qui filtre l'air, que l'on applique sur les jeans humidifiés puis rincés dans des grands tambours. Le délavage au laser est encore plus précis. Sous l'effet de la chaleur du laser, il est possible de créer de nombreux effets de délavage (moustaches, effet gratté...) en réduisant la consommation d'eau de 95 %. Ces méthodes sont inoffensives pour la santé des ouvriers en plus d'être bien plus écologiques.

Lorsque vous achetez un jean neuf, renseignez-vous sur la marque afin de savoir quelles techniques de délavage elle utilise. Le mieux est de la contacter directement par mail ou sur ses réseaux sociaux, mais certaines marques ne répondent pas toujours. Les marques écoresponsables, au contraire, sont fières de vous donner les moindres détails. Dans le doute, privilégiez une toile brute ! Certes, le jean brut est un peu raide (et serré !) au début, mais il va s'assouplir progressivement et se moduler selon vos formes. Avec le temps, la couleur va se patiner pour devenir plus claire et, surtout, unique !

ATTENTION
Les jeans bruts sont très pigmentés, il faut toujours les laver plusieurs fois avant de les porter, au risque de voir votre jean déteindre sur tous vos vêtements ou, pire, votre joli canapé beige (c'est du vécu !).

Des matières plus durables

Pour être certaine d'acheter un jean écoresponsable, traquez le label GOTS (Global Organic Textile Standard), qui est le plus exigeant à ce jour. C'est le seul qui certifie que le coton est biologique à 70 % au moins et garantit des conditions de travail décentes sur toute la chaîne de production, pas de travail des enfants et une consommation d'eau réduite de moitié.

Mais il n'y a pas que le 100 % coton. Des marques de jean écoresponsables innovent (avec brio !) en proposant des jeans dans des matières moins énergivores. Cela peut être du coton biologique mélangé à du coton recyclé, ou encore à du lyocell, une matière cellulosique facilement recyclable. Cela donne un aspect beaucoup plus doux au jean, ce que l'on ne va certainement pas bouder. Rendez-vous au chapitre 36 pour un décryptage des labels.

Le jean « *made in* France »

Le jean fabriqué en France est une bonne alternative écoresponsable. Certes, le coton n'est pas cultivé en France, mais au moins votre jean ne fera pas deux fois le tour de la Terre. Deux marques *made in* France sont très appréciées par les adeptes de la mode écoresponsable : Atelier Tuffery, qui confectionne des jeans en Lozère depuis 1892, et la marque 1083, qui fabrique dans la Drôme. Chacune des deux entreprises se bat pour faire perdurer ce savoir-faire en France depuis des générations. N'hésitez pas à les soutenir, les jeans sont de grande qualité et les matières certifiées.

Le jean vintage

Le jean vintage a un double avantage : il est patiné juste comme il faut et en plus il est écolo. Ne vous limitez pas aux enseignes iconiques : vous trouverez toutes sortes de coupes adaptées à votre morphologie, vos goûts et votre taille. Cependant, si vous tenez absolument à posséder le fameux 501, voici quelques conseils.

Oui, le jean Levi's® 501 vintage de vos rêves risque d'être difficile à trouver, mais ne renoncez pas pour autant. Le plus dur sera en fait de trouver la taille qui vous va, car les tailles vintage sont différentes des tailles neuves. Par exemple, un 34/36 européen actuel correspond aujourd'hui à une taille américaine 25, tandis que sur un modèle vintage, ce serait plutôt une taille 27. C'est un vrai casse-tête, aussi je vous recommande vivement d'essayer vos trouvailles directement en friperie. Si vous êtes joueuse, vous pouvez tenter l'achat sur internet ! Attention quand même à Vinted, où l'on trouve beaucoup de 501 qui sont vendus comme « vintage » mais qui n'en sont pas !

CHAPITRE 22

COMMENT RECONNAÎTRE UN VRAI JEAN LEVI'S® 501 ?

Les friperies sont habituées à reconnaître les contrefaçons, donc n'hésitez pas à demander conseil directement en boutique. Sur internet, en revanche, les contrefaçons pullulent, surtout sur les sites de particuliers comme Vinted. Pour éviter de vous faire avoir en achetant un faux Levi's®, n'hésitez pas à demander des photos et apprenez à repérer quelques éléments. C'est facile, vous verrez !

LA LANGUETTE

La fameuse petite languette rouge Levi's® est toujours présente, avec un R encerclé à cheval sur la pliure, indiquant la marque déposée. Les coutures doivent être propres, car certains farceurs n'hésitent pas à en coudre une fausse ! Les lettres majuscules de LEVI'S® doivent être parfaitement alignées et brodées, surtout pas imprimées. On trouve parfois des jeans Levi's® avec un simple R au centre, mais ils sont rares (environ 10 % des modèles).

La couleur de la languette est le plus souvent rouge, mais peut varier en fonction des modèles et selon les époques. Parfois elle est orange ou blanche. Cependant, elle possède toujours les caractéristiques mentionnées ci-dessus quelle que soit sa couleur.

LES BOUTONS ET LES RIVETS

Tous les boutons et rivets sont obligatoirement gravés avec le nom de la marque ou ses initiales « L. S. & Co. - S.F ». Cuivrés ou argentés, ils ne s'usent pas avec le temps. Sur le bouton principal est gravé LEVI STRAUSS & CO. Retournez-le : le numéro du jean à trois ou quatre chiffres se trouve à l'arrière. Pas de gravure ? C'est un faux !

L'ÉTIQUETTE PRINCIPALE

L'étiquette en cuir qui se trouve au dos (patch ou jacron) doit être texturée mais douce au toucher. Elle ne doit pas être décolorée. Si elle semble de mauvaise qualité ou épaisse, c'est sans doute une fausse. Apprenez à repérer les erreurs : les deux chevaux doivent apparaître, ainsi que la mention « Trade Mark XX » et le petit R cerclé.
Les chiffres et les lettres concernant la taille et la longueur de jambes doivent être bien alignés.

LA SURPIQÛRE EMBLÉMATIQUE

Sur les poches arrière, les jeans Levi's® ont une surpiqûre très reconnaissable en arc double (*Arcuate Stitching Design*). La marque Levi's® possède des standards de qualité très exigeants. Si le jean vous semble mal coupé et que vous avez une mauvaise intuition, passez votre chemin, c'est sûrement un faux !

OÙ ACHETER

UN JEAN LEVI'S® 501 VINTAGE EN LIGNE ?

- **Imparfaite Paris :** la friperie branchée en ligne qui possède son propre « Levi's® 501 calculator », un algorithme qui calcule la bonne taille en fonction de vos mensurations. Le site ne sélectionne que des jeans en bon état, avec des délavages magnifiques. Mieux vaut être rapide car ils sont très demandés ! Environ 75 euros.
- **RE/DONE :** le site qui recycle les vieux Levi's® vintage pour les remettre au goût du jour. Une belle démarche éthique. Supertendance, magnifique mais... supercher aussi ! À vous de voir ! Entre 150 et 300 euros.
- **Vinted :** il est fort possible que vous trouviez la perle rare sur Vinted à condition de débusquer la contrefaçon. N'hésitez pas à demander des photos des points clés à vérifier aux vendeuses.

CHAPITRE 23

LES PIÈCES À CHINER AU PRINTEMPS

Maintenant que vous avez le mode d'emploi de la seconde main, c'est le moment de passer à l'action et d'aller dégoter des trésors en friperie. Avec le jean Levi's® 501 (et tous les vêtements en jean en général), voici quelques pièces indémodables à chiner sans modération pour le printemps, ou pour toute une vie.

UNE BLOUSE BLANCHE BOHÈME

Romantique et bohème à souhait, la blouse blanche se trouve à foison aux puces ou dans les dépôts-ventes vintage. Parfois, certaines blouses ont plus d'un siècle, tant la qualité de confection était incroyable à l'époque. Privilégiez les blouses 100 % coton et vérifiez qu'elles ne sont pas tachées. Un trou se répare mais une tache, pas toujours. Sachez qu'une blouse un peu jaunie peut retrouver son éclat d'antan : il suffit de la laver en machine à 40 °C, avec deux cuillerées à soupe de percarbonate de sodium. Essayez, c'est magique !

UN TRENCH VINTAGE BURBERRY®

S'il ne fallait acheter qu'un seul trench dans sa vie, ce serait un Burberry®. Mais neuf, il coûte une fortune (environ 1 500 euros), alors on se l'offre d'occasion. Jusqu'à 300 euros, ça reste encore une bonne affaire, à condition qu'il soit en très bon état. Mon préféré est le modèle Chelsea, long ou mi-long, qui possède une ceinture et qui donne une allure de folie. Attention aux contrefaçons : les vrais trenchs Burberry® sont fabriqués en Angleterre et ont des finitions parfaites. Les modèles vintage ont encore l'étiquette avec l'ancien logo Burberry's®, avant que la marque devienne Burberry® en 1999. Soyez patiente, c'est une pièce très recherchée, mais la perle rare vous attend quelque part.

UN SWEAT-SHIRT VINTAGE DES UNIVERSITÉS AMÉRICAINES

Le sweat-shirt a été inventé dans les années 1920 sur les campus américains. Autrefois réservé au sport (*sweat-shirt* en anglais signifie « chemise pour transpirer »), il est devenu iconique et cool à la ville. C'est un basique incontournable pour créer des tenues *casual* chic. J'adore le porter avec une chemise blanche et une casquette ! Les plus beaux sont évidemment les modèles vintage des universités américaines qui se sont patinés avec le temps et qui sont en général unisexes. Le sweat-shirt universitaire se porte *oversize*, donc n'ayez pas peur d'acheter la taille au-dessus. J'ai une préférence pour les modèles sur fond gris clair chiné, qui sont les plus faciles à associer. Mais toutes les couleurs sont permises ! Vous pouvez les collectionner sans crainte, ces sweats ne se démodent jamais. Un peu comme la marinière que l'on possède dans toutes les couleurs.

INTERVIEW D'ANNE-LISE VINCENT, CRÉATRICE DE CINQ AOÛT PARIS

Anne-Lise est mon amie, mais aussi l'heureuse propriétaire de Cinq Août, l'un des dépôts-ventes les plus courus de la capitale. Nichée au cœur des Batignolles, sa boutique, ouverte en 2018, ne désemplit plus : les dépôts de vêtements s'enchaînent et les toutes premières clientes, dont je fais évidemment partie, sont devenues des fidèles qui passent chaque semaine découvrir les nouveaux arrivages. Un vrai commerce circulaire ! Un succès bien mérité pour Anne-Lise, pour qui cette boutique était un rêve de gamine. Chineuse depuis toujours et collectionneuse de « vieilleries », elle n'a jamais cessé de croire en l'avenir de la seconde main ni en son formidable potentiel. Le succès de Cinq Août auprès des Parisiennes est la preuve que le marché d'occasion a de beaux jours devant lui, et qu'Anne-Lise a bien fait de plaquer son CDI dans la finance pour réaliser son rêve.
C'est donc à la fois une passionnée et une experte qui partage avec nous ses conseils et astuces pour apprendre à bien chiner. Merci Anne-Lise !

Anne-Lise, peux-tu nous expliquer la différence entre friperie et dépôt-vente ?

La différence se fait surtout au niveau de la sélection. Les friperies « traditionnelles » reçoivent des ballots de vêtements sans forcément savoir ce qu'il y a dedans, en termes de style, de qualité, d'état ou de propreté. Il n'est donc pas rare d'y dégoter des vêtements abîmés, voire sales, quand on y fait son shopping.
Une nouvelle génération de friperies arrive, notamment grâce à Instagram, et des personnalités férues de vintage dépoussièrent le principe, en proposant des pièces propres, réparées, upcyclées, qu'elles sélectionnent une à une. J'adore par exemple @gigette_vintage ou @histoireseconde, et je partage mes adresses vintage régulièrement sur Instagram.
Dans les dépôts-ventes, ce sont les gérant·e·s, tout aussi passionné·e·s de seconde main, qui sélectionnent les pièces qu'il·elle·s souhaitent proposer ou non. Cela dépend de chaque adresse, des univers attendus : les critères de sélection sont propres à chacun·e. L'un des premiers critères est d'après moi l'état des pièces : elles doivent être dans un état impeccable et d'une propreté irréprochable. L'autre contraste, c'est leur univers. Les dépôts-ventes ont chacun leur style, et suivent une thématique : luxe ou milieu de gamme, principalement contemporains. La majorité est assez éloignée du vintage, sauf pour certains spécialistes qui combinent le luxe et le vintage par exemple.
Les friperies ont chacune leur thématique, et principalement liée au vintage : sportswear des années 1980-1990s, années 1930, rockabilly, dandy…

Justement ! C'est quoi exactement un vêtement « vintage » ? En quoi est-ce intéressant ?

Tout le monde a un peu sa définition, mais la plupart des acteur·rice·s s'entendent pour dire qu'une pièce vintage doit avoir au moins vingt ans. Contrairement à ce que certain·e·s assurent, un vêtement qui a une dizaine d'années n'est pas vintage…
En tout cas, la meilleure enquête se passe sur l'étiquette ! Sa texture, la composition indiquée et le lieu de fabrication renseignent beaucoup sur l'âge d'un vêtement, regardez-les systématiquement !
L'intérêt de la seconde main et du vintage, c'est que cela permet de sortir des modes

du moment et de ce qui se fait dans les grandes enseignes.
Le vintage peut correspondre par ailleurs à des looks décalés, il peut y avoir une notion d'excentricité, de look plus assumé. Instagram pimente le sujet en créant des modes dans le vintage aussi.

Les sites de seconde main se multiplient et se spécialisent, les friperies connaissent un essor sans pareil, bonne ou mauvaise nouvelle ? Pour toi, à quoi est-ce dû (mode, vintage, volonté de consommer autrement, choix environnemental, économie, etc.) ?

Oui, le marché de la seconde main fonctionne très bien ; aujourd'hui, plus d'un·e Français·e sur deux achète d'occasion. C'est bien sûr une très belle nouvelle parce qu'on gagne en logique de consommation, les choses retrouvent une nouvelle utilité au lieu d'être oubliées et non utilisées. C'est d'autant plus génial qu'on a des relais de qualité, tant pour l'habillement que pour tous les autres secteurs. La seconde main, c'est la vie !
Le « mais » : comme tout phénomène tendance, largement relayé par les médias et les réseaux sociaux, cela engendre des excès. Des acteur·rice·s opportunistes, voyant le côté mercantile de la seconde main, incitent à acheter encore plus au motif que les prix sont bas, aux dépens de valeurs comme l'écologie. D'autres glissent des vêtements Aliexpress neufs parmi des articles vintage... Il faut rester vigilant·e par rapport aux acteur·rice·s que l'on choisit !
Quant aux raisons qui font que la seconde main connaît un tel succès, il y a bien sûr le côté pécuniaire : entre un article neuf et un article d'occasion en parfait état, il y a peu de différences à part le prix. C'est aussi un raisonnement écologique : les consommateur·rice·s sont de plus en plus conscient·e·s de l'impact de notre mode de vie sur notre environnement. La mode arrivant en tête des industries les plus polluantes, la seconde main devient une réponse à cette problématique.
Et puis il y a d'autres raisons plus subjectives : certaines femmes cherchent des vêtements différents de la mode du moment, donc de ce qu'elles peuvent trouver dans les commerces classiques. Si on cherche par exemple un jean slim neuf en ce moment où le jean « mom » est légion, c'est très compliqué !
Enfin, il y a les chasseur·se·s de marques, qui sont capables de faire plusieurs boutiques pour trouver des pièces de leur marque fétiche. On trouve dans les dépôts-ventes virtuels et physiques beaucoup d'anciens modèles, des pièces que l'on a portées ou rêvé de porter plus jeunes, voire que nos parents ont portées, pas neuves mais en excellent état... Doit-on en arriver à cette triste conclusion que « c'était mieux avant » ?
Malheureusement, je dirais plutôt que oui. On peut avoir le sentiment que la qualité change au fil des années. Les prix de fabrication sont tirés vers le bas, donc certaines marques rognent sur le choix des matières (souvent du polyester, moins de naturel), sur les coupes (longueurs plus courtes) et sur les lieux de fabrication à bas coût. C'est à nuancer selon les modèles et les marques, bien sûr.

Que conseilles-tu d'acheter en seconde main (quels types de pièces, quelles matières, quelles marques...) ? Et à l'inverse, y a-t-il des choses que tu déconseilles absolument ?

Il y a deux types de pièces à shopper absolument en seconde main. Le premier, c'est le jean, d'abord parce qu'il est extrêmement polluant à fabriquer, ensuite parce que l'acheter d'occasion est parfois la seule façon de s'éloigner des coupes du moment dont on n'a pas forcément envie. Ensuite, ce sont les pièces intemporelles de qualité, des basiques essentiels du type trench, perfecto, blazer, ou encore chemise

blanche, un joli sac. Ces pièces s'intègrent dans une multitude de styles, dont on se lassera moins vite.
Quant à ce que je déconseillerais d'acheter, c'est très personnel mais pour moi ce serait la lingerie, trop intime !

Lorsque l'on achète en seconde main, on ne trouve pas toujours exactement sa taille, une coupe parfaitement adaptée ou en phase avec les coupes contemporaines. Alors faut-il nécessairement avoir des talents de couturière pour s'habiller en seconde main ?

Pas besoin de savoir coudre ! Il y a de très bons retoucheurs un peu partout, capables de transformer à peu près tous les vêtements : enlever des tailles, en ajouter, faire des ourlets, créer des fronces, changer des boutons, etc. On peut notamment leur demander de transformer un vêtement pour lequel on aurait un coup de cœur pour l'adapter à sa silhouette ou au goût du jour. Par exemple, si certaines personnes sont des accros assumées aux coupes rétro d'un vêtement vintage, d'autres voudront l'adapter au style contemporain. Tout est affaire de goût et de personnalité, et la couture rend cela possible !

Acheter en seconde main, combien ça coûte ? Pourquoi ?

C'est très aléatoire ; cela dépend de beaucoup de critères parmi lesquels la marque. Pour certaines, comme Sézane ou Ba&sh, il peut y avoir une vraie spéculation, à tel point que dès qu'un item est *sold out*, il peut être retrouvé plus cher qu'à l'origine en seconde main dans les jours qui suivent.
Pour d'autres marques contemporaines, on se situe en général à 50 % du prix neuf. Il n'y a pas vraiment de grille, car c'est trop changeant, d'autant qu'à la marque s'ajoutent le modèle, la qualité de la pièce, son style et son état.

La mode de seconde main, c'est aussi la vente. À quoi reconnaît-on un trésor caché dans son dressing ? Quels conseils de vente peux-tu nous donner ?

Un trésor fait d'abord le plaisir des yeux, puis des mains. C'est une pièce qui est belle, bien faite, avec une bonne coupe, une matière de qualité. C'est surtout une pièce intemporelle, en très bon état, qui pourra être transmise pour être reportée. Je pense par exemple à un beau jean (Levi's® 501, APC...), une veste motif pied-de-poule (indémodable sur un tee-shirt blanc !) ou encore un grand manteau boyfriend. Le trio gagnant, c'est donc le côté intemporel, avec une matière de qualité, dans un état impeccable ; la marque est un bonus !
Si je devais donner un conseil pour bien vendre, je dirais qu'il faut avant tout bien acheter ! Ensuite, il faut entretenir ses pièces, en leur apportant tout le soin nécessaire lors du nettoyage, du stockage aussi, et en osant les réparer : une jolie veste ne perdra pas forcément de son cachet ou de sa valeur si on lui ajoute des coudières nécessaires. On pourrait penser l'entretien de nos vêtements comme si on voulait les transmettre à nos enfants ou nos amies. Prendre soin, cela fait aussi partie de la seconde main.

5 ASTUCES

ANTIODEURS DE FRIPERIES

Vous avez dégoté la perle rare en friperie mais elle sent la cigarette, la transpi, la poussière, l'humidité, le moisi… ? L'odeur de fripe, c'est tenace et une bonne aération ou un simple lavage en machine ne suffiront pas à la faire partir. Voici quelques astuces bien connues des passionnées de vintage pour retrouver des vêtements qui sentent bon.

- On ne met surtout pas de désodorisant type Febreze ! Le produit sent trop fort et laisse une odeur écœurante, en plus d'être totalement inefficace.
- Pulvérisez de la vodka pure (non diluée) sur vos costumes, sacs en cuir, dans les chaussures et toutes les pièces qui ne passent pas en machine. S'il s'agit d'une veste type perfecto, retournez-la et mettez aussi de la vodka sur la doublure. L'alcool est un puissant désinfectant qui enlève les mauvaises odeurs.
- Pour les matières peu fragiles (polyester, viscose, etc.), un bon trempage dans une bassine d'eau tiède avec deux verres de vinaigre blanc ou une tasse de bicarbonate de soude. On laisse agir toute la nuit et on lave normalement en machine. Vous pouvez ajouter un verre de vinaigre blanc dans le bac d'adoucissant.
- Pour l'intérieur des sacs à main, glissez un mouchoir en tissu avec quelques gouttes d'huile essentielle de lavande. Vous pouvez aussi mettre un bas rempli de grains de café qui viendront absorber les odeurs.
- Pour les vêtements fragiles, en laine ou en soie, enfermez-les quelques jours dans un sac hermétique avec des savons très parfumés ou des sachets de lavande.

L'ÉTÉ

J'ASSUME QUI JE SUIS OU L'INCLUSION DANS LA MODE L'HUMEUR DE LA SAISON : LA LÉGÈRETÉ

Chaque année, j'attends l'été comme Pénélope attend Ulysse : longtemps. Pas vous ? À Paris, l'été me semble toujours trop court. D'ailleurs, c'est sans doute parce qu'il est éphémère qu'on l'aime autant. Quel bonheur de sortir en robe légère et en sandales, avec juste une petite laine le soir. S'habiller semble tellement plus facile en été. Oui, mais... c'est aussi le moment de l'année où nos complexes nous sautent à la figure, quand vient le moment de choisir son maillot de bain pour les vacances. Et comme si ça ne suffisait pas, maintenant, il faut que notre maillot soit écoresponsable, en plus de nous aller comme un gant. Et si, pour une fois, on essayait d'être plus bienveillante envers soi-même ? Il n'y a de corps parfait que celui qui correspond aux standards de beauté ? Non, chaque corps est différent et unique. Vous êtes unique. Et il est grand temps de déconstruire les stéréotypes.

CHAPITRE 24

POURQUOI CE N'EST PAS GRAVE DE PORTER TOUJOURS LES MÊMES VÊTEMENTS ?

Tous les matins, c'est la même chose : vous enfilez votre jean préféré et une blouse alors que votre garde-robe contient bien d'autres vêtements différents. Avec en plus le sentiment un peu honteux d'être habillée toujours de la même façon. Et alors ? Qui a décidé qu'il fallait changer de tenue tous les jours ? À moins que vous ne transpiriez beaucoup et que vos vêtements soient sales, rien ne vous oblige à changer de vêtements quotidiennement. Cette idée qu'il faut varier ses tenues toute la semaine (particulièrement quand on travaille avec d'autres personnes) est l'une des conséquences de la mode jetable. Et elle nous tyrannise. À moins d'avoir un don naturel pour la mode et aimer changer de tenue juste pour le plaisir, aucune femme (ni aucun homme d'ailleurs) ne mérite une telle charge mentale. C'est déjà si dur de se sentir parfaitement à l'aise et jolie dans une ou deux tenues, pourquoi se compliquer la vie ? D'ailleurs, mes parents ne se changeaient pas tous les jours. Je me souviens qu'ils avaient un chevalet en bois dans leur chambre sur lequel ils déposaient soigneusement leurs vêtements du jour, cela afin qu'ils ne se froissent pas et qu'ils puissent les remettre le lendemain. Voilà un art de vivre qu'il conviendrait de remettre au goût du jour. En plus, les chevalets en bois sont de très beaux objets, vous ne trouvez pas ?

LA TYRANNIE DES VÊTEMENTS PROPRES

Il est temps d'en finir avec cette pensée collective que porter un vêtement deux jours de suite est un truc sale. Si vos vêtements sont propres et ne sentent pas mauvais, où est le problème ? C'est un fait : aujourd'hui, on lave beaucoup trop nos vêtements, et ce sans raison valable. Fut une époque où je lavais systématiquement mes vêtements après les avoir portés une seule fois, davantage pour les rafraîchir que pour les laver réellement. Mais c'est une catastrophe pour nos océans ! À chaque fois que vous lavez un vêtement en machine, 9 millions de microfibres s'échappent de vos vêtements[9]. Ce sont principalement des microfibres plastiques que l'on trouve dans les vêtements en matières synthétiques comme le polyester ou l'acrylique. Et on le sait désormais : le plastique tue les animaux marins.

Même s'il est difficile de changer nos habitudes en matière d'hygiène, laver nos vêtements seulement si nécessaire est un vrai geste écologique. Cela permet aussi de prolonger la durée de vie des vêtements qui s'usent moins vite, en leur épargnant de nombreux cycles de rinçage et essorage qui cassent les fibres. Vous pouvez redonner un coup de fraîcheur à vos vêtements en les aérant régulièrement.

En revanche, il faut systématiquement laver les vêtements neufs avant de les porter la première fois. Cela permet d'éliminer les composants allergisants et autres résidus toxiques liés à leur fabrication.

Une bonne nouvelle, quand même : la loi antigaspillage annoncée par le gouvernement français en janvier 2021 va imposer aux fabricants d'équiper les lave-linge de filtres microplastiques, d'ici à 2025.

LA MAGIE DE L'UNIFORME

Votre tenue préférée peut tout à fait devenir votre uniforme pour tous les jours. Cela vous fera gagner un temps précieux le matin, mais pas que. Ne plus se soucier de ses vêtements est une délivrance pour toutes les personnes qui n'ont pas d'appétence particulière pour la mode ou qui manquent de confiance en elles. C'est une contrainte en moins au quotidien, et quelle contrainte quand il faut s'habiller tous les jours ! Ce temps en moins passé à réfléchir à vos tenues le matin est autant de temps gagné pour faire autre chose : savourer votre café au lieu de l'avaler en deux gorgées, faire une demi-heure de yoga… Bref, vous consacrer davantage à ce qui vous fait vraiment plaisir !

Adopter un uniforme vous facilite la vie, mais pas seulement. Cela peut être un

9. Site Internet Ocean Clean Wash.

moyen de détourner l'attention sur autre chose que vos vêtements, par exemple ce que vous avez à dire ou à partager. Bref, votre personnalité ! Steve Jobs, le créateur de la marque Apple, l'avait bien compris : il portait toujours le même look, à savoir un jean, un pull noir à col roulé et des grosses baskets (nos fameuses Dad Shoes). Il disait lui-même que ce n'était pas par paresse, cela lui permettait simplement de se concentrer sur ce qui lui semblait important dans sa vie. Mais aussi que les gens l'écoutaient davantage au lieu de décortiquer et analyser ses tenues lorsqu'il prenait la parole en public.

LE TALENT NE SE TROUVE PAS DANS SES VÊTEMENTS

Porter les mêmes vêtements sans arrêt ne fait pas de vous une femme sans originalité ni aucune personnalité. Au contraire, en portant la même tenue, non seulement votre style est reconnaissable, mais vous envoyez un message très fort : que l'avis des autres vous importe peu. Vous ne manquez pas de style, vous ÊTES le style. Celui que vous avez choisi et que vous assumez ! Un vrai signe de sagesse et de maturité, non ?

Bon, c'est un peu bizarre d'écrire tout cela alors que j'ai un blog de mode et que je change de tenue très souvent. Oui, mes looks sont différents tous les jours, mais que voulez-vous, j'adore m'amuser avec mes vêtements. Je le fais aussi à des fins créatives : j'exploite à fond le potentiel des basiques et m'efforce de montrer à quel point les possibilités de créer des tenues différentes avec les essentiels de la garde-robe sont infinies.

Une tenue originale permet de se démarquer et d'être remarquée, mais ce n'est pas ce qui fait votre valeur. Votre talent se trouve en vous, pas dans vos vêtements !

CHAPITRE 25

EN FINIR AVEC LES RÈGLES ET LES STÉRÉOTYPES

« Jamais de pantalon blanc en hiver ! »
« Pas de minijupe après 40 ans ! »
« On ne mélange pas les imprimés ! »

Pffff, si vous saviez comme ces vieilles règles à la noix m'énervent. Vous non plus, vous n'aimez pas que l'on vous dise ce que vous avez le droit de faire ? Non seulement ces règles (inventées par on ne sait qui) sont totalement obsolètes, mais le pire est de constater à quel point nous avons du mal à nous défaire de ces injonctions. La peur que la *fashion police* nous tombe dessus peut nous faire perdre totalement confiance en nous. Cela empêche aussi notre créativité de s'exprimer, à force de vouloir rentrer dans les rangs et de respecter certains codes vestimentaires.

Chez moi, cette peur du rejet a commencé très tôt. Dès l'école primaire, j'avais peur que les enfants se moquent de mes vêtements. Je ne voulais pas être différente, aussi je demandais toujours à ma mère de m'acheter les mêmes vêtements que mes copines. Au collège, c'était pire, les complexes de l'âge ingrat s'en mêlant (j'étais affublée d'un magnifique appareil dentaire, une frange grasse et de beaux boutons d'acné), je ne voulais surtout pas me faire remarquer. Ne pas se faire remarquer consistant à l'époque à suivre les tendances du collège comme un mouton, y compris les moins euh... seyantes, dirais-je.
Ensuite, comme beaucoup de femmes, j'ai fait mes premiers pas dans la vie active. Avec encore des codes vestimentaires à

respecter pour entrer dans le moule et ainsi gagner la reconnaissance de mes pairs. Je voulais être bien habillée et plaire, mais pas séduire tous les hommes ni faire jaser mes collègues féminines. Un vrai casse-tête ! C'est là que l'uniforme au travail prend tout son sens : porter un tailleur quand on est hôtesse ou serveuse d'un grand restaurant est une bénédiction. Tout le monde est logé à la même enseigne et cela résout la question : « Qu'est-ce que je vais bien pouvoir mettre aujourd'hui ? ! » Alors oui, c'est peut-être lassant à la longue de porter un uniforme au travail, mais on ne peut pas tout avoir. Je ne blâme pas les magazines féminins ni Cristina Cordula pour leurs conseils de style. Ils sont souvent pleins de bon sens, même s'ils sont parfois un peu trop directifs à mon goût. Ils sont utiles aux femmes qui ont besoin d'être aidées. Donc n'ayez pas peur de les suivre s'ils vous permettent de gagner du temps, ou si vous avez le sentiment qu'ils vous facilitent la vie. Mais gardez en tête qu'ils ne reposent sur rien d'objectif ni de concret, et que vous pouvez vous en défaire à la seconde où ils vous causent plus de problèmes qu'ils ne vous aident. D'ailleurs, il en va de même pour les conseils mode que je donne ici : vous pouvez les suivre si cela résonne en vous et vous aide, mais n'oubliez jamais que vous restez entièrement libre de vos choix esthétiques, quel que soit le domaine.

« JAMAIS DE BLEU MARINE AVEC DU NOIR ! »

On dit qu'il ne faut jamais porter de bleu marine avec du noir, car ces deux couleurs sombres ne vont pas ensemble. Personnellement, je trouve ça très chic ! Ce n'est absolument pas une faute de goût. La preuve, c'était même l'association de couleurs favorite de monsieur Yves Saint Laurent.

« ON NE DOIT PAS PORTER DE PANTALON BLANC EN HIVER ! »

Traditionnellement, le blanc est une couleur réservée à l'été. Pour des raisons pratiques évidentes : c'est salissant, surtout les pantalons. Et quand il pleut, la blancheur éclatante de votre pantalon blanc ne fait pas long feu, c'est sûr. D'ailleurs, je vous conseille de ne pas le choisir trop long afin d'éviter qu'il ne trempe dans les flaques... Sinon, vous risquez d'avoir toutes les peines du monde à le garder propre, d'autant plus que c'est une tannée à nettoyer.
Mais... les jours sans pluie, le pantalon ou le jean blanc révèle tout son éclat ! Il apporte de la lumière et de la douceur à vos tenues d'hiver. Si vous l'associez à un manteau de couleur claire, gris chiné, camel ou beige, vous rayonnerez au milieu de toutes ces doudounes noires que vous croiserez dans la rue et qui sont un peu déprimantes.

BACQUEVILLE
ORDRES
FRANÇAIS
ET
ETRANGERS

« IL FAUT ASSORTIR SON SAC À SES CHAUSSURES ! »

Ah, en voilà une règle ringarde au possible. J'ai toujours entendu dire qu'il fallait assortir son sac à ses chaussures pour être élégante. Personnellement, je ne le fais jamais. Inutile d'investir dans un sac rouge si vous avez des chaussures rouges, ou un sac léopard à coordonner à vos chaussures léopard... Non seulement ça risque d'être un peu *too much*, mais un sac noir ou dans les tons nude fonctionnera aussi très bien ! L'idéal, à mon sens, est d'avoir un ou deux beaux sacs intemporels (camel, noir, beige) qui se coordonneront parfaitement avec toutes vos chaussures. Ce n'est donc pas la peine d'exploser votre budget à chaque fois que vous achetez une nouvelle paire de chaussures ou un nouveau sac.

« PAS DE SHORT OU DE MINIJUPE APRÈS 40 ANS ! »

Je viens de fêter mes 40 ans et je porte des jupes courtes et des minishorts en été depuis toujours. Autant dire que cette injonction à cacher mes jambes à partir de maintenant ne me fait pas plaisir du tout. Et que je continuerai à porter des shorts en jean découpés aux ciseaux tous les étés, jusqu'à ce que je décide que je n'en ai plus envie. Pas parce que c'est considéré comme vulgaire ou indécent par les magazines. Il est admis que le genou est l'un des endroits du corps qui vieillit le plus mal. OK, et donc ? Faut-il le cacher pour autant ? Je vous laisse méditer. Il y a tant de schémas à déconstruire sur la place de la femme lorsqu'elle prend de l'âge et qu'elle ne correspond plus aux standards classiques de la beauté, à savoir celui de la jeunesse. Ce n'est pas très agréable de voir son visage et son corps changer après 40 ans. Alors si en plus on doit se farcir les injonctions des uns et des autres, on ne risque pas de se sentir mieux !

« ON NE MÉLANGE PAS LES IMPRIMÉS ! »

Ah bon ? Les imprimés ne se portent pas nécessairement avec de l'uni. Certains se mélangent très bien entre eux pour créer des tenues *mix and match* très réussies ! Bien sûr, mélanger des imprimés très voyants ou flashy est un jeu subtil qui s'apprend avec le temps. Mais vous pouvez commencer avec les imprimés intemporels : par exemple une jupe à pois ou léopard avec une marinière, un pantalon à rayures verticales et une blouse à pois, une jupe à carreaux pied-de-poule et une marinière, une robe à fleurs et un sac léopard... Tout est possible ou presque, surtout si ça vous plaît.
Vous avez plein d'idées (et d'envies !) mais un doute sur certaines associations

d'imprimés ? Le meilleur moyen est de les mettre en pratique. C'est en essayant et se trompant quelquefois que l'on trouve son propre style et les associations qui nous définissent le mieux. Il se peut que vous receviez beaucoup de compliments pour avoir imaginé des mélanges d'imprimés auxquels personne n'aurait pensé.

CHAPITRE 26

LES BASIQUES DE L'ÉTÉ

J'adore les vêtements d'été, car ce sont ceux qui se démodent le moins ! Les gens sont tellement joyeux et détendus que tout semble permis et rien n'a jamais l'air ringard. C'est la saison où je porte beaucoup mon débardeur en soie (une merveille quand il fait chaud), ma chemise en jean que je garde ouverte sur un débardeur, et ma chemise blanche que je porte nouée à la taille avec n'importe quel bas !
Voici néanmoins la liste des basiques de l'été, faciles à vivre, à porter et à reporter chaque année avec le même plaisir, et qui vient compléter la base de toute l'année.

LE SHORT EN JEAN

Pas d'été digne de ce nom sans un bon short en jean ! Un peu difficile à porter en ville (je ne vous fais pas de dessin sur l'ambiance du métro parisien), il est parfait pour les vacances et tellement stylé ! Le hic : les shorts en jean vendus en boutique sont souvent trop courts ! N'hésitez donc pas à recycler vos vieux jeans déchirés pour en faire des shorts et les couper vous-même à la bonne longueur, c'est-à-dire… celle qui vous arrange (par exemple celle qui planque la cellulite). C'est enfantin, et si vous avez peur de vous lancer sans filet, on trouve plein de tutos sur internet. Comme tout bon vêtement en jean, les plus beaux shorts se trouvent en friperie. La plupart du temps, ce sont d'ailleurs des jeans qui ont été coupés. Ruez-vous sur les Levi's® 501, ce sont les plus flatteurs pour votre postérieur. Ne les choisissez pas trop serrés, en été, on veut du CON-FORT.

Si le short en jean n'est pas votre ami pour plein de raisons, un short en lin dans les tons neutres (écru ou beige) ou en lyocell est une option très chic et parfaite en été. Ces shorts ont l'avantage d'être moins courts (ils tombent souvent à mi-cuisse) et peuvent se porter pour aller travailler, contrairement au short en jean qui fait vraiment vacances. J'ai moi-même un short en lin beige mi-long, que je porte avec des sandales dorées, un tee-shirt blanc et une veste en lin. C'est très joli !
Et sinon, pourquoi pas une jupe en jean ? L'avantage de la jupe est que l'on trouve plus facilement des longueurs différentes, par exemple longueur midi ou forme crayon. C'est canon aussi avec une blouse légère et des sandales à petit talon, ou une paire d'espadrilles compensées.

UN DÉBARDEUR UNI

En cas de grosse chaleur, et aussi pour prendre quelques couleurs sur les épaules (crème solaire obligatoire), le débardeur est indispensable. On le choisit si possible dans une matière naturelle et respirante comme le coton ou le lin, et plutôt dans une couleur neutre comme le blanc, le beige ou le rose nude, le noir ou le kaki, pour aller avec le reste de sa garde-robe. C'est également le moment de profiter de son joli débardeur en soie, sans devoir le cacher sous un gros gilet ou une veste.
Le problème avec les débardeurs, c'est le soutien-gorge et l'effet « double bretelle » qui dépasse. Cela dérange pas mal de femmes qui ne trouvent pas ça très joli. Il est vrai que ça casse un peu le charme du débardeur, surtout s'il est en soie avec de fines bretelles. L'idéal est donc de vous passer de soutien-gorge, si vous le pouvez et êtes suffisamment à l'aise avec cette idée. Sinon, la meilleure option reste le soutien-gorge bandeau, avec ou sans armatures. Certains modèles ont aussi des bretelles amovibles, ce qui est très pratique. Choisissez-le bien emboîtant : il doit tenir tout seul mais sans écraser la poitrine, tout en se faisant oublier. Vous devrez sans doute en essayer plusieurs, mais l'avantage du soutien-gorge bandeau est qu'on le trouve désormais facilement chez toutes les marques de lingerie. Certes, il n'offre pas le même maintien qu'un vrai soutien-gorge, mais il dépanne et permet de conserver une certaine pudeur si l'on n'est pas à l'aise avec le « *no bra* ».

UN TEE-SHIRT VINTAGE OU GRAPHIQUE

J'adore les basiques et les vêtements unis, mais l'été est quand même la saison pour oser toutes les fantaisies en matière de tee-shirts. Fini les gilets ou les gros pulls, on exhibe fièrement ses tee-shirts préférés : on assume son amour pour son groupe de musique fétiche avec un tee-shirt rock, un lieu de vacances fétiche, ou on en profite pour faire passer un message… Encore une fois, on trouve quantité de tee-shirts un peu fun et vintage en friperie. C'est plus écolo, surtout si on s'en lasse à la fin de l'été !

UNE ROBE FLUIDE ET LÉGÈRE

Courte, longueur midi ou longue, à pois, unie ou à fleurs, c'est la reine de l'été. À condition qu'elle soit fluide et légère, comme une caresse sur la peau. Je ne porte pas de robes en hiver, mais je me rattrape en été, avec des matières naturelles comme le coton ou le lin, ou la viscose (labellisée EcoVero ou FSC) qui a l'avantage de sécher vite et de ne pas se repasser. J'ai une préférence pour les longueurs midi et leur allure bohème que je trouve vraiment élégante.
Si, comme moi, vous aimez le blanc, attention à la transparence du tissu et essayez de choisir un modèle de qualité, en coton doublé par exemple.

UN JOLI SAC PANIER

En raphia ou en osier, le sac panier est le sac qui sent bon l'été. Solide et indémodable, il nous suit partout : à la plage, au marché ou dans le train qui nous emmène en vacances (il est pratique pour glisser le pique-nique de tout le monde). Il sert même de sac à main en ville, à condition de le choisir sobre et pas trop grand. Gare aux pickpockets quand même, surtout si vous prenez le métro : si vous pouvez, essayez de trouver un modèle avec un pochon intégré qui se ferme (vous pouvez aussi le fabriquer vous-même si vous êtes douée en couture). Côté éthique, privilégiez les sacs artisanaux, si possible fabriqués à la main, avec des anses en cuir véritable et surtout pas en plastique. On en trouve de très jolis sur le site de créateurs Etsy (tapez « sac panier en osier »), sur les marchés de créateurs en vacances, dans les boutiques artisanales ou encore dans les souks, si vous avez la chance de voyager. Chaque été, les marques de *fast fashion* en vendent à bas prix, mais ils viennent souvent de loin et ont des finitions en faux cuir, polluantes et pas très élégantes.

DES SANDALES PLATES EN CUIR NATUREL

Entre les espadrilles, les tongs ou encore les mules, le choix des chaussures en été est vaste et terriblement tentant. On aimerait pouvoir toutes les collectionner ! Mais s'il ne fallait en garder qu'une seule paire, pour moi, ce seraient les sandales en cuir naturel (marron), une couleur qui peut s'accorder avec la plupart des tenues, contrairement au noir. Enfin, pour moi, la sandale basique de l'été est plate, sinon rien. Pas question de marcher longtemps avec des talons quand il fait très chaud et que le pied glisse à l'intérieur, transpiration oblige. On réserve le talon pour les

grandes occasions ou si on exerce un job avec un *dress code* un peu chic.
Sinon, l'été dernier, j'ai découvert les Birkenstock®. Oui, mille ans après tout le monde. C'est moche, mais qu'est-ce que c'est confortable ! En plus c'est tendance, si bien que le P.-D.G. du groupe LVMH vient d'en acquérir la majorité du capital. S'il n'en fallait qu'une seule paire : le modèle Arizona en daim beige, celui qui va avec tout.

DES SANDALES DORÉES À PETIT TALON

Haha, oui, c'est très précis. Mais la seule paire de chaussures à talon qui vaille pour moi en été, c'est la sandale dorée. Elle est lumineuse, chic, indémodable, va avec tout... et mettra vos jolis petons tout bronzés en valeur !

UN JOLI CHAPEAU OU UNE CASQUETTE

Le chapeau est le meilleur accessoire de l'été pour se protéger du soleil. J'en porte systématiquement, aussi bien en ville qu'à la plage, quand j'emmène mes enfants au parc ou pour un simple café en terrasse. J'ai pris cette habitude de toujours emporter un chapeau partout et maintenant j'ai du mal à m'en passer. Cette année, je me suis offert un joli panama Monoprix de bonne qualité, qui est en fibres naturelles et peut se rouler dans la valise sans se déformer. J'ai une préférence pour les chapeaux aux formes mixtes (type panama), mais je trouve les capelines très jolies et très romantiques en cette saison. Il existe un chapeau pour tous les styles !
J'aime beaucoup aussi la casquette en été. Plus cool que le chapeau, elle a l'avantage de prendre moins de place dans la valise et se glisse même dans le sac à main. Où la trouver ? En friperie, pardi ! On en trouve des jolies et vintage, style casquettes de baseball américain. C'est très stylé avec un short en jean et un tee-shirt blanc ou avec une robe longue et des baskets blanches ! Ça donne aussi un petit coup de jeune pas désagréable après 40 ans.

CHAPITRE 27

CHOISIR SON MAILLOT DE BAIN ÉCORESPONSABLE

Ça y est, l'été est officiellement arrivé et il est temps de vous préparer à l'épreuve que nous redoutons toutes : l'essayage du maillot de bain. Avec une nouvelle contrainte supplémentaire, celle de choisir un maillot écoresponsable. Eh oui, gardez à l'esprit votre objectif de dressing responsable. La bonne nouvelle est que plein de petits créateurs proposent aujourd'hui des maillots écoresponsables et désirables, qui mettent en valeur toutes les silhouettes. Enfin ! C'est pas trop tôt, j'ai envie de dire. L'inclusion faisant partie des piliers de la mode éthique, il est normal aujourd'hui de voir des mannequins « grande taille » représenter les marques écoresponsables. Beaucoup de marques de lingerie ou de maillot de bain organisent même des shootings très joyeux (avec des photos non retouchées !) où elles font poser des femmes de toutes les tailles ensemble. Il était temps de voir tous les corps représentés sur des images réalistes, avec de la cellulite et des bourrelets. C'est bon pour le moral, mais c'est aussi très pratique pour choisir le maillot le mieux adapté à sa morphologie, quand on ne fait pas un 36 ni un petit 85B.
Que vous soyez plutôt maillot une pièce ou bikini, vous trouverez facilement celui qui vous accompagnera pendant vos prochaines vacances.

POURQUOI CHOISIR UN MAILLOT DE BAIN ÉCORESPONSABLE ?

Bien que votre maillot soit le meilleur compagnon de vos vacances, c'est aussi

l'un des vêtements les plus polluants de votre garde-robe. Pourquoi ? Pour qu'il soit extensible et ne retienne pas l'eau, votre maillot est fabriqué à partir de matières synthétiques dérivées du pétrole comme le polyester, le nylon ou le spandex, qui libèrent des microplastiques dans la mer qui finissent dans l'estomac des poissons (entre autres). Quand elles ne sont pas dangereuses pour notre santé... N'oubliez pas que le maillot de bain se porte à même la peau. Pour couronner le tout, une fois en fin de vie et tout détendus, nos maillots sont difficilement recyclables.
Choisir son maillot écoresponsable, c'est prendre en compte plusieurs aspects. D'abord les matériaux utilisés, bien sûr. Mais aussi son pays de fabrication (combien de kilomètres votre maillot a-t-il faits pour arriver jusqu'à vous ?). Et comment a-t-il été fabriqué ? Le processus utilisé permet-il de faire des économies d'eau et d'électricité ? Votre maillot est-il assez solide pour vous accompagner plusieurs années ?
De manière plus générale, ces critères sont à considérer pour chaque vêtement que l'on achète. Mais c'est encore plus vrai pour les maillots de bain qui sont rarement fabriqués dans des matières naturelles et ont donc un impact écologique important.

DES MATIÈRES RECYCLÉES PROMETTEUSES

Qui l'aurait cru ? Aujourd'hui, on fabrique des maillots de bain avec des filets de pêche et autres déchets abandonnés dans les océans. Ceux-ci sont repêchés par des associations de plongeurs pour en faire une fibre de nylon 100 % recyclée et recyclable qui s'appelle Econyl®. Cette nouvelle matière innovante est très utilisée par les marques écoresponsables. L'Econyl® permet d'économiser jusqu'à 80 % d'émissions de gaz à effet de serre, comparé à du nylon vierge, et de nettoyer les océans.
D'autres marques utilisent du polyester recyclé à partir de bouteilles plastique (PET). Certes, dans les deux cas on parle de plastique, mais on réutilise ce qui existe déjà. C'est toujours ça de gagné.
Les maillots écoconçus s'inscrivent dans une démarche durable et sont de grande qualité. Comptez environ 100 à 150 euros pour un maillot qui tient la route. C'est plus cher que les maillots achetés dans les boutiques de plage, mais vous pourrez les garder plusieurs années. Ils ne vont pas se détendre, ni se délaver. Vous les glisserez chaque été dans votre valise avec joie !

MAILLOT UNE PIÈCE OU BIKINI ?

Personnellement j'aime les deux, sans aucune limite d'âge ou de morphologie. Choisissez simplement un maillot dans lequel vous vous sentez belle (autant que possible) et confortable pour bouger à votre aise ou nager sans risquer de vous retrouver nue au premier plongeon.
Le maillot de bain une pièce a quand

même un avantage : il peut se porter autrement qu'à la plage, comme un body ou un débardeur, sous une chemise en jean par exemple. Si on le choisit noir avec un décolleté profond, il peut aussi servir de tenue de soirée pour un dîner en amoureux, avec une jupe fluide ou un pantalon en lin. S'il ne fallait en garder qu'un, ce serait celui-ci !

OÙ TROUVER UN MAILLOT DE BAIN ÉCORESPONSABLE ?

Posidonie

https://posidonie.io/

Des maillots de bain d'exception en filets de pêche recyclés, certifiés Oeko-Tex® et fabriqués en Europe. Coupes impeccables, pensées pour bouger librement, mais avec une touche sexy. Les modèles une pièce au décolleté plongeant sont sublimes ! C'est mon coup de cœur de l'été dernier.

Maline Bodywear

www.maline.life/

Maline est la marque qui coche toutes les cases ! Des maillots en matières recyclées (Econyl®), certifiés Oeko-Tex® Standard 100 et fabriqués en France. Cette marque œuvre pour plus d'inclusivité dans la lingerie et propose donc des modèles pour toutes les morphologies, du 34 au 48.

Surprise

https://surprise-paris.com/

Chez Surprise, les maillots de bain sont 100 % recyclés (Econyl®). Ni trop sages, ni trop sexys, les coupes sont intemporelles et vraiment magnifiques. Un guide des tailles sur les fiches produit de chaque modèle aide à choisir en fonction de sa morphologie. Le truc écolo en plus ? Surprise propose tous ses maillots de bain en précommande pour produire juste ce qu'il faut (#zérogâchis).

Cardo Paris

www.cardoparis.com/

Cardo, c'est le maillot des filles qui adorent nager. Les coupes sont assez galbantes et les modèles conçus pour durer, y compris si l'on va souvent à la piscine où l'eau est très chlorée. Les tissus sont fabriqués en France en circuit fermé, sous la certification Global Recycled Standard, et sont tous certifiés Oeko-Tex® Standard 100. La confection se fait en Italie et en petites quantités pour limiter le gâchis. Une qualité sans compromis !

COMMENT

ENTRETENIR SON MAILLOT DE BAIN ?

Voici quelques conseils pratiques pour faire durer son maillot préféré plusieurs étés !

- Règle numéro 1 : achetez de la qualité. Ça évite de le remplacer tous les ans. Vous risquez moins de vous tromper en privilégiant les petits créateurs écoresponsables qui fabriquent en Europe.
- Le chlore et le sel sont les pires ennemis de votre maillot : après chaque baignade, lavez-le à la main avec de l'eau tiède et un peu de savon. Un simple trempage ne suffit pas pour enlever tous les résidus.
- Ne l'essorez pas comme si notre vie en dépendait. Exercez plutôt des pressions, pour enlever l'excédent d'eau en douceur. Vous pouvez aussi le rouler dans une serviette-éponge.
- Vous pouvez le laver à la machine, mais pas trop souvent, et jamais à plus de 30 °C, essorage doux, sinon vous cassez les fibres, le maillot se détend et vous déformez les soutiens-gorge et bonnets moulés.
- Gare au soleil ! Même si c'est très tentant de suspendre son maillot sur les cordes à linge dans le jardin, évitez : ça le décolore. Vous pouvez le faire sécher dehors, mais dans un coin à l'ombre.
- Attention aux piscines fortement chlorées. Votre maillot (et l'environnement !) préfère le sel.
- Attention aussi aux surfaces : les rebords des piscines, patios, chaises longues, comportent des aspérités qui frottent et abîment les fibres de votre maillot. La prudence est de toujours vous asseoir sur une serviette. Vos fesses aussi apprécieront.
- Appliquez votre crème solaire AVANT d'enfiler votre maillot pour éviter d'en mettre partout. Certaines crèmes et huiles solaires sont assez tenaces et peuvent tacher votre maillot préféré. Surtout s'il est blanc.

CHAPITRE 28

VOYAGER LÉGER ET DURABLEMENT : LA VALISE DES VACANCES

Pas facile de faire sa valise idéale pour les vacances ! Si j'aime voyager, j'ai toujours détesté faire mes bagages. Allez savoir pourquoi, cela m'a stressée pendant de nombreuses années. Peur de voyager trop lourd (ou au contraire trop léger), peur d'oublier un truc important, peur de ne pas prendre les bons vêtements... Il y a tellement de facteurs à prendre en considération lorsque l'on fait ses bagages :

→ l'endroit ou le pays dans lequel on voyage ;
→ la météo qu'il fera sur place (encore faut-il que les prévisions soient correctes) ;
→ la durée du séjour ;
→ la possibilité (ou non) de laver son linge sur place ;
→ les événements spéciaux prévus pendant le voyage (un mariage, une soirée chic...),

... et tant d'autres petits détails qui ont leur importance !

10 CONSEILS POUR VOYAGER LÉGER

La valise idéale, c'est celle dont le contenu est adapté à tous les points que je viens de mentionner ci-dessus. Il existe donc autant de valises idéales que de voyages, tout dépend de la destination, de la saison et du programme. Vous n'allez évidemment pas emporter la même chose si vous partez faire un trek en montagne ou si vous envisagez des vacances 100 % farniente !

Mais il existe néanmoins un point commun à toutes les valises : c'est leur nécessité d'être utiles et pratiques, et de pouvoir parer à toutes les situations que vous allez rencontrer lors de vos vacances. En clair, vos vêtements doivent pouvoir s'assortir un maximum les uns avec les autres, surtout si vous souhaitez voyager léger !

→ Avant de commencer à faire vos bagages, listez tous les vêtements dont vous avez absolument besoin et ceux que vous souhaitez absolument emporter. Cela vous aidera à vite repérer ce qui est essentiel et ce qui est superflu. J'ai remarqué qu'en faisant une liste des essentiels, ma valise était plus réfléchie et bien plus légère.
→ Misez sur vos basiques comme les jeans, la petite robe noire, les tee-shirts en coton… Ils vont avec tout et s'adapteront à toutes les situations : avec des baskets pour les visites, une paire de talons pour un dîner chic…
→ Choisissez plutôt des vêtements unis et dans des tons neutres, qui vont avec tout (gris, blanc, noir, bleu, marinière…). Si votre truc, c'est plutôt la couleur, assurez-vous que vos vêtements peuvent quand même s'assembler et que vous pouvez créer plusieurs looks avec une même pièce.
→ Une astuce infaillible : construisez votre valise autour de trois couleurs qui vont ensemble, pas plus ! Cela peut être trois couleurs neutres (par exemple : blanc, gris, marine) ou deux couleurs neutres + une couleur vive (par exemple : blanc, gris, rouge). L'idée est de pouvoir tout mixer ensemble et de créer le maximum de tenues autour d'une couleur forte.
→ Emportez plus de hauts que de bas, surtout si vous ne pouvez pas faire de lessives sur place (dans ce cas, un haut par jour, c'est idéal en été).
→ N'oubliez jamais d'emporter un vêtement chaud même dans un pays exotique. Si la clim' fonctionne à fond au restaurant, vous serez contente de l'avoir pris ! #teamfrileuse
→ Soyez raisonnable et évitez d'emporter cinq paires de chaussures, à moins que vous ne vous rendiez au festival de Coachella. Vous n'en porterez que deux maximum, si si ! L'idéal est d'avoir une paire tout-terrain (baskets blanches pour ma part) et une paire un peu plus habillée mais pas trop, qui pourrait convenir à plusieurs situations (dîner, soirée en amoureux, événement chic, etc.).
→ Des événements chics sont prévus pendant le voyage ? Personnellement, si ce n'est pas trop mondain, j'emporte toujours un haut habillé (blouse en dentelle ou autre top un peu élégant) que je mixe avec un jean ou un pantalon noir. Ça suffit largement ! Sinon, une marinière, une paire d'escarpins et un beau rouge à lèvres peuvent faire des merveilles.
→ Un petit K-way® qui ne prend pas de place et se case dans tous les sacs peut

sauver vos vacances. *Idem* pour la doudoune ultralégère et qui se roule en boule.

→ Ne négligez pas les accessoires comme les lunettes de soleil ou les sacs. Un joli sac à dos intemporel est le compagnon de voyage parfait : hyperversatile et pratique pour ranger le matériel photo et bien plus confortable qu'un sac à main ! J'emporte aussi toujours un minisac en bandoulière léger pour les soirées. Il se glisse facilement dans la valise.

LA VALISE

DE L'ÉTÉ ÉCORESPONSABLE

- Une chemise blanche *oversize* : à porter avec son short en jean, en version XXL ou nouée à la taille. Tant pis si elle est chiffonnée, en été, on a le droit.
- Une blouse de plage en lin ou en gaze de coton bio : plus chic que le paréo et plus pratique à vélo.
- Un débardeur blanc en coton bio : pour mettre en valeur son joli bronzage (avec écran total bien sûr).
- Une chemise en jean vintage : chinée au rayon homme, à porter ouverte comme une petite veste sur un débardeur.
- Un maillot de bain : un modèle une pièce en filet de pêche recyclé, que l'on peut aussi porter en body le soir.
- Des lunettes de soleil : en résine végétale ou chinées en friperie.
- Un pull en cachemire : ne prend pas de place dans la valise, utile le soir au bord de la mer.
- Un K-way® boule : riquiqui, branché et peut toujours servir (surtout dans le Finistère).
- Une paire de Birkenstock® qui s'enfilent en 1 seconde.
- Une casquette de baseball : à rouler dans la valise, trop stylée.
- Des baskets blanches (style Converse® basses) : pour les balades.
- Des sandales dorées : pour les soirées chics en terrasse.
- Une robe à fleurs en viscose certifiée EcoVero ou FSC qui ne se chiffonne pas.
- Des bracelets et des colliers en perles ou en coquillages achetés sur les marchés de petits créateurs. À ranger dans la valise dans une petite pochette.

CHAPITRE 29

COMMENT ÉVITER D'ACHETER N'IMPORTE QUOI PENDANT LES SOLDES ?

À chaque fois que les soldes démarrent, c'est la même chose : mon envie d'acheter des vêtements revient au grand galop comme si le diable du shopping attendait ce moment bien précis pour se manifester. Bizarrement, je résiste pourtant très bien aux ventes privées qui ont lieu juste avant (avec les mêmes réductions, allez comprendre), mais les soldes, ce n'est pas pareil. En particulier les soldes d'été, je ne sais pas pourquoi. L'excitation des vacances qui approchent, peut-être ?

Mes pires erreurs d'achat ont lieu pendant les soldes, souvent par peur de rater la bonne affaire. Au lieu d'acheter utile, j'ai dépensé beaucoup d'argent pour des vêtements que j'avais déjà en quatre exemplaires dans ma garde-robe ou qui ne correspondaient pas du tout à mon style. Des imprimés hypercriards et quasi importables, des chaussures trop petites (mais soldées, donc *why not* ?), et tout un tas de trucs douteux mais qui étaient soldés à 50 %... Bref, vous voyez de quoi je parle !

LE VRAI COÛT DES SOLDES

Les soldes sont le piège absolu quand on essaie de consommer plus responsable. C'est la tentation à tous les coins de rue et le sentiment de rater sa vie si on ne dégaine pas sa carte bleue immédiatement. Bon, relativisons : les soldes ont lieu uniquement pour brader des stocks invendus des grandes marques qui produisent des gros volumes et font des marges astronomiques sur chaque produit qu'elles vendent. Si une grande enseigne se permet de brader la moitié de son magasin à moitié prix, cela en dit long sur le coût réel du vêtement que vous vous apprêtez à acheter... Il vaut sans doute cinq, sept voire dix fois moins ! Pire : certains vêtements sont fabriqués uniquement pour les soldes ou les ventes privées. C'est pour ça que l'on retrouve parfois sur les cintres des vêtements que l'on n'a jamais vus avant, même dans les anciennes collections.

PENSEZ AU GASPILLAGE
Est-ce vraiment une bonne affaire d'acheter ces trois blouses imprimées en soldes si c'est pour ne jamais les porter ? Ne vaut-il pas mieux vous offrir directement ce qui vous fait vraiment envie et que vous porterez tout le temps, même si ce n'est pas soldé ? À méditer...

POURQUOI LES MARQUES DE MODE ÉCORESPONSABLES NE FONT PAS DE SOLDES ?

Les marques de mode écoresponsables produisent en quantité raisonnée et ne font jamais de soldes. Au mieux, elles offrent parfois 10 % de réduction sur leur collection, rarement plus. Parfois, elles offrent juste les frais de port, ce qui est déjà un gros effort. Pourquoi ? La réponse est simple : les coûts de fabrication des vêtements écoresponsables sont bien plus élevés. Ces marques utilisent des matières biologiques ou certifiées qui sont plus rares et précieuses et ont un coût bien supérieur aux matières synthétiques ou au coton conventionnel. Et la plupart ne fabriquent pas en Asie mais en Europe (au Portugal ou dans les pays de l'Est), voire en France où la main-d'œuvre est encore plus chère. Ce qui permet à la fois de garantir des conditions de travail et un salaire décents aux ouvriers.
Pour pouvoir proposer leurs vêtements à des prix accessibles à leurs clients, les marques de mode écoresponsables font de faibles marges. On estime que pour s'en sortir et être viable économiquement, une marque de mode écoresponsable doit pratiquer une marge raisonnable fois trois ou fois quatre comparée au prix de confection.
Prenons par exemple une marque de tee-shirts écoresponsables. Imaginons que son fabricant lui facture 10 euros la confection de son tee-shirt basique en coton biologique. Pour s'en sortir, elle doit le vendre au moins trois fois plus cher à ses client·e·s. Et encore, c'est le minimum. Car à cela s'ajoute le prix du transport, de l'emballage, les frais de logistique et les salaires... Des coûts que la marque doit absorber dans son prix de vente final. C'est pourquoi un tee-shirt en coton bio certifié GOTS, fabriqué en Europe, coûte environ 40 euros aujourd'hui et non pas 10 euros !

Alors, qu'est-ce qui est le plus intéressant pour vous ? Le tee-shirt écoresponsable de qualité à prix juste ou le tee-shirt au rabais *made in Bangladesh* ?
Bon, tout ça, c'est bien gentil, mais doit-on se priver du plaisir des soldes pour autant ? Non, évidemment !

SEPT CONSEILS POUR RÉUSSIR SES ACHATS PENDANT LES SOLDES

Trier et ranger sa garde-robe avant les soldes

Avant de se ruer dans les boutiques, on respire un grand coup et on vérifie le contenu de sa garde-robe. Histoire d'être sûre que l'on n'a pas déjà 32 marinières, 12 jeans ou 56 tee-shirts similaires. On peut même entamer un grand tri de son dressing quelques jours avant, ça permet de remettre le compteur à zéro et de faire le distinguo entre ses besoins réels et ses envies shopping.
Ranger votre garde-robe AVANT les soldes est le meilleur moyen d'acheter en pleine conscience et d'éviter les erreurs d'achats. Car le fait de connaître par cœur le contenu de votre dressing vous évitera d'acheter des doublons ou de craquer pour une pièce que vous ne pourrez pas facilement assortir. Ainsi, si vous craquez pour une pièce forte ou coup de cœur, vous n'aurez qu'à cartographier mentalement le contenu de votre garde-robe pour savoir si vous avez déjà de quoi l'assortir, et si ce n'est pas le cas, d'acheter un ensemble, par exemple. Bref, d'acheter mieux et plus intelligemment.

Se fixer un budget soldes à ne pas dépasser

C'est une astuce qui fonctionne très bien. Se fixer un budget soldes à ne pas dépasser oblige à faire des choix et laisse moins de place aux achats compulsifs. Normalement, la réalité de la vie se charge de nous rappeler à l'ordre (on n'a pas d'argent, on doit payer la facture de la cantine, on est déjà dans le rouge…), mais je sais à quel point c'est parfois dur de résister aux sirènes des soldes et à l'appel de la consommation ! Et si vous avez zéro budget soldes, dites-vous que l'essentiel est ailleurs et que vous vous rattraperez une prochaine fois.

Se demander ce que l'on attend des soldes

Il n'y a rien de plus culpabilisant que les achats compulsifs (et inutiles !) qui sont hypermauvais pour l'estime de soi en plus de l'être pour son portefeuille. Avant de partir faire les boutiques, demandez-vous quelle est votre mission. Est-ce répondre à un besoin spécifique (par exemple : vous avez besoin d'un pull chaud) ou plutôt de vous faire plaisir ? Dans les deux cas, il est possible de s'égarer et d'acheter tout sauf le pull chaud dont vous avez besoin à cause de toutes les tentations qui se présentent à vous. Bien clarifier ce que vous attendez d'une virée soldes permet de mieux gérer les potentiels dérapages. En faisant ça, vous donnez une direction à vos achats tout en ayant conscience des conséquences de ce que vous vous apprêtez à faire.

Un prix soldé n'est pas une excuse pour acheter

La tentation du prix hyperbradé est ce qu'il y a de pire pendant les soldes. Mais ne vous laissez pas trahir par un prix trop attractif et n'achetez que des vêtements qui vous font VRAIMENT envie, quitte à ce que la remise soit de 20 ou 30 % au lieu de 50 %. Posez-vous la question : « Aurais-je acheté cette jupe verte si elle n'était pas soldée ? » Certes, vous paierez plus cher mais vous aurez plus de chances de réellement profiter de votre achat ! Un jean trop petit, même à 50 %, sera toujours trop petit… N'achetez pas non plus des vêtements d'avance pour l'année suivante, car vous risquez de vous lasser avant l'heure. Et n'achetez pas non plus ce dont vous n'avez ni besoin ni envie au prétexte que c'est super bien bradé, ça n'a aucun intérêt !

Il vaut mieux revenir d'une virée soldes avec un vêtement payé plein pot qui vous faisait vraiment envie et que vous allez rentabiliser, qu'une pseudo-bonne affaire qui restera au fond de l'armoire.

Acheter en priorité les marques que l'on connaît et que l'on aime

Pendant les soldes, on est souvent tenté·e de découvrir des marques que l'on ne connaît pas à cause du prix attractif. C'est un risque à prendre, mais on peut avoir de très belles surprises… comme de très mauvaises. Pour ma part, j'ai tendance à aller vers les marques que je connais déjà pendant les soldes. C'est plus facile de se projeter et d'éviter les erreurs d'achats quand on fait confiance à une marque dont on connaît bien la qualité ou les valeurs. Mais c'est très personnel ; comme je le dis plus haut, les soldes permettent aussi de pouvoir se faire plaisir et de s'offrir des pièces parfois inaccessibles en temps normal.

ATTENTION !
Ce n'est pas parce que les prix sont bradés qu'il faut acheter n'importe quoi. Gardez vos bonnes habitudes de qualité *vs* quantité ! Vérifiez donc systématiquement la composition des vêtements sur les étiquettes et misez sur les belles pièces en matières naturelles : une chemise 100 % coton, un pull 100 % cachemire, une blouse 100 % soie, une robe 100 % lin, etc.

Acheter en ligne plutôt qu'en boutique

Si, d'ordinaire, je préfère me rendre en boutique, pendant les soldes, j'avoue que j'ai une préférence pour les achats en ligne. Premièrement pour éviter la foule (les magasins bondés, non merci), mais aussi parce que je trouve ça plus simple de me faire rembourser si l'article ne me convient pas. La logique voudrait que ce soit l'inverse, mais malheureusement, ce n'est pas le cas : souvent les vendeur·se·s vous regardent d'un air suspicieux et vous demandent de vous justifier (ce qui a le don de me déstabiliser à chaque fois) et il faut patienter à la caisse pour que l'on veuille bien s'occuper de nous. Si vous êtes frileuse à l'idée d'acheter sur internet, je vous invite à lire mes conseils dans le chapitre 41.

Ce n'est pas votre vie qui est en jeu

Je me souviens d'un matin où j'avais mis le réveil une heure plus tôt pour aller faire les soldes dès l'ouverture, comme si ma vie en dépendait. Avec le recul, je trouve ça ridicule, je n'avais besoin de rien, mais la peur de passer à côté de l'affaire du siècle m'avait fait lever aux aurores pour être la première chez Minelli. Je me rappelle très bien de mon achat ce jour-là : une paire d'escarpins marron que j'ai très peu portés. Je sais que c'est rageant de passer à côté d'un manteau ou d'une paire de chaussures que l'on convoite depuis longtemps, mais ne vous mettez pas dans un état de stress pour autant, ça n'en vaut pas la peine... Dites-vous que c'est sûrement le destin qui vous réserve une meilleure surprise et que ce manteau n'était peut-être pas fait pour vous !

CHAPITRE 30

LES PIÈCES À CHINER EN ÉTÉ

À chaque saison ses pépites à chiner en friperie ! Voici quelques petits trésors faciles à dégoter en seconde main et à glisser dans votre valise estivale.

UNE ROBE À FLEURS

Les friperies regorgent de petites robes à fleurs de toutes sortes et de toutes les époques. Amoureuses des seventies, vous serez servies ! Le hic ? Elles sont souvent en polyester ou autres matières synthétiques pas glop. Mais bon, au moins elles ne sont pas chères et vous pouvez les collectionner en gardant bonne conscience. En les chinant en friperie, vous évitez d'encourager la production de robes fleuries dans des matières *cheap* et polluantes.

UN VIEUX TEE-SHIRT ROCK

C'est le moment de chiner un tee-shirt vintage à l'effigie de votre groupe de rock préféré. AC/DC, Guns N' Roses, Bon Jovi... À chaque époque son style ! Un seul impératif : vous devez au moins connaître trois chansons du groupe en question, sinon c'est un peu de la triche. N'hésitez pas à le surtailler et à fouiller au rayon homme : le tee-shirt rock se porte *oversize* avec les manches légèrement retroussées. À porter sans modération avec votre short en jean.

DES ACCESSOIRES VINTAGE ET COLORÉS

En été, j'adore chiner des bijoux colorés pour accessoiriser mon traditionnel look short + débardeur blanc : des créoles fluo des années 1990 (même si le plastique, c'est pas chic), des bracelets à breloques que j'accumule sur mes poignets et plein de colliers fantaisie.

Les lunettes de soleil sont aussi des accessoires à chiner en friperie, voire en dépôt-vente de créateurs. Comme elles sont assez chères neuves, cela permet d'en avoir plusieurs en dépensant moins.

INTERVIEW D'ISABELLE THOMAS, STYLISTE PERSONNELLE ET THÉRAPEUTE : L'INCLUSION DANS LA MODE

Isabelle Thomas est conseillère en style et coach en estime de soi. Depuis de longues années, elle accompagne les femmes qui souhaitent se réconcilier avec leur image et leur garde-robe en se rendant chez elles pour des séances de « détox penderie », conçues comme une vraie thérapie. Isabelle est aussi très active sur son compte Instagram @modepersonnelle – c'est d'ailleurs sur ce réseau que je l'ai rencontrée ! N'hésitez pas à la suivre, elle partage de nombreux conseils pour explorer son style et se libérer des diktats, en toute bienveillance.

La mode a souvent été accusée d'être la responsable de nos complexes. Est-ce toujours vrai aujourd'hui, avec les campagnes inclusives que mettent en place certaines marques ?

Dans les magazines, sur les podiums et la publicité en général, ça n'a pas changé. On voit toujours des filles sublimes conformes aux codes de la beauté actuels : corps minces, sexys et athlétiques. Même dans le numéro « Spécial rondes », les mannequins sont toujours sublimes, parfaitement proportionnées, avec des chevilles fines, une taille dessinée, pas de ventre, de genoux enrobés, de cellulite ou de chevilles épaisses. C'est la loi du marché, c'est très compliqué de faire autrement, de vendre des vêtements de luxe et du maquillage haut de gamme avec des modèles qui nous ressembleraient davantage ; on continue à proposer du rêve. Bien sûr, personne n'est dupe, on sait que toutes les photos sont retouchées, mais il n'empêche que ces images de femmes jeunes, minces, pulpeuses et toniques peuvent faire mal.
En opposition, le mouvement « Body Positive » est venu s'élever contre cette « dictature de la perfection » en proposant, notamment sur les réseaux sociaux, de s'afficher au naturel, en revendiquant ses formes, ses kilos en trop ou en moins, ses poils et ses rides. Mais dans la réalité, qui a envie de dévoiler spontanément ses vergetures et ses complexes ? Même si on n'en a pas honte, ce n'est pas si simple. Alors quand on n'y arrive pas, on peut se sentir nulle. On nous dit « acceptez-vous, aimez-vous ». Pour moi, c'est une injonction de plus. Or ce n'est pas aussi simple. Il ne suffit pas de répéter un mantra pour être bien dans sa peau. C'est beaucoup plus complexe d'apprendre à s'aimer. C'est un cheminement personnel d'aller trouver ses blessures.
D'un autre côté, la mode permet aussi de renouer avec son corps, de se mettre en valeur, de tricher avec ce que l'on aime moins, de se sentir confortable, séduisante, de jouer avec son image, mais également de se réparer. Le vêtement est un outil thérapeutique si on ne le considère pas comme un pansement.

Quelles caractéristiques morphologiques sont les plus oubliées dans la mode d'aujourd'hui ? Quelles sont les femmes qui ont le plus de mal à s'habiller avec la mode d'aujourd'hui ?

Très peu de marques proposent des tailles au-delà du 42 et encore moins jusqu'au 58. Les femmes maigres peuvent aussi avoir des problèmes à s'habiller, de même que les très grandes ou très petites. Les femmes qui ne sont pas dans les codes ont l'impression d'être rejetées par l'univers du luxe et les créateurs. La mode anglo-saxonne a davantage œuvré pour une mode inclusive, avec des tailles « petite », « ronde » ou « grande », mais aussi avec des modèles qui fonctionnent du 34 au 58.

Il faut que ça se développe en France.
Mais on peut aussi être dans les codes et ne pas réussir à s'habiller : je vois beaucoup de femmes qui font du 36-38, qui sont grandes, jolies mais très mal dans leur peau et dans l'incapacité de trouver des vêtements dans lesquels elles se sentent bien. La mode n'est pas toujours responsable des questions d'estime de soi ! Mais le vêtement peut réparer, oui.

C'est quoi au juste une *fashion victim* ? Quelles sont les différentes façons d'être victime de la mode ?

Il y a plusieurs définitions. En général, c'est quelqu'un qui suit la mode même si le vêtement ne lui va pas. Si les achats sont compulsifs, parfois, le vêtement sert de pansement pour cacher un malaise existentiel, combler une faille narcissique ou des traumas non résolus. Problème : il faut changer le pansement trop souvent.
Ça peut être aussi quelqu'un qui habille un fantasme. Par exemple copier une influenceuse que l'on admire sans se préoccuper de savoir si le vêtement correspond à la morphologie, au style et à la personnalité. En général, c'est très décevant. La *fashion victim* peut aussi avoir envie de faire partie d'un groupe, se reconnaître dans le club de celles qui portent telle marque, tel sac.
La *fashion victim* cherche à combler un plaisir immédiat, leurrer un sentiment de vide. C'est alors comme le deuxième verre de rosé : sur le moment, c'est agréable et euphorisant, mais la chute peut être dure.
Et puis il y a la *fashion victim* de Vinted et de la *fast fashion*. C'est si peu cher que ça incite à consommer, comme une véritable addiction. Globalement, être une fashion victim, c'est triste. Ça n'a rien à voir avec trouver de la joie dans sa penderie, s'amuser avec le vêtement. J'ai de la compassion, de la tendresse pour ces personnes qui souffrent de dépendance.

Faut-il suivre la mode coûte que coûte, même quand elle n'est pas flatteuse pour notre morphologie ? Comment suivre les tendances quand elles ne nous avantagent pas ?

On peut suivre la mode quand elle nous flatte d'un point de vue morpho et si elle correspond à notre personnalité, nos goûts, notre mode de vie. Mais on peut aussi porter des vêtements qui ne nous flattent pas forcément mais qui nous donnent de l'allure, nous donnent confiance. Attention, je ne parle pas ici des tics du moment, qui sont dépassés à peine portés, mais des formes, des volumes, des styles. Certaines formes sont très vite dépassées, là où d'autres vieillissent très bien et se portent encore 15 ans après si la qualité et le tombé sont toujours là. Mais ce n'est pas parce qu'un vêtement n'est plus à la mode qu'il faut arrêter de le porter, surtout si on se sent bien dedans, qu'il correspond à notre morphologie et à notre univers.
La mode peut aider à porter un regard neuf sur notre garde-robe et réviser notre silhouette, en suivant l'esprit d'une tendance. Par exemple, en ce moment, les nouvelles formes de pantalons répondent enfin aux besoins de certaines morphologies.
Donc suivre la mode à tout prix, non, mais être consciente des mouvements de mode est toujours intéressant, s'intéresser aux volumes, aux proportions, aux détails, à la longueur d'un ourlet... On peut piocher des nouveautés à mixer avec les pièces de son dressing pour créer un style personnel. Il faut avoir le chic pour se faire remarquer avant le vêtement !

Quelle est la différence entre la mode et le style ? Doit-on forcément coller à la mode pour avoir du style ?

On peut avoir du style sans être à la mode, et inversement. On peut être complètement en dehors de la mode et avoir beaucoup de style. Avoir du style n'a rien à voir avec la quantité de vêtements que l'on a, ni avec leur prix. Je vois des personnes qui n'ont par exemple que des basiques mais se plaignent de ne pas avoir de style, parce qu'elles ne choisissent pas les bons, pas ceux qui leur correspondent. À l'inverse, certaines ont des garde-robes qui débordent, mais rien ne s'en dégage, car elles ne savent pas s'approprier leur penderie, associer les bonnes pièces, disent-elles. Avoir du style, c'est parfois inné, mais ça s'apprend. En mélangeant des bons basiques et des pièces plus fortes, par exemple, en étant attentive aux matières et aux couleurs. Ce qui est sûr, c'est qu'il ne suffit pas de copier-coller les tendances, acheter des marques pour être stylée.

L'âge et la mode... Peut-on tout porter à tout âge ? Pourquoi ?

Oui, on peut tout porter à tous les âges, mais pas n'importe comment. On associe les vêtements autrement, on les choisit autrement. Je pense qu'avec l'âge, il faut faire plus attention aux matières, au tombé, on peut moins se permettre de porter des vêtements *cheap*. Il faut que les tissus soient impeccables, les coupes nettes, les volumes justes.
On peut tout à fait porter des Dr Martens à 70 ans, mais pas de la même façon qu'à 15 ans, ça ne sera pas avec le même pantalon, ni le même haut. Il faut chercher la cohérence entre l'intérieur et l'extérieur. Il ne s'agit pas de faire du jeunisme, mais d'être bien dans son âge et de se débarrasser des vêtements d'un autre âge. Ceux qui sont datés parce que trop jeunes ou trop vieillots. Il faut chercher des beaux basiques, les siens, pas ceux d'une autre, et des pièces qui donnent de l'allure, dans lesquelles on se sent confortable et sûre de soi.
Il y a deux attitudes. Les personnes qui avec l'âge souhaitent arrêter de s'éparpiller et recherchent de beaux basiques, simples, épurés, peut-être un uniforme. Celles qui au contraire ont envie d'oser davantage, être un peu plus excentriques, expérimenter d'autres pistes.
Avec l'âge, on apprend à affiner son style, mais il n'y a pas d'interdit. On sent soi-même ce que l'on a encore envie de porter ou non. Pendant longtemps, il y a eu des codes, comme la minijupe ou la coupe de cheveux courte à partir d'un certain âge, ces codes étaient rassurants. Aujourd'hui, il n'y en a plus, on est plus libre, mais c'est aussi plus compliqué quand on n'est pas à l'aise avec sa penderie.

Voici bientôt la plage, le lieu à la fois rêvé et maudit où nos remparts de vêtements ne peuvent plus endiguer nos complexes. Y a-t-il des astuces pour se sentir plus à l'aise ?

Ah ! C'est là qu'arrive la fameuse injonction : « Aimez-vous, vous êtes belle ! » Mais s'il y a des choses que l'on n'aime pas chez soi, on fait quoi ? Pourtant, c'est normal, je ne connais personne qui s'aime à 100 %.
Alors je conseillerais de se faire plaisir avec de beaux maillots de bain, de belles tenues de plage, et ne pas se contenter de vêtements de second choix pour traîner. Il ne s'agit pas forcément de choses chères, mais une jolie robe de plage, qui peut être une belle chemise d'homme, et un maillot de qualité en accord avec sa morphologie.
Car on peut tricher avec un maillot bien choisi. Certains sont gainants, d'autres push-up. D'autres redonnent du volume, etc. Il faut faire vraiment attention à la matière et à sa tenue, et préférer deux bons maillots à une flopée de maillots *cheap*.
Après, bien sûr, le cheminement pour s'aimer est parfois long, et enfiler un beau maillot ne fait pas tout, c'est plus profond que ça. Mais il faut en avoir conscience et être doux avec soi, s'autoriser à penser « je me trouve moche », qui est bien différent du « je suis moche ». Et puis, si rien ne nous oblige à regarder des photos qui font mal – pas plus qu'à les laisser prendre –, on a le droit de refuser le cliché en maillot de bain.

L'AUTOMNE

L'HUMEUR DE LA SAISON : LES BONNES RÉSOLUTIONS DE LA RENTRÉE, JE DÉCOUVRE LA MODE ÉTHIQUE

Ça y est, c'est la rentrée ! Le bronzage s'est fait la malle et il faut à nouveau faire sonner le réveil pour aller travailler. Les vacances semblent déjà loin... Le mois de septembre est toujours très chargé : il y a les mamans qui jonglent entre la rentrée des enfants et les inscriptions aux activités diverses, celles qui commencent un nouveau boulot... Quoi qu'il en soit, ce n'est pas le moment de l'année le plus reposant ! Heureusement que nos jolis souvenirs de vacances sont encore dans notre esprit. Et puis cette année, c'est différent, on a décidé qu'on allait enfin S'OR-GA-NI-SER. Pour arrêter de courir partout et gagner du temps le matin devant sa penderie, bref... rationaliser. Et comme on est très motivées, on prend enfin le temps de s'intéresser davantage à la mode éthique et à ce qu'elle signifie. Allez, en route vers l'automne !

CHAPITRE 31

C'EST LA RENTRÉE ! COMMENT RENDRE SA GARDE-ROBE EFFICACE POUR GAGNER DU TEMPS LE MATIN ?

La rentrée, c'est excitant mais aussi un peu déprimant. Retrouver son quotidien habituel (métro-boulot-dodo pour certaines) peut sembler aussi agréable qu'épuisant. Si le réveil matinal n'a jamais été un problème pour moi, je déteste perdre du temps le matin à choisir mes vêtements et sortir de chez moi sans être satisfaite de ma tenue du jour parce que je l'ai choisie dans l'urgence. Ne pas être à l'aise dans une tenue peut gâcher une journée. Et pour peu que vous ayez de jeunes enfants à préparer le matin et à déposer à la crèche ou à l'école, cela peut devenir un véritable marathon matinal. Heureusement, une bonne organisation en amont peut vraiment vous faciliter la vie, vous permettre d'être moins « dans le jus » le matin et de démarrer la journée de manière plus sereine.

Normalement, si vous avez suivi mes conseils, votre dressing a déjà été trié à fond (peut-être même plusieurs fois) et il est organisé en fonction de vos habitudes et de vos préférences. Vos vêtements sont suspendus sur des cintres ou rangés en piles pas trop hautes et se trouvent à portée de main. Mais vous pouvez aller encore plus loin pour gagner du temps le matin !

REPASSER SES VÊTEMENTS À L'AVANCE

Pardon d'aborder cette question purement ménagère, mais on n'imagine pas à quel point l'allure d'un vêtement peut être transformée lorsque celui-ci est convenablement repassé. Pour ma part, j'ai à la fois horreur des vêtements chiffonnés et un goût particulièrement prononcé pour les chemises et autres pièces hautement froissables. Combien de matins douloureux ai-je vécus à devoir repasser mon joli chemisier en soie à la dernière minute... L'idéal est de toujours repasser ses vêtements à l'avance. C'est un gain de temps astronomique et c'est bien plus agréable d'avoir des vêtements prêts à l'emploi dans son armoire.

Excepté la gaze de coton qui est jolie même froissée, les belles matières naturelles et écologiques comme le lin, le coton bio, la soie..., sont des matières « vivantes » qui se chiffonnent vite, contrairement aux matières synthétiques comme le polyamide, l'acrylique ou le polyester. Voilà qui ne facilite pas vraiment la vie !

Et si, définitivement, le repassage n'est pas votre truc et que vous refusez de perdre votre temps précieux avec cette corvée, privilégiez les nouvelles matières innovantes et écologiques comme le lyocell ou le modal, qui sont réputées faciles d'entretien. Vous pouvez aussi limiter la casse en programmant votre machine à laver sur un essorage très doux (400 tours maximum) et sortir immédiatement votre linge de la machine dès la fin du cycle de lavage pour le faire sécher. Si vous n'êtes pas trop maniaque, cela devrait suffire à rendre vos vêtements présentables. Ne faites pas non plus sécher vos vêtements au soleil, car cela les assèche et marque les plis.

CRÉER DES TENUES DE SECOURS

Prévoir cinq ou six tenues qui fonctionnent à tous les coups vous évitera de rester les bras ballants devant votre armoire les jours en mal d'inspiration ou d'envie. Ça sera facile à mettre en place maintenant que vous avez les bons basiques. Certaines combinaisons marchent très bien en cette saison, par exemple :

→ jean blanc + marinière + perfecto noir + boots ;
→ jean bleu + chemise rayée bleue + trench + baskets blanches ;
→ jean bleu + chemisier en soie + blazer + escarpins ;
→ pantalon noir + chemise en jean + blazer + boots ;
→ robe noire + veste en jean + boots ou baskets blanches ;
→ jean slim noir + tee-shirt blanc ou gris + blazer + escarpins ou baskets blanches ;
→ jean bleu + tee-shirt rock + blazer + boots.

Ce ne sont que des propositions, à adapter en fonction de la météo ou des saisons : quand il commence à faire froid, vous pouvez troquer le tee-shirt contre un pull uni par exemple, ou le trench contre un manteau camel, un basique de l'automne. Dans tous les cas, je vous conseille de prendre le temps de créer vos propres tenues « de secours » afin de ne jamais être prise au dépourvu. Certes, vos looks ne seront pas des plus originaux, mais ils seront toujours impeccables. Vous pourrez aussi les accessoiriser différemment en fonction de vos humeurs, en ajoutant une jolie ceinture, des bijoux, un foulard imprimé…

Quand vous créez une tenue qui vous plaît, n'oubliez pas de vous prendre en photo pour la garder en mémoire !

LA TENUE « *POWERFUL* »

Ce que j'appelle la tenue « *powerful* » est celle avec laquelle vous vous sentez capable de déplacer des montagnes. Pas juste belle, non. Cette tenue vous aide à viser plus haut. C'est une tenue dans laquelle vous vous sentez suffisamment en confiance pour affronter un rendez-vous important, par exemple un entretien professionnel ou un rendez-vous avec un client potentiel. Elle doit montrer que vous avez de l'assurance et que vous savez ce que vous voulez. En clair, c'est votre look de superhéroïne, mais adapté à la vraie vie !

Cependant, attention, votre tenue *powerful* doit absolument être confortable, sinon c'est fichu. Un vêtement trop serré ou une robe qui remonte sans arrêt, et vous pourriez perdre vos moyens. N'essayez pas non plus de créer des tenues originales et inhabituelles sur vous : vous risquez de vous sentir déguisée et de ne pas être à l'aise. Adieu confiance en soi et l'effet « rien ne peut m'arriver aujourd'hui » tant recherché. Le look *powerful* n'est pas forcément un look de *working girl* pour aller au bureau. On peut très bien porter des baskets et envoyer du lourd ! Il existe sans doute autant de tenues *powerful* différentes qu'il existe de femmes… À chacune sa manière de se sentir invincible ! Pour les unes, ce sera le tailleur ou la jupe crayon (façon *working girl* donc), tandis que d'autres préféreront une version plus glamour en choisissant une petite robe noire… Peu importe ce que vous choisirez, mais la réussite de votre tenue *powerful* se trouve dans l'équilibre entre confort et élégance.

Ma tenue *powerful* à moi est le duo chemisier en soie + blazer. J'aime le contraste d'une belle veste masculine associée au raffinement féminin de la soie. Je porte ce combo la plupart du temps avec un simple jean et des boots à petit talon. J'ajoute généralement un sac à main en cuir noir sobre et sans chichi pour ne pas détourner l'attention. Les blazers ont ce pouvoir de donner de l'allure. Ils ne sont pas forcément stricts quand on ne les porte pas au premier degré, par exemple en total look tailleur avec escarpins et chemise blanche. Là, oui, ça peut vite faire uniforme…

Pour un entretien professionnel, le jean n'est pas vraiment recommandé, mais un jean slim noir (pas délavé ni avec de grandes traînées blanches !) peut tout à fait convenir, porté avec un beau blazer bien coupé, une blouse en soie et une jolie paire de chaussures en cuir.

COMMENT

RÉUSSIR SA TENUE *POWERFUL* ?

- Ne faites pas l'impasse sur le confort, vos vêtements doivent se faire oublier pour vous permettre de vous concentrer sur le reste (vos rendez-vous par exemple).
- Soignez les détails. Avoir l'air de sortir du lit n'est pas très *powerful*. Inutile d'en faire des tonnes non plus, mais une jolie manucure et un maquillage naturel relevé par une bouche rouge sont pour moi des détails sobres mais très *powerful*.
- Le blazer vous sauvera la vie en cas de manque d'inspiration. Pour moi, c'est LE vêtement *powerful* par excellence ! Il est tellement chic que même avec un jean il reste classe.
- Les talons ne sont pas obligatoires. Mais si vous optez pour des baskets, choisissez un modèle chic et sobre, à la ligne minimaliste et élégante. Pas des Nike Air Jordan, quoi.
- Mettez le paquet en haut ou en bas, mais il faut choisir. La tenue *powerful* est subtile ! Évitez par exemple le décolleté plongeant avec une jupe crayon et des escarpins de 12 cm. C'est peut-être *powerful* pour vous, mais pour les autres, ça sera peut-être trop. Surtout pour un rendez-vous professionnel où l'on a vite fait d'être mise dans une case. La même tenue avec un pantalon *smart* sera plus sobre ! Ou avec du plat plutôt que des escarpins. Bref, vous avez compris l'idée : il faut savoir doser.
- Ne trichez pas et soyez vous-même. Une tenue *powerful*, c'est forcément une tenue avec des fringues que l'on a l'habitude de porter, mais en mieux. Donc on choisit une tenue que l'on aime bien et on réfléchit à comment la rehausser un peu. Par exemple avec une paire de talons, une bouche rouge, un sac à main chic… C'est un peu du cas par cas, mais tout est possible !

CHAPITRE 32

COMMENT ÉVITER LES ERREURS D'ACHAT ?

Ces dernières années, vous avez rempli votre armoire avec trois ou quatre gilets noirs sans raison valable ? Vous avez acheté des chaussures trop petites parce qu'elles étaient soldées ? Vous avez craqué pour des imprimés que vous n'avez jamais mis ou des robes de soirée qui sont encore sur leur cintre avec leur étiquette et attendent sagement la fameuse « occasion spéciale » pour sortir de votre armoire ? Bref, vous avez fait ce que l'on appelle des « erreurs d'achat ». Rassurez-vous, vous n'êtes pas la seule. Moi aussi, avant de créer mon dressing idéal, j'en ai fait beaucoup. Galvanisée par les soldes, les ventes presse, ce que je voyais sur les blogs de mode ou Instagram, sans parler des boutiques à chaque coin de rue (c'est l'inconvénient de vivre à Paris), il m'est arrivé d'acheter tout et n'importe quoi. Je me souviens notamment d'une vente caritative il y a de cela huit ans au cours de laquelle j'avais acheté des escarpins violets à talons de 12 cm, uniquement parce que c'étaient des Yves Saint Laurent et qu'ils étaient vendus une bouchée de pain. Avec le recul, je comprends pourquoi : des escarpins violets et inconfortables, même à ce prix, qui en voudrait ? Cette erreur d'achat particulièrement stupide m'avait tellement perturbée à l'époque que, rongée par la culpabilité, j'en avais même écrit un billet sur mon blog. Je sais très bien pourquoi j'avais acheté ces escarpins : l'appel d'une marque de luxe totalement inaccessible pour moi en temps normal.

Ce jour-là, tous les critères étaient réunis pour me troubler : une vente caritative ou l'impression de faire une bonne action + du luxe accessible pour mon porte-monnaie + toutes les filles qui se jetaient sur tout ce qu'elles trouvaient, renforçant mon idée que je ne pouvais pas repartir sans rien acheter. Le pire, c'est que ces escarpins violets ne m'ont pas servi de leçon.

Plus tard, j'ai craqué pour ce gros pull en laine à torsades marron alors que je n'aime pas le marron et que je ne porte jamais de marron (sauf du camel, mais on est d'accord que ce n'est pas vraiment du marron ?). Le pull m'avait coûté une petite fortune : fabriqué en pure laine et en Europe, c'était une très belle pièce. Pourtant je ne l'ai jamais porté, je n'avais jamais envie de le mettre le matin. Mais alors, qu'est-ce qui avait bien pu me pousser à l'acheter ?

→ Peut-être que j'étais d'humeur positive et créative ce jour-là et que tout me semblait possible, y compris porter du marron.
→ Peut-être que le vendeur était drôle et sympathique et qu'il m'avait encouragée à choisir le pull marron au lieu du pull blanc que j'avais également essayé.
→ Peut-être que ce même vendeur était commissionné sur les ventes du pull marron et pas sur le blanc.
→ Peut-être que je suis influençable.
→ Peut-être que je pensais vraiment que « le marron, ça change » et que c'était une bonne idée de varier un peu la palette de couleurs de mon dressing.
→ Peut-être que...

La raison exacte, je ne la connaîtrai jamais. C'est sans doute un mélange de tout ça. Est-ce que je culpabilise pour autant ? Non ! Ça ne sert à rien de s'auto-flageller, ce qui est fait est fait.

En revanche, c'est important d'apprendre à repérer ce qui cloche chez nous et nous fait acheter n'importe quoi. Car les erreurs d'achat nuisent à notre porte-monnaie et à l'environnement, mais aussi à notre bien-être ! Heureusement, elles ne sont pas non plus une fatalité. Il existe quelques astuces pour ne plus en commettre, ou en tout cas les limiter.

APPRENDRE PAR CŒUR LE CONTENU DE SON DRESSING

Est-ce que vous connaissez bien votre garde-robe ? Êtes-vous capable d'en faire l'inventaire dans votre tête, même de manière approximative ? Savez-vous combien de pantalons ou de manteaux vous possédez pour la saison actuelle, par exemple ?

Si c'est non, il y a de fortes chances que vous ne connaissiez pas assez bien votre dressing. Peut-être parce que vous possédez trop de vêtements ou parce que c'est le bazar dans votre armoire et dans ce cas, un nouveau tri s'impose.

Connaître par cœur son dressing a plusieurs avantages. Cela permet de savoir ce dont nous avons besoin, mais également d'éviter certaines erreurs d'achat. Si vous flashez sur une pièce en boutique,

vous saurez à vue de nez si vous pouvez l'associer avec d'autres vêtements que vous possédez déjà ou si ladite pièce ne fait pas double emploi avec un vêtement similaire déjà dans votre garde-robe. Ça paraît bête ou évident, mais je vous assure que ça change tout !
Parfois, on essaie des vêtements originaux en boutique en se disant : « Je trouverai bien un truc qui ira avec dans mon armoire. » Malheureusement, ce n'est pas toujours le cas, d'où l'intérêt de connaître par cœur le contenu de sa garde-robe.
Évidemment, moins vous posséderez de vêtements et plus il sera simple de mémoriser ce qui se trouve dans votre dressing. C'est une logique mathématique. Le mieux est d'avoir tous vos vêtements rangés au même endroit, idéalement dans le même placard, y compris ceux qui ne sont pas de saison. Il est très tentant de ranger les vêtements d'été ou d'hiver au grenier ou à la cave pour gagner de la place, surtout si on vit dans une petite surface. Mais c'est aussi le meilleur moyen d'oublier ce que l'on possède. Pour éviter d'entasser, on fait donc le tri à chaque saison, et on range les vêtements que l'on n'utilise pas en piles en bas de l'armoire.
Un bon moyen de se souvenir de ses vêtements et de prendre ses tenues en photo tous les jours. Cela ne prend que quelques minutes et c'est le meilleur « pense-bête » qui soit. En plus, cela vous permettra de faire le bilan de vos tenues à la fin de la saison et de constater quels sont les vêtements que vous avez le plus portés. C'est aussi un excellent exercice pour gagner en estime de soi, même si ces photos ne sont pas destinées à être partagées à la Terre entière... Sauf si vous en avez envie bien sûr !

S'OFFRIR UN ENSEMBLE

Si vous faites des erreurs d'achat, c'est peut-être que vous n'êtes pas suffisamment armée en matière de style. Dans ce cas, lorsqu'un vêtement vous plaît vraiment mais que vous n'êtes pas sûre de pouvoir l'assortir avec ce que vous avez déjà, pourquoi ne pas vous offrir un ensemble ? Par exemple, une blouse imprimée et un gros gilet dans les mêmes tons. Les collections des marques sont imaginées pour créer des ensembles cohérents, dans les mêmes gammes de couleurs, avec les mêmes imprimés. Ça vaut donc le coup de craquer pour plusieurs pièces en même temps, surtout quand il s'agit de couleurs très fortes et un peu dures à porter : le rose fuchsia, le vert sapin, le moutarde... En faisant cela, vous éviterez les fautes de goût, mais aussi les prises de tête devant votre armoire pour savoir avec quoi assortir tel ou tel vêtement. C'est un investissement financier plus important, mais vous gagnerez du temps et sûrement un peu de confiance en vous.
Et rappelez-vous que non, ce n'est pas un manque de personnalité de suivre les propositions d'une marque : nous

ne sommes pas toutes stylistes, nous ne sommes pas toutes passionnées pour la mode ou dotées d'un œil de lynx pour repérer au premier coup d'œil ce qui nous ira comme un gant. Parfois, se laisser simplement guider, c'est le moyen le plus court et le plus sûr pour arriver à ses fins. Et c'est très bien.

ACHETER PARMI LES MARQUES ÉTHIQUES

Acheter un vêtement éthique (et surtout, de qualité !) est un achat qui a du sens. C'est encourager une mode plus vertueuse et plus respectueuse des individus et de l'environnement.
S'offrir une pièce chez un créateur de mode écoresponsable a une saveur particulière : c'est souvent un choix mûrement réfléchi. Premièrement parce que les prix sont plus élevés. Mais c'est aussi un achat éclairé que vous faites en toute connaissance de cause. En effet, les marques de mode éthique communiquent beaucoup sur leur vision, leurs valeurs et leurs méthodes de fabrication. Cette transparence change tout aux yeux des consommateurs. On s'attache beaucoup plus vite à nos vêtements quand on sait comment ils ont été imaginés, fabriqués et par qui. La *fast fashion* a totalement déshumanisé notre rapport aux vêtements, en nous faisant acheter compulsivement et souvent sans plaisir. Nombre de nos erreurs d'achat sont dues à un manque cruel de sens, ou même tout simplement d'information. Ne pas savoir vraiment ce que l'on achète, c'est un risque supplémentaire de se tromper.
Il est temps de changer cela en faisant vos emplettes auprès des créateurs écoresponsables : moins mais mieux, voilà votre nouvelle devise !

TRAITER LA CAUSE DE SES ACHATS RATÉS

Beaucoup de nos achats compulsifs sont la conséquence de notre état de déprime ou d'un manque de confiance en soi. J'appelle ça le « shopping pansement ». Pourtant, s'offrir une nouvelle robe ne va pas réparer un mal-être intérieur. La joie d'avoir acheté un truc nouveau va durer quelques heures et retomber comme un soufflé. Et la chute risque d'être violente : encore de l'argent et des ressources gaspillés, qui font mal à notre ego, à la planète et à notre porte-monnaie. Alors... et si on s'occupait enfin de nous ? Et si on essayait enfin de trouver la cause de nos achats compulsifs destinés à remplir notre vide intérieur ? Je ne vous dis pas de filer tout droit chez un psychologue pour entamer une thérapie. Peut-être avez-vous simplement besoin de changer une ou deux petites choses dans votre vie. Changer de boulot ? Du temps pour respirer toute seule si vous avez des enfants ? Intégrer une routine sportive dans votre quotidien ? Si vous achetez n'importe quoi pour combler un manque et une frustration permanente, c'est qu'il est peut-être temps de lever le pied et d'écouter votre petite voix intérieure.

J'ai longtemps été celle qui faisait du « shopping pansement ». Quitter un travail dans lequel je ne m'épanouissais plus guère pour créer ma petite entreprise a totalement réparé cela : je me sentais enfin « remplie » (de joie) et n'avais plus besoin d'acheter des vêtements pour me sentir vivante.

Plutôt que dépenser des sous dans des vêtements qui ne servent à rien et ne régleront pas vos problèmes, offrez-vous un coaching avec une styliste personnelle qui vous aidera à faire un bilan complet de votre style et à utiliser ce qui se trouve déjà dans votre garde-robe. Ou, mieux encore, une coach de vie qui vous aidera à être plus alignée avec vous-même et à retrouver une certaine paix intérieure. Certes, c'est un budget, mais vous serez gagnante au bout de quelques mois.

LA MÉTHODE BISOU

Connaissez-vous la méthode BISOU ? Celle-ci a été inventée par Marie Lefèvre et Herveline Verbeken[10]. Elle consiste à se poser 5 questions précises avant d'acheter un vêtement ou n'importe quel objet. Facile à retenir et efficace, vous pouvez l'utiliser pour chacun de vos achats. Merci à elles !

- **B comme besoin :** quel est mon besoin caché derrière ce vêtement ? Besoin réel ou psychologique ?
- **I comme immédiat :** dois-je l'acheter immédiatement ? Est-ce vraiment urgent ?
- **S comme semblable :** ai-je déjà quelque chose de semblable qui pourrait faire l'affaire ?
- **O comme origine :** en quelle matière est fait ce vêtement ? Où a-t-il été fabriqué ? Dans quelles conditions ? Suis-je d'accord avec tout ça ?
- **U comme utile :** ce vêtement va-t-il m'être utile ? Influencer positivement mon quotidien ?

10. Marie Lefèvre et Herveline Verbeken, *J'arrête de surconsommer. 21 jours pour sauver la planète* (*et mon compte en banque !*), éditions Eyrolles, 2017.

CHAPITRE 33

COMMENT SAVOIR SI UNE MARQUE EST VRAIMENT ÉCORESPONSABLE ?

Écoresponsable, éthique, local, fabriqué en France, durable... Voilà le nouveau jargon de la mode que vous lisez et entendez partout dans les médias, sur Instagram ou ailleurs. Des termes qui ont forcément retenu votre attention puisque vous avez décidé de mieux acheter et d'adopter un style plus engagé. Mais... Si vos intentions sont louables et parfaitement sincères, il est naïf de croire que celles des marques le sont tout autant. Ce n'est malheureusement pas le cas pour beaucoup d'entre elles. Surtout les multinationales dont le but est encore de générer le maximum de profits, quel qu'en soit le prix, humain ou climatique.

LA MODE ÉTHIQUE, C'EST QUOI ?

Commençons par le début. Nous avons vu qu'acheter éthique rend plus heureux·se. Mais la mode éthique, c'est quoi au juste ? Il n'existe pas de définition parfaite pour la mode éthique. Si l'on s'en tient au dictionnaire, « éthique » concerne la morale ou « qui intègre des critères moraux dans son fonctionnement » lorsqu'il s'agit de commerce. C'est donc s'assurer que l'on ne fait de mal à personne dans son activité. Dans le cas de la mode, c'est être certain que tou·te·s les ouvrier·ère·s travaillent dans de bonnes conditions sur toute la chaîne, si possible du champ de coton à l'usine qui confectionne les vêtements. Ces « bonnes conditions » incluant des conditions sanitaires et de sécurité suffisantes, des congés payés et, bien sûr, un salaire décent à la clé. Tout cela semble évident sur le papier, et pourtant... l'envers du décor de l'industrie de la mode n'est pas très glorieux.

ATTENTION AU *GREENWASHING*

Grandes ou petites, beaucoup de marques de mode surfent sur la tendance *green* avec plus ou moins de transparence et d'honnêteté. Si certaines sont réellement engagées pour une mode plus vertueuse, avec des vêtements pensés pour avoir un impact moindre tant sur le plan environnemental qu'humain (choix des matières, conditions de fabrication et capacité de recyclage du produit), d'autres excellent malheureusement dans l'art du *greenwashing*.

Le *greenwashing* (que l'on pourrait traduire par « écoblanchiment » ou « verdissage » en français) est une pratique commerciale très courante. Elle consiste à orienter son discours marketing pour se donner une image écoresponsable alors que les produits, eux, ne le sont pas tant que ça. En clair, faire passer des vessies pour des lanternes ou planquer le cadavre sous le tapis, appelez ça comme vous voulez. Le but est de vous duper par les apparences.

En pratique, cela se traduit souvent par des publicités trompeuses voire carrément mensongères, l'utilisation à tout-va de la couleur verte et du champ lexical écoresponsable ou sentimental, avec un abus de mots-clés comme « matières naturelles », « 100 % coton », « fait avec amour », et pour finir, de belles photos de nature et de paysages pour illustrer toutes ces magnifiques fausses intentions ! Ces techniques sont si bien rodées que si nous ne grattons pas le vernis pour savoir ce qui se cache derrière ces beaux discours durables, il est très facile de se faire avoir. Le *greenwashing* est une pratique écœurante et horripilante, et qui à mon sens devrait être légiférée ou au moins pénalisée. Premièrement parce qu'il est désagréable d'être pris·e pour un pigeon. Mais surtout parce que l'urgence climatique est réelle et que nous sommes tou·te·s concerné·es. Tou·te·s, que ce soient les marques ou les consommateur·trice·s.

Malheureusement, le *greenwashing* n'est pas réservé aux grandes enseignes. Certaines marques plus confidentielles et qui se disent écoresponsables utilisent les mêmes tactiques pour noyer le poisson et se faire passer pour plus éthiques qu'elles ne le sont. Il suffit de regarder leurs collections de plus près pour retrouver une formule très courante, celle du 80/20. Je m'explique : beaucoup de marques communiquent quasi exclusivement sur leurs produits dits « responsables », alors que ceux-ci ne représentent en réalité que 20 % de leurs collections. Le reste est bien souvent constitué de vêtements néfastes pour l'environnement ou fabriqués dans des conditions assez obscures.

Alors, comment s'y retrouver dans tout ça ? Comment savoir si une marque de mode est vraiment écoresponsable quand vous faites votre shopping ? Voici, dans les pages qui suivent, quelques conseils simples pour apprendre à repérer les marques reines du *greenwashing* !

LA PERFECTION N'EXISTE PAS

Même une marque très engagée pourra difficilement cocher toutes les cases. Ou alors les vêtements seraient si chers que nous pourrions rarement les acheter. Eh oui, le beau, bien fabriqué, local et responsable a malheureusement un prix ! Gardez en tête que chaque marque choisit son positionnement en fonction de ses valeurs et de ce qui l'anime. Pour certaines, c'est le « *made in France* » ou le local qui prime, pour d'autres, ce sera plutôt le choix des matières à faible impact environnemental. Ce ne sont que des exemples. Le seul moyen d'en savoir plus est de s'informer : apprendre à lire les étiquettes et décrypter la communication des marques. À lire entre les lignes, en quelque sorte.
Je sais que tout cela prend du temps. Et qu'il peut vite devenir lassant d'aller à la pêche aux infos quand on s'achète une robe ou un pull. Ça gâche un peu le plaisir. Mais... j'ai tendance à penser, justement, que s'il faut commencer à fouiller pour trouver les bonnes informations, ce n'est pas bon signe. Croyez-moi, les marques vraiment éthiques sont fières de l'être et mettent leurs engagements bien visibles et au bon endroit. Elles sont capables de décortiquer leurs produits dans les moindres détails (de l'étiquette au bouton), d'indiquer le pays d'où provient la matière première, où elle a été tissée, connaissent par cœur le nom de leurs ateliers... Autant de petits signes qui ne trompent pas.

LE *BUSINESS MODEL*

Responsables ou pas, les marques sont là pour nous vendre leurs vêtements. C'est le jeu ! Oui, c'est important de pouvoir continuer à rêver et de garder le plaisir de la nouveauté. D'encourager la créativité. D'autant plus que tout le monde ne s'habille pas qu'avec des basiques.
Mais lorsque l'on prétend être une marque éthique, le modèle commercial a son importance. Sortir une collection entière avec trente nouvelles références par mois, est-ce vraiment responsable ? Si ce sont des pièces intemporelles ou des marques qui pratiquent l'*upcycling* ou la précommande pour ne produire que ce qu'il faut, pourquoi pas, mais je doute que ce soit le cas de tout le monde.
J'entends bien que les entreprises ont besoin de faire des profits pour se développer et rémunérer leurs salarié·e·s. Étant moi-même fondatrice et gérante d'une marque de mode, je connais bien les objectifs de chiffres d'affaires à atteindre pour que ma petite entreprise soit viable

et rentable. Il serait très hypocrite de dire que mon but n'est pas de vendre. Mais certaines entreprises grossissent tellement vite qu'elles se perdent parfois en chemin. Et si j'ai la chance de voir grandir un jour ma petite marque, j'espère sincèrement réussir à garder un certain équilibre rentabilité *vs* quantités, sans renier mes valeurs.

À de rares exceptions près, la stratégie des gros volumes et des collections sans cesse renouvelées est plutôt celle des marques de *fast fashion*. En 2019, une enseigne espagnole bien connue des fashionistas a d'ailleurs eu le culot d'annoncer qu'elle prévoyait de proposer des matières 100 % responsables ou biodégradables d'ici 2025, mais... sans changer son *business model* ! Un modèle économique fondé, rappelons-le, sur une nouvelle collection entière disponible tous les 15 jours en magasin.

Il est pourtant tout à fait possible de rester désirable et de renouveler ses collections régulièrement sans surproduire ni bousiller la planète. C'est le cas de la marque Mister K, qui propose chaque mois un vestiaire « zéro gâchis » en précommande, afin de produire la juste quantité de vêtements. De plus, la marque pratique l'*upycling*, c'est-à-dire qu'elle utilise des stocks de tissus dormants pour imaginer ses nouvelles pièces. Je trouve ce modèle assez prometteur, tout comme celui de produire des vêtements intemporels en quantités raisonnées.

Il n'y a pas qu'un seul modèle économique valable, mais de nombreuses manières d'exister lorsque l'on est une marque écoresponsable. À chacune de trouver le modèle vertueux qui lui convient le mieux.

LA COMPOSITION ET LES MATIÈRES

Il n'y a pas que la quantité de vêtements produits qui compte. La matière dans laquelle ils sont fabriqués est tout aussi importante, si ce n'est plus, car certaines sont à base de pétrole et ne sont pas biodégradables. Pour savoir si une marque utilise des matières durables, le seul moyen est de lire les étiquettes. La composition exacte des vêtements est toujours inscrite sur l'étiquette puisque c'est une obligation légale.

En cas d'achat sur internet, c'est plus compliqué. Il faut bien vérifier chaque fiche produit : la plupart des marques indiquent le détail de la composition, mais pas toutes, ce qui est un bon indicateur pour savoir si on essaie de vous cacher quelque chose. À chaque fois que vous aurez envie d'un nouveau vêtement, posez-vous ces questions : la marque utilise-t-elle des matières naturelles et biologiques comme le coton, le lin, la laine ? La matière est-elle certifiée par un label officiel, comme les labels Oeko-Tex® ou GOTS, par exemple ? Sachez que même si le coton est une fibre naturelle, s'il s'agit d'un coton conventionnel (pas bio), il présente peu d'intérêt écologique. La marque utilise-t-elle des matières syn-

thétiques comme le polyester, le nylon, l'acrylique, la viscose ? Ces matières synthétiques sont-elles recyclées, labellisées (par exemple, la viscose écoresponsable EcoVero) ? La marque fait-elle des efforts pour limiter son empreinte écologique ? Comment le prouve-t-elle ?
Les finitions sont importantes... Les marques vraiment écoresponsables sont souvent jusqu'au-boutistes et proposent des matières biodégradables ou recyclées, y compris pour leurs boutons ou leurs étiquettes. Même les packagings sont écoresponsables et sans plastique !
Bref, gardez l'œil ouvert et enquêtez. Si, en analysant les fiches produits d'une marque, vous constatez que deux sur trois contiennent des matières synthétiques non recyclées ou du coton pas bio (entre autres !), alors elle n'est peut-être pas si responsable qu'elle en a l'air.

OÙ ET COMMENT SONT FABRIQUÉS LES VÊTEMENTS ?

Autre point à vérifier : le lieu de fabrication, mais surtout les conditions dans lesquelles les vêtements sont produits. Et là, il n'y a pas de bonne ou de mauvaise réponse. Ce qui me semble important ici, c'est la transparence. La marque indique-t-elle où sont fabriqués ses vêtements sur ses fiches produits ? Sur ses étiquettes ? En France, ce n'est malheureusement pas une obligation légale, mais heureusement, beaucoup de marques jouent le jeu face à la pression du consommateur. Le « *made in France* » a le vent en poupe et la pandémie est venue renforcer l'envie de consommer français. Vouloir soutenir l'économie locale et acheter local pour limiter son empreinte écologique est une excellente chose. Mais... attention, « *made in France* » ne veut pas dire éthique. La marque communique-t-elle sur ses ateliers ? Dans quelles conditions sanitaires et sociales sont fabriqués les vêtements ? Le vêtement est-il juste imaginé et dessiné en France ? Ou assemblé en France ? La marque propose-t-elle des matières naturelles ou à faible impact dans ses collections ? Fabriquer en France, c'est bien, mais utiliser des matières biodégradables, c'est encore mieux !
Gardez à l'esprit qu'un vêtement fabriqué à l'autre bout du monde peut tout à fait être éthique, s'il est fabriqué dans de bonnes conditions et dans une matière à faible impact. Nous avons tendance à fuir en voyant « *made in Bangladesh* », Cambodge, Vietnam ou même Chine sur les étiquettes. Et nous avons de bonnes raisons de nous méfier. Mais il existe toujours des exceptions. Certaines marques écoresponsables font fabriquer dans ces pays mais choisissent rigoureusement leurs ateliers et se rendent régulièrement sur place pour vérifier que tout va bien. Dans ce cas, il s'agit le plus souvent d'un vrai parti pris et vous n'aurez aucun mal à trouver les informations dont vous avez besoin sur les conditions de fabrication.

À l'inverse, si une marque ne communique jamais sur ses conditions de fabrication (où et comment ?), vous êtes en droit de vous poser des questions.

COMMENT LA MARQUE COMMUNIQUE-T-ELLE ?

Un dernier point à considérer est la façon dont la marque communique auprès de ses clients. Une marque qui met sans cesse en avant ses prix bas et qui propose des réductions à tout-va, c'est rarement bon signe. Tout simplement parce que fabriquer des vêtements de qualité et durables coûte très cher. Des prix tirés vers le bas signifient que les coûts de confection ont été réduits au maximum. Avec les conséquences que l'on connaît sur les salarié·e·s à l'autre bout de la chaîne, qui sont les moins bien payé·e·s. En clair : une marque éthique pas chère, ça n'existe pas. Nous l'avons vu précédemment dans le chapitre consacré aux soldes : les marques écoresponsables ne font pas de très grosses marges sur leurs ventes, afin de rester accessibles. Comme les marges sont réduites, elles peuvent donc difficilement proposer des réductions au risque de ne pas être rentables. Dans le meilleur des cas, elles peuvent offrir les frais de port ou des petites réductions de 10 ou 15 %, mais cela reste exceptionnel.
En tant que consommatrice, vous pouvez mesurer l'engagement responsable d'une marque en lui posant des questions, par mail ou directement en message privé sur les réseaux sociaux. Si elle vous répond de manière claire et précise, même si la question fâche, c'est plutôt un signe de transparence et d'authenticité. Si, au contraire, vous sentez qu'elle brode, reste évasive et que vous n'êtes qu'à moitié convaincue par ses arguments, n'hésitez pas à passer votre chemin.
Les marques éthiques ne rechignent jamais à défendre leurs engagements et ne cherchent pas à cacher leurs faiblesses. La transparence est toujours la clé de leur communication.

CHAPITRE 34

LE « *MADE IN FRANCE* » VA-T-IL NOUS SAUVER ?

La crise sanitaire de la covid-19 a mis en lumière notre dépendance aux pays asiatiques dans beaucoup de secteurs (on se souviendra longtemps des fameux masques de protection « *made in China* » qui ne sont jamais arrivés…). Déjà, en 2019, 93 % des Français considéraient qu'acheter des produits fabriqués en France revenait à soutenir l'industrie française et l'emploi. Ils sont aujourd'hui 59 %[11] à être prêts à payer plus cher pour acheter local ou fabriqué en France. Des chiffres qui encouragent à relocaliser petit à petit l'industrie textile dans notre beau pays !

POURQUOI IL FAUT RELOCALISER L'INDUSTRIE DU TEXTILE EN FRANCE

Ne tournons pas autour du pot, c'est la naissance de la *fast fashion*, au début des années 1990, qui a tué l'industrie du textile en France et mené à la fermeture de nos usines les unes après les autres. Durant des décennies, le nord de la France a pourtant été le bastion de la mode et du prêt-à-porter (ce qui explique que des gros distributeurs comme La Redoute ou Les 3 Suisses y avaient installé leur siège). Mais notre faiblesse a été de céder aux sirènes de la consommation, de la nouveauté et des

11. D'après un sondage réalisé par l'institut Ifop pour *Le Journal du dimanche* daté du 5 juin 2021.

prix toujours plus bas. Ce qui a encouragé la plupart des marques de mode à délocaliser leur production en Asie, là où la main-d'œuvre est la moins chère, pour générer un maximum de profit sur notre dos. Mais, surtout, sur le dos des pauvres gens qui sont exploités pour fabriquer nos vêtements, en Inde ou au Bangladesh pour ne citer que ces pays, détruisant au passage leur écosystème par l'utilisation de nombreux solvants chimiques utilisés dans la confection de certaines matières premières.

Le sentiment que nous avons été pris·es pour des imbéciles et le fait d'assister à un désastre écologique et humain lié à notre surconsommation de vêtements (entre autres) me laisse un goût amer. Mais voyons le positif : cela va sans doute accélérer la relocalisation de la filière textile en France. Et je ne parle pas de produits uniquement « assemblés » en France, ce qui peut suffire pour obtenir la mention « fabriqué en France » (même si la matière première d'un vêtement, par exemple le coton, n'est pas d'origine française) et être un peu trompeur pour le consommateur (voir l'encadré sur l'appellation « fabriqué en France », ci-dessous).

ET SI L'AVENIR DE LA MODE ÉTAIT DANS LE LIN ?

Le saviez-vous ? La culture du lin est une spécialité agricole française. La France (Normandie et Hauts-de-France) fournit à elle seule plus de 40 % de la production mondiale de lin. Il est donc logique d'imaginer des usines fabriquer des vêtements en lin en France. Oui, mais... avant de fabriquer un vêtement, le lin (la plante) doit d'abord être transformé en fil. Cette étape s'appelle la « filature ». La France ayant perdu une partie de son savoir-faire, notre lin est donc envoyé dans des usines de filature... en Chine ! Ce n'est que lorsqu'il est de retour dans nos contrées européennes que le lin en bobines est alors transformé en tissu. Notre lin français pousse donc dans nos champs, mais fait deux fois le tour de la Terre avant d'atterrir dans nos armoires. C'est tellement aberrant que moi aussi, j'ai d'abord cru que c'était une blague.

La très bonne nouvelle est que la filière du lin est en bonne voie de renaître en France. L'entreprise Safilin, qui avait quitté la France pour la Pologne, va réimplanter une filature de lin dans les Hauts-de-France d'ici à 2022. De même, que l'entreprise Emmanuel Lang, basée en Alsace et bien connue des marques de mode écoresponsable, qui possède des métiers à tisser le lin. Attendez-vous donc à voir une déferlante de lin dans les prochaines collections des marques de mode responsables. Il faut s'en réjouir, c'est une matière naturelle, noble et très agréable à porter, surtout en été.

UNE IDÉE REÇUE : « ACHETER LOCAL POLLUE MOINS »

Si vous pensiez qu'acheter des vêtements fabriqués en France diminuait de manière fulgurante votre empreinte carbone, détrompez-vous. Contrairement à ce que l'on pense, ce n'est pas le transport FINAL du produit qui entache gravement l'empreinte carbone, mais bien tout le parcours AVANT sa distribution, ainsi que la matière première qui a été utilisée. Il faut également prendre en compte les étapes de filature, d'ennoblissement et de confection. Selon les pays, la consommation d'énergie peut varier en fonction des moyens utilisés. Quand vous achetez un tee-shirt en coton « *made in France* » par exemple, il est probable qu'il ait été au mieux filé en France, ou uniquement assemblé en France (comme c'est plus souvent le cas). Mais le coton utilisé pour fabriquer ce tee-shirt a sans doute été cultivé en Asie (en Inde le plus souvent) ou en mer Égée (Grèce ou Turquie). Eh oui, je l'ai déjà dit, mais le coton ne pousse pas en France ! Ainsi, le même tee-shirt fabriqué en circuit court dans une usine située à proximité du champ de coton aura un impact carbone final sans doute moins élevé.

Un autre point qui me chagrine, c'est que l'on voit beaucoup de marques de mode mettant en avant une fabrication française, mais qui utilisent du polyester à tout-va dans leurs collections. À part l'intérêt de pouvoir proposer des produits moins chers, cela n'a pas beaucoup de sens d'utiliser des matières aussi polluantes quand on veut limiter son empreinte carbone. D'autant plus que ces matières synthétiques sont le plus souvent importées d'Asie.

Loin de moi l'idée de dénigrer la mode « *made in France* », bien au contraire il faut l'encourager. Son principal avantage réside dans la garantie que les vêtements ont été fabriqués dans de bonnes conditions sociales. Mais ce n'est pas toujours un gage de qualité ni d'engagement écologique, même si beaucoup de marques aujourd'hui font l'effort de réunir tous ces critères à la fois.

C'EST QUOI,

LE « *MADE IN FRANCE* » ?

Le « *made in France* », ou « fabriqué en France », est un marquage d'origine que les entreprises peuvent indiquer sur leurs marchandises. Nous avons vu que la fabrication d'un vêtement passe par plusieurs étapes, de la transformation de la fibre au vêtement fini :

- la création du vêtement et le stylisme ;
- la filature : c'est l'étape qui transforme la matière brute en bobine de fil (coton, lin...) ;
- le tissage : le fil est travaillé sur des machines à tricoter pour former une trame qui deviendra un tissu ;
- l'ennoblissement : ce sont les étapes nécessaires pour obtenir le rendu souhaité, comme la teinture, l'impression, l'imperméabilisation, etc. ;
- la confection : on découpe et on assemble le tissu pour lui donner vie (patronage, couture et finitions).

Imaginons que toutes ces étapes soient réalisées dans des pays différents et que seule une étape soit réalisée en France. Pour être en droit d'afficher « fabriqué en France » (ou « *made in France* ») sur l'un de ses produits, le fabricant a la responsabilité de s'assurer que celui-ci répond aux critères d'origine non préférentielle établis par le code des douanes de l'Union européenne. Un vêtement pourra donc revendiquer une fabrication française si :

- sa dernière « transformation substantielle » a été réalisée en France. On peut considérer qu'il s'agit de l'assemblage du vêtement (confection) ;
- sa valeur ajoutée réalisée en France est d'au moins 45 %.

Ainsi, un vêtement dont le tissu a été coupé, teint et tissé à l'étranger pourra quand même être étiqueté « fabriqué en France » s'il a été cousu sur le territoire français. Attention, coudre des boutons sur une chemise qui n'a pas été fabriquée en France n'est pas suffisant pour lui conférer une origine française. Pour cela, il aurait fallu que toutes les opérations suivant la coupe du tissu soient réalisées en France. Néanmoins, ces conditions peu restrictives peuvent induire le consommateur en erreur. Pour nous aider à nous y retrouver, des labels ont vu le jour grâce aux industriels du textile pour valoriser leur savoir-faire, comme le label France Terre Textile qui garantit, par exemple, qu'au moins 75 % des étapes de fabrication sont réalisées dans les berceaux textiles français.

MARQUES DE FRANCE, POUR FAIRE LE TRI

Pour tout savoir sur le «*made in France*», rendez-vous sur le site Marques de France. Le site recense les plus belles marques qui produisent et/ou assemblent en France. En plus des informations principales que vous pourrez trouver partout ailleurs, l'équipe complète les fiches de chaque marque avec des anecdotes ou encore des contenus médias (photos, vidéos) qui véhiculent son esprit et ses valeurs. Une vraie mine d'or ! www.marques-de-france.fr

CHAPITRE 35

LE GUIDE DES MATIÈRES

Je vous répète souvent que le choix des matières est important, tant en termes de style que d'écoresponsabilité. Mais c'est quoi une bonne matière ? Cela peut paraître compliqué de s'y retrouver et, soyons honnêtes, ça l'est, d'autant que les industriels ne nous y aident pas vraiment. Pour commencer, il faut distinguer trois grands types de matières que je vous présente en détail juste après : les matières naturelles, les matières synthétiques et les matières artificielles.
On a tendance à croire que les matières naturelles sont les plus vertueuses et que l'on peut investir en fermant les yeux, et qu'à l'inverse, les matières artificielles et synthétiques – toutes deux étant des matières dites « chimiques » – sont à bannir. Mais ce n'est pas tout à fait vrai ni aussi simple.

LES MATIÈRES NATURELLES

Qu'elles soient d'origine animale, végétale ou encore minérale (peu utilisées dans l'industrie de la mode), les matières naturelles comme le coton, le cuir, la laine ou la soie ne sont pas toujours le meilleur choix écoresponsable.

Bien-être animal

Je ne vous fais pas l'article sur Cruella d'Enfer, on s'en doute, la fourrure n'est ni éthique ni responsable. Pour le cuir, c'est plus difficile, car cela s'approche de la problématique précédente, avec parfois des conditions d'abattage déplorables, mais il faut nuancer. En France, où il n'existe que très peu d'élevages intensifs et où les conditions d'abattage sont réglementées, le cuir est valorisé au lieu d'être jeté.

Pour la laine, la tonte est un soin nécessaire à l'animal, qui lui évite de souffrir. Une opération sans douleur lorsqu'elle est menée correctement. Cela étant dit, certains élevages n'ont aucune considération pour le bien-être animal. De nombreux et insoutenables reportages ont ainsi montré les traitements que reçoivent les alpagas, les lapins et autres chèvres, épilés ou brutalement tondus par des éleveurs peu scrupuleux.
Quant à la plume et au duvet, si la France n'autorise le plumage que sur les animaux morts, la plupart des élevages plument sans ménagement les palmipèdes vivants, occasionnant des blessures.
Enfin, la soie nécessite d'ébouillanter les vers pour récupérer leur cocon intact. Pas terrible. Mais des techniques sont à l'étude pour préserver la vie de l'animal.

Impact social et environnemental

Je l'ai déjà évoqué plusieurs fois dans ce livre, la culture du coton est très gourmande en eau et en pesticides, ce qui a un impact direct et indirect sur les individus qui le cultivent. Après quoi, il faut encore le traiter chimiquement, ce qui crée de fortes pollutions de l'eau et intoxique les populations alentour. Heureusement, depuis quelques années, le coton bio est en plein boom et encadré par différents labels et certifications comme Ecolabel, Ecocert, Ecotex Natural, Oeko-Tex®, ou encore GOTS, attestant d'un impact environnemental et parfois aussi social réduit.
La laine comme le cuir pèsent aussi sur l'environnement. D'abord parce que l'élevage, lorsqu'il est intensif, implique des consommations d'eau et d'énergie très importantes, ainsi qu'une pollution de l'eau et de l'air, mais également parce que les différents traitements chimiques que subit la laine finissent bien souvent dans les cours d'eau, à moins que ces procédés n'aient lieu en circuit fermé.
Quant au tannage du cuir, il peut être végétal et ne faire appel qu'à des produits naturels, ce qui demande beaucoup de patience, une qualité que de nombreux acteurs du secteur n'ont pas, préférant accélérer les choses en utilisant quantité de produits chimiques, rejetés dans la nature environnante et empoisonnant les populations locales. Le cuir au tannage végétal a également tendance à se rayer et à marquer plus vite, ce qui n'est pas toujours bien accepté par les consommateurs.
Le lin, lui, est moins casse-tête ! Il se passe de pesticides et se contente de l'eau de pluie, il est donc cultivé en zones tempérées, comme la France, ce qui lui épargne le voyage. Pour ne rien gâcher, il est facilement recyclable et biodégradable.

LES MATIÈRES SYNTHÉTIQUES

Comme leur nom l'indique, il s'agit de matières synthétisées à partir de composés chimiques, le plus souvent dérivés du pétrole, comme le plastique. Nylon, élasthanne, acrylique, polyester, polyamide et globalement tout ce qui commence par « poly- », toutes ces fibres synthétiques représentent plus de 70 % de la production textile mondiale annuelle. Pourtant, outre leur aspect souvent « trop » (trop brillant, trop pelucheux, trop glissant, trop mou ou trop rigide par exemple), ces matières posent de nombreux problèmes en termes d'éthique et d'écologie.

Pour obtenir ces fibres, les composants du pétrole sont traités avec des alcools et des acides, ce qui génère des émanations de métaux lourds et de nombreux déchets toxiques qui finissent dans les sols et les eaux usées. On comprend bien ici l'impact environnemental, on devine aussi les conséquences pour les travailleurs et les populations locales.

Mais ça ne s'arrête pas là. Car non contents d'être quasi non biodégradables, à chaque lavage, ces textiles rejettent des microparticules de plastique, que les stations d'épuration ne sont pas en mesure de traiter. Elles se retrouvent donc dans les océans, menaçant la faune et la flore sous-marines. Pour enfoncer le clou, ces pièces vieillissent mal et vite, et connaissent rarement de seconde vie, ce qui pose le problème de la surconsommation et de la gestion des déchets textiles.

Si vous êtes irrémédiablement attirée par une pièce synthétique, vous pouvez toutefois en limiter l'impact en utilisant un sac de lavage Guppyfriend qui retient les microparticules de plastique. Encore mieux, vous pouvez vous diriger vers de la fibre synthétique recyclée, comme le nylon qui sert pour les collants ou le PET (polyéthylène téréphtalate), ou bien vers la seconde main. Privilégiez alors les articles qui ne sont que très rarement lavés (maroquinerie, chaussures, manteaux, etc.).

LES MATIÈRES ARTIFICIELLES

Contrairement aux matières synthétiques, les matières artificielles sont issues de matières d'origine naturelle, mais elles subissent un traitement chimique qui permet de les transformer en fibres.

La plus connue des matières artificielles est la viscose. Conçue à partir de pulpe de bois ou de bambou, elle peut devenir du satin, du crêpe, de la popeline ou encore un semblant de soie. Pratique ! Sauf que cette production devenue complètement irraisonnée participe à la déforestation (70 millions d'arbres sont abattus chaque année pour fabriquer 5 millions de tonnes de viscose), et requiert des quantités d'eau complètement folles (50 milliards de litres par an !)[12].

12. Selon l'ONG Canopy, basée à Vancouver, dans un rapport publié en 2014.

De plus, les traitements à base de puissants acides sont fatalement retrouvés dans l'air, l'eau et les sols, avec les effets néfastes que vous imaginez. Pour finir, les conditions dans lesquelles travaillent les petites mains de la viscose sont inadmissibles, et je ne parle pas ici de contrées lointaines où les Droits de l'homme sont inexistants. Pas glorieux, mais la viscose n'a quand même pas tout faux puisqu'elle a le bon goût d'être recyclable.

Mais ne vous méprenez pas, il y a vraiment du bon dans les matières artificielles. Non seulement elles permettent d'obtenir à moindre coût un rendu proche de la soie, mais elles sont aussi résistantes, infroissables, stables au lavage, et biodégradables. Par chance, leurs processus de fabrication ne sont pas tous aussi désastreux que celui de la viscose.

Le lyocell (aussi appelé Tencel®, fabriqué à partir de bois d'eucalyptus) et le modal (fabriqué avec du bois de hêtre) par exemple, sont fabriqués avec le même procédé que la viscose, mais en circuit fermé avec des solvants non toxiques. En outre, la pulpe de bois utilisée est issue de forêts européennes écogérées. Et ça change tout au niveau écologique !

Le cupro est aussi formidable. À mi-chemin entre le coton et la soie, il est fabriqué dans les mêmes conditions, à partir des déchets de fleurs de coton (les linters).

Sachez qu'il existe des alternatives artificielles au cuir. Les cuirs végétaux, parmi lesquels le Piñatex®, « cuir d'ananas », ou encore le cuir de pomme. Ils sont fabriqués à partir des parties non comestibles de ces fruits, séchés et mélangés à des résines qui leur donnent un aspect semblable au polyuréthane. Pour le moment, nous n'en sommes qu'aux balbutiements. Les procédés sont encore un peu obscurs et le produit fini n'est pas biodégradable. L'avantage dont nous sommes certains aujourd'hui est qu'ils offrent de meilleurs revenus aux cultivateur·rice·s.

Il n'existe pas de matière idéale. Toutes les matières utilisées dans la confection de nos vêtements ont un impact sur la planète, qu'elles soient naturelles, artificielles ou synthétiques. À titre personnel, je vous conseille vraiment d'éviter le polyester, qui reste pour moi ce qu'il y a de pire en termes d'écologie, mais aussi d'esthétique et de confort. Beaucoup de marques justifient son emploi en prétextant qu'il est facile d'entretien, infroissable et solide (et donc durable), mais l'idée de s'habiller avec un tissu issu du pétrole et 100 % inflammable n'est guère séduisante, vous ne trouvez pas ?

LES MATIÈRES

À PRIVILÉGIER

Tous les vêtements polluent et aucune matière n'est parfaite, certes. Mais certaines d'entre elles ont néanmoins un impact bien moindre. Voici un petit mémo pour vous aider à mieux les choisir.

LES MATIÈRES NATURELLES

- Le coton : oui, à condition qu'il soit biologique. Privilégiez le label GOTS, qui garantit qu'au moins 70 % (98 % le plus souvent) de sa fibre est biologique. Ou le label Oeko-Tex®, axé sur la santé, qui garantit l'absence de substances allergènes dans le tissu. Attention, un coton certifié Oeko-Tex® n'est pas nécessairement biologique. Le coton recyclé est une bonne alternative même s'il doit être mélangé à un coton classique pour être utilisable, car ses fibres sont plus courtes et plus fragiles.
- Le lin : une fibre 100 % naturelle et biodégradable. Sa culture nécessite peu d'eau et de pesticides. S'il est biologique, c'est encore mieux, mais on en trouve assez peu. Bémol : si le lin pousse essentiellement en Europe du Nord, 80 % de celui-ci est encore filé... en Chine, pour des raisons de coûts et de délocalisation du savoir-faire. Visez donc les marques qui proposent du lin filé en Europe plutôt qu'un lin qui a fait le tour de la planète, grâce au label européen Master of Linen®.
- La soie : noble, légère et biodégradable. Avec un bémol sur le traitement des vers à soie qui sont étouffés lors de sa transformation. La soie est principalement importée d'Asie, qui possède un savoir-faire historique en la matière.
- La laine : une fibre précieuse, à choisir si possible vierge et non traitée pour éviter les substances chimiques. Visez le label

RWS (Responsible Wool Standard) qui garantit le respect du bien-être animal.

- Le cuir : sa production étant liée à l'élevage des animaux, le cuir pose inévitablement des questions d'ordre éthique. Ces élevages sont énergivores et ont un impact environnemental important. Si vous ne pouvez pas vous passer de cuir, privilégiez le cuir d'origine européenne et au tannage végétal, c'est-à-dire sans chrome ni métaux lourds. Vous pouvez aussi l'acheter en seconde main ou auprès de marques qui pratiquent l'*upcycling*, c'est-à-dire qui récupèrent des peaux dormantes dans les tanneries.

LES MATIÈRES ARTIFICIELLES

- Le cupro : une fibre innovante inventée par les Japonais et 100 % biodégradable, fabriquée à partir des graines de coton destinées à être jetées (les linters). Aussi doux que la soie et facile à entretenir, le cupro a tout bon. Son processus de transformation est géré en circuit fermé et certifié Global Recycled Standard. C'est également une matière labellisée Oeko-Tex®.
- Le lyocell (ou Tencel®) : une fibre cellulosique 100 % biodégradable, fabriquée à base de pulpe d'eucalyptus et en circuit fermé respectueux de l'environnement. Contrairement à la viscose, les solvants utilisés pour la dissolution du bois sont organiques et recyclables.

C'EST BOF BOF

- La viscose : elle est sujette à controverse car son processus de fabrication nécessite l'usage de disulfure de carbone (CS_2), un gaz hautement toxique et polluant. Mais il faut dire qu'elle est agréable à porter. Alors pourquoi pas si elle est certifiée EcoVero ou FSC, c'est-à-dire issue de forêts gérées durablement et transformée chimiquement en circuit fermé ?
- Le polyester recyclé : pas génial, mais toujours mieux que le polyester classique. Il est fabriqué à partir de matériaux existants, comme les bouteilles plastique (PET), et sa fabrication est beaucoup moins énergivore. Mais recyclé ou pas, le polyester reste une

matière synthétique avec tous les inconvénients que l'on connaît (rejet de microparticules de plastique, recyclage difficile s'il est mélangé, etc.). C'est néanmoins une excellente option pour les vêtements de sport ou les maillots de bain.

À ÉVITER AUTANT QUE POSSIBLE

- Le polyester : pas cher et très solide (il peut durer toute une vie), mais... dérivé du pétrole. C'est sans doute la pire matière qui existe à ce jour car il libère des microparticules de plastique dans les eaux de lavage puis dans les océans. Une catastrophe écologique. De plus, le polyester fait transpirer. Si vraiment on doit craquer sur une pièce en polyester, autant la choisir 100 % polyester. Car les matières mélangées se recyclent beaucoup moins facilement.
- L'acrylique : souvent mélangée à de la laine, l'acrylique est une matière fabriquée à partir de produits chimiques. Elle est désagréable à porter (ça gratte) et ne dure pas dans le temps. Si vos pulls ressemblent systématiquement à des serpillières quand ils sortent de la machine à laver, c'est qu'il y a sans doute beaucoup d'acrylique dedans !
- L'élasthanne : également appelée Lycra ou Spandex, cette matière synthétique qui rend les vêtements élastiques est aussi dérivée du pétrole. Elle est utile pour rendre les vêtements confortables et extensibles comme les vêtements de sport, les sous-vêtements ou les maillots de bain. Comme on peut difficilement l'éviter, on privilégie les marques écoresponsables qui proposent des vêtements avec de l'élasthanne recyclé. On trouve aussi beaucoup d'élasthanne dans les jeans (les fameux jeans slim). Le mieux, si on peut, est d'opter pour un jean 100 % coton. C'est un peu moins confortable au début mais on finit par s'y faire (en plus, c'est beaucoup plus flatteur pour la silhouette).
- Le nylon : comme ses copains polyester et acrylique, le nylon est une fibre issue de la pétrochimie. Elle permet de fabriquer des bas ou des collants, on la trouve aussi dans les maillots de bain ou les sous-vêtements en dentelle. On privilégie donc les marques qui proposent du nylon recyclé dans leurs collections.

CHAPITRE 36

APPRENDRE À DÉCRYPTER LES LABELS

GOTS, Oeko-Tex®, Fair Wear Foundation... Pas facile de s'y retrouver dans la jungle des nombreux labels que vous voyez sur les étiquettes de vos marques préférées ! Ils sont pourtant un bon indicateur pour évaluer les engagements éthiques d'une marque et faire un choix éclairé lors de vos achats, en vous assurant que les belles promesses sont bien tenues. Mais attention, tous les labels ne se valent pas : gare aux faux labels et au fameux *greenwashing* ! Eh oui, certaines marques peu scrupuleuses s'attribuent elles-mêmes des labels qui n'ont aucune valeur.

À QUOI SERVENT LES LABELS ?

Un label est une marque protégée associée à un produit sous la forme d'un symbole ou d'un logo distinctif, par exemple sur l'étiquette de vos vêtements. Il est délivré par un organisme tiers indépendant, selon un cahier des charges très strict qu'il convient de respecter scrupuleusement. Dans l'industrie textile, les labels sont un gage de qualité qui garantissent certains aspects en lien avec la mode éthique, comme l'absence de substances toxiques dans vos vêtements, un procédé de transformation respectueux de l'environnement ou encore le respect des conditions de travail des salariés. Parfois tout ça en même temps ou seulement l'un ou l'autre... D'où l'importance de s'intéresser à ce qui se cache derrière ces fameux labels !

QUELS SONT LES LABELS LES PLUS FIABLES ?

Dans la mode, il existe plus de 50 labels à ce jour ! Voici la liste de ceux qui sont jugés les plus exigeants et fiables. Mais n'oubliez pas de garder votre œil critique : si les labels font l'objet de contrôles réguliers dans les usines certifiées, ils ne tiennent compte que d'une partie de la réalité et ne couvrent pas tous les aspects sociaux et environnementaux sur toute la chaîne d'approvisionnement.

Global Organic Standard (GOTS) : c'est le label de référence pour les vêtements biologiques et le plus exigeant de tous. Il garantit qu'au moins 70 % de la fibre est écologique, l'interdiction de produits chimiques (OGM et métaux lourds) et une consommation d'eau réduite de moitié. Sur le plan social, c'est aussi l'interdiction du travail des enfants et du travail forcé, un salaire décent et le respect des normes de sécurité sur toute la chaîne de production. Le Graal des marques écoresponsables !

Oeko-Tex® 100 : il garantit l'absence de substances toxiques pour la peau et l'environnement, qui pourraient se cacher dans les textiles ou les teintures. C'est un label fiable, mais attention, il ne veut pas dire que le produit est issu de l'agriculture biologique. Un autre hic, c'est qu'il peut certifier les matières synthétiques, qui sont polluantes. En clair : un tissu certifié Oeko-Tex® n'est donc pas forcément écologique.

Global Recycled Standard (GRS) : ce label international répond aux besoins de transparence pour les tissus en matières recyclées. Pour l'obtenir, au moins 50 % du produit doit être fabriqué en matière recyclée. Il impose également toute une série de critères sociaux (droits des salarié·e·s, sécurité) et environnementaux (consommation d'eau réduite, gestion des déchets).

Responsible Wool Standard (RWS) : c'est une norme indépendante volontaire permettant aux agriculteurs de prouver qu'ils respectent le bien-être animal et la laine de leurs moutons en tant que fibre textile. Il vise également à contrôler l'origine de la laine et à une meilleure gestion des pâturages. Ainsi, un produit certifié Responsible Wood Standard doit être en mesure de posséder au moins 5 % de laine RWS.

Origine France Garantie : ce label a vu le jour pour lutter contre le « faux » *made in France*. Pour qu'un produit puisse l'obtenir, au moins 50 % de son prix de revient unitaire doit être acquis en France. Il faut également que lieu où le produit est assemblé ou fabriqué (c'est-à-dire où il « prend ses caractéristiques essentielles ») soit situé en France. C'est un label très exigeant.

Masters of Linen® : c'est une certification européenne garantissant un lin

100 % européen sur toutes les étapes de transformation selon des normes strictes. Pour l'obtenir, la culture, le tissage et le filage du lin doivent être réalisés en Europe, ce qui offre une traçabilité sur toute la chaîne. Toutes les entreprises disposant de ce label sont soumises à un contrôle annuel.

Fairtrade/Max Havelaar : ce label vise à garantir que le produit est réalisé selon les principes du commerce équitable, mais il intègre également des critères de production durable. Son objectif est de permettre aux artisans et petits producteurs du monde entier de vivre dignement de leur travail. On le retrouve souvent sur des produits alimentaires comme le café ou le chocolat. Dans la mode, il concerne surtout la culture du coton : les pesticides les plus dangereux et les OGM sont interdits et les producteurs reçoivent pour leur récolte un prix minimum garanti, qui vise à couvrir les coûts de production et leur permet de subvenir aux besoins de leur famille.

Fair Wear Foundation : la Fair Wear Foundation est une association internationale et indépendante sans but lucratif. Elle lutte pour que les entreprises et les usines dans le secteur du textile offrent de bonnes conditions de travail à leurs salarié·e·s. Ce n'est ni un label ni une certification, mais plutôt un code de bonnes pratiques signé par les marques qui s'engagent, entre autres, à ne pas faire travailler les enfants, payer correctement ses salarié·e·s, lutter contre la discrimination et le harcèlement au travail.

CHAPITRE 37

LES BASIQUES DE L'AUTOMNE

Après ces quelques chapitres – pas très légers, j'en conviens, mais nécessaires – consacrés aux dessous de la mode et à ses pièges, je vous propose de nous recentrer sur quelque chose de plus plaisant : la création du dressing idéal et la joie que peuvent nous apporter nos vêtements.
L'automne n'est pas ma saison préférée, mais elle est celle de beaucoup de mes amies. Et je les comprends : c'est un peu l'été qui se prolonge, avec une lumière magnifique et une végétation qui se pare de couleurs chaudes et réconfortantes. Orange, rouge, ocre... Voilà toute une palette de teintes chatoyantes à explorer ! Mais c'est aussi une saison intermédiaire durant laquelle il n'est pas toujours évident de s'habiller. Eh oui, il faut aussi composer avec un emploi du temps chargé (vive la rentrée) et une météo parfois capricieuse. Heureusement que les basiques nous sauvent la mise, une fois de plus. Ainsi, voici la liste des basiques de l'automne à ajouter à votre garde-robe, pour des réveils sans prise de tête et pour profiter à fond de cette belle saison.

UN PETIT PULL FIN OU UN SWEAT EN COTON

En automne, il fait déjà trop frais pour sortir en tee-shirt mais pas encore assez froid pour porter de la grosse maille. La solution ? La fine maille ou les pulls fins qui contiennent des mélanges de laine et de coton. Si vous êtes frileuse, évitez le 100 % coton qui ne vous apportera aucune chaleur. Ou les pulls 100 % laine ou cachemire qui sont très chauds et plutôt réservés à l'hiver. La laine mérinos,

plus fine, est une très bonne option, car elle apporte de la chaleur tout en étant très respirante.
Trouver des pulls fins et basiques avec zéro matière synthétique dedans est assez difficile, mais quelques marques écoresponsables comme Maison Standards ou Astrid Préel en proposent. Des grandes enseignes comme Uniqlo ou COS ont également des pulls intemporels en matières naturelles dans leurs collections. Vérifiez bien la composition sur l'étiquette.
L'alternative est d'opter pour un gros sweat en coton ou un hoodie (sweat à capuche) pratique et hyperstylé sous un trench. Le sweat universitaire chiné en friperie est d'ailleurs parfait à cette saison. Quand il fait vraiment frisquet, on peut même ajouter une chemise en dessous, contrairement aux pulls qui sont souvent taillés plus serrés.

UN BLAZER EN LAINE

Si le blazer ou la veste de smoking se portent toute l'année, il n'y a qu'à la mi-saison, au printemps ou à l'automne, que l'on peut les porter en guise de manteau. Profitons-en ! Vous pouvez également investir dans un blazer en laine un peu plus épais et chaud pour la saison. Le blazer à carreaux fait partie des grands classiques de l'automne : écossais, pied-de-poule ou prince-de-galles, il fera des merveilles avec votre tee-shirt rock, ou porté de manière plus classique sur une blouse ou un chemisier en soie.
Vous pouvez aussi le choisir uni ; dans ce cas, je vous conseille une couleur neutre mais lumineuse comme le beige, le kaki, le gris ou le bleu marine (avec de fines rayures, c'est encore plus joli).

UN SAC EN CUIR CAMEL OU BORDEAUX

Un sac à main ou une besace camel ou bordeaux sont pour moi des basiques indispensables du dressing d'automne, aux couleurs de la saison. Comme tout bon accessoire, c'est un moyen rapide et efficace de personnaliser ses tenues et de se mettre au diapason, sans forcément changer toute sa garde-robe. Le sac camel est plus intemporel que le sac bordeaux dans la mesure où il se porte volontiers toute l'année, contrairement au bordeaux qui est plutôt une couleur associée à l'automne ou à l'hiver. Pour autant, le bordeaux est une couleur qui ne se démodera jamais et qui est particulièrement belle sur le cuir, avec de très beaux reflets. À vous de voir, mais il n'est pas interdit d'avoir les deux si cela vous fait plaisir. Les deux couleurs s'accordent aussi bien avec la palette de teintes automnales (camel, moutarde, ocre…) que les tons neutres comme le marine, le gris ou le beige.

DES BOTTINES FOLK EN NUBUCK

Selon moi, les boots en nubuck de style folk sont un joli basique d'automne et permettent de créer pas mal de looks différents, à condition de les choisir dans des tons clairs comme le beige ou le kaki. On peut les porter avec des jeans ou jambes nues avec des robes d'été. C'est pour cette raison que j'ai investi il y a quelques années dans les fameuses bottines Dicker d'Isabel Marant qui me faisaient rêver depuis de nombreuses années. Je ne regrette absolument pas d'avoir cassé ma tirelire pour me les offrir, elles sont parfaitement intemporelles. Je pense que c'est grâce à leur forme classique et à leur couleur très lumineuse (entre gris et kaki).

ATTENTION QUAND MÊME !
Le cuir nubuck ne supporte pas très bien l'eau et la pluie. Pensez à bien imperméabiliser régulièrement vos boots en nubuck les jours de pluie et évitez de les porter les jours de grandes pluies pour prolonger leur durée de vie.

UN MANTEAU CAMEL

S'il ne fallait choisir qu'un seul manteau pour l'automne, ce serait le manteau camel. Non seulement il est aux couleurs de la saison, mais en plus il apporte de la lumière à toutes les tenues. Ce n'est pas pour rien qu'il est devenu un incontournable de la garde-robe des modeuses. Le camel flatte le teint (contrairement au beige un peu fade) et il se marie très bien avec les couleurs nobles comme le marine, le noir ou le gris.
Côté style, je vous conseille de choisir un manteau camel minimaliste, plutôt long et si possible ceinturé, un peu comme un peignoir. *So* chic et indémodable, vous le garderez longtemps. Et s'il est bien chaud, vous pourrez même en profiter l'hiver.

CHAPITRE 38

LES PIÈCES DE LA SAISON À CHINER

Continuons notre exploration du dressing idéal en seconde main. Voici quelques pièces d'automne à chiner en friperie.

UN BLAZER EN LAINE

On trouve de très beaux blazers composés en majorité de laine dans les friperies. Les plus anciens ont été fabriqués bien avant l'ère de la *fast fashion* et sont d'une qualité exceptionnelle, ce qui explique leur longévité et pourquoi on les trouve encore aujourd'hui en bon état. Beaucoup d'entre eux sont « *made in Italy* » et parfois même « *made in France* » ! Pour davantage de choix, n'hésitez pas à fouiller dans le rayon homme en visant les petites tailles, surtout si vous aimez le style *boyish*. Le blazer se porte de toute façon plutôt *oversize* aujourd'hui.
Pour une pièce en laine, chaude et en bon état, comptez environ 70 euros. Pas donné mais trois fois moins cher qu'un blazer neuf acheté dans une grande enseigne.

UNE JUPE EN CUIR

La jupe en cuir est une pièce que j'adore porter en automne et en hiver avec une paire de collants, des sneakers et un pull basique en cachemire. Elle se trouve assez facilement en friperie, l'inconvénient est de réussir à trouver sa taille, souvent aléatoire avec le cuir. Ne zappez donc jamais la case essayage même si c'est un peu pénible. L'avantage d'acheter du cuir en

seconde main est double : on trouve des pépites pour une bouchée de pain (ma jupe m'a coûté 30 euros seulement, soit presque dix fois moins cher qu'une jupe en cuir neuve) et on évite ainsi d'encourager l'industrie du cuir.
En friperie, les pièces en cuir sont souvent de style vintage, mais on trouve quand même des modèles plus sobres, intemporels et minimalistes. Soyez patiente, vous finirez par trouver la jupe en cuir idéale.

UNE CHEMISE EN JEAN

La chemise en jean se porte toute l'année, mais elle est idéale en automne sous un blazer ou un perfecto. Nous l'avons déjà vu ensemble, les friperies regorgent de pièces en jean sous toutes leurs formes, et les chemises en jean ne sont pas en reste : bleu moyen, bleu foncé, bleu clair..., vous avez l'embarras du choix. En tant qu'amoureuse du denim, je n'ai pas de recommandation particulière sur la couleur, c'est trop difficile de choisir ! Je ne vous blâmerai pas si vous craquez sur plusieurs chemises en jean. Choisissez un modèle *oversize* pour la porter de plusieurs façons : fermée et boutonnée jusqu'au cou sur un jean, ouverte sur un tee-shirt ou un pull façon surchemise.

INTERVIEW DE CLÉMENCE WURTZ, CRÉATRICE DE LA MARQUE FLAIR

C'est grâce à mon blog et un article sur le body noir idéal que j'ai eu la joie de rencontrer Clémence. Elle est la créatrice de Flair, une marque de bodies *made in France* qui grandit. Chez Flair, on ne fait que des bodies, mais on les fait bien. Clémence a une énergie très communicative (le genre qui vous rebooste après un café ensemble à refaire le monde) et une vision de la mode très intéressante qui revalorise le savoir-faire textile français, qui fait partie de notre héritage.

Tu revendiques des bodies entièrement fabriqués en France et tu ne caches pas ta fierté quant au salaire que tu offres aux petites mains qui travaillent pour toi. Pourquoi cela est-il important ?

Aujourd'hui, lorsque l'on parle de mode écoresponsable, on met l'accent presque exclusivement sur les matières, sans tenir compte de la dimension sociale, qui est primordiale pour nous. Chez Flair, on est heureuses de faire du « *made in France* », parce qu'on sait que les filles qui confectionnent nos bodies sont bien payées, qu'elles ont toutes les garanties auxquelles peut prétendre un·e salarié·e, qu'elles travaillent dans de bonnes conditions et qu'elles sont valorisées. Il y a une vraie reconnaissance de leur travail et de leur savoir-faire. Tout ce côté humain a été ma première motivation pour ce type de fabrication.
Et puis on veut perpétuer cet héritage dont on est fières, en veillant à faire de mieux en mieux au niveau des matières que l'on utilise, pas encore idéales. C'est d'autant plus important pour moi que nous faisons plus que du « *made in France* », nous faisons du « *made in Troyes* », ma ville d'origine, bastion historique du textile français dont mon arrière-grand-père faisait déjà partie.

Peux-tu expliquer ce qu'est la mode éthique ?

Avant de créer Flair, selon moi, la mode éthique, c'était... pas vraiment ce qui se faisait de mieux en termes de design ! Ça a beaucoup changé ces deux, trois dernières années, ce qui est bien, on trouve maintenant de très belles choses.
En réalité, la mode éthique, c'est une histoire d'impact écologique et social. C'est faire attention à l'impact que peuvent avoir les vêtements, au moment où on les confectionne, mais aussi anticiper leur seconde vie. Il faut prendre ses responsabilités en tant que marque pour maîtriser au mieux toute la durée de vie des vêtements que l'on confectionne.
Ça ne concerne pas que les marques, mais aussi les consommateurs. Et là, il y a souvent un côté très moralisateur qui me dérange dans la mode éthique, qui prône le fait de garder ses vêtements le plus longtemps possible tout en en achetant le moins possible. Pour moi, il ne s'agit pas d'arrêter de consommer, on peut tout à fait comprendre qu'au bout de quelques années on en ait marre de certaines pièces. L'origine de la mode, c'est d'abord se faire plaisir, se sentir bien, et la mode éthique ne doit pas faire perdre ce plaisir-là. C'est pour cela qu'il est important de consommer mieux, de retrouver la valeur des choses et de trouver des moyens de donner une seconde vie aux vêtements que l'on n'apprécie plus.

En quoi le choix d'un fonctionnement éthique et responsable a-t-il un impact sur le prix des produits ?

Chez Flair, nous avons fait le choix du « *made in France* », dans l'idée de mettre en avant un savoir-faire, d'éduquer les consommateur·rice·s, habitué·e·s aux bas prix de la *fast fashion*. On explique que derrière un prix, il y a entre autres la main-d'œuvre, qui a un coût plus élevé dès lors qu'on la respecte. Pour nous, la confection française représente 60 % du prix du produit. Cela inclut les salaires bien sûr, mais aussi les matières premières qui sont toutes tricotées et teintes à Troyes, les fournitures, les machines et tout ce qui va avec.
Le prix final semble élevé par rapport aux repères que l'on a aujourd'hui, mais ce qu'il faut comprendre, c'est que pour éviter de faire de la surproduction, on amortit tous les coûts sur des quantités moindres, on ne peut donc pas bénéficier d'économies d'échelle importantes.

Sur ton site, on trouve tes pièces, encore en vente, disponibles en seconde main. C'est ça, la mode écoresponsable ?

En effet, on a créé « Flair réincarnation », qui est notre service de seconde main. Chaque mois, on propose à nos clientes de nous renvoyer les bodies qu'elles ne mettent plus contre des bons d'achat. On les nettoie, on les remet en condition et on les propose en vente en seconde main à des clientes qui n'ont pas pu se les offrir neufs, soit parce que c'était trop cher pour elles, soit parce qu'elles ont raté un modèle qui ne se fait plus.
Ça permet à la fois d'offrir une seconde vie à un vêtement que l'on a pensé intemporel pour qu'il soit vraiment durable, mais aussi d'éduquer à la qualité, de faire découvrir, de démocratiser la mode éthique en la rendant accessible aussi à celles qui ont moins de moyens.
Pour moi, c'est aussi ça, l'avenir des marques : elles ne doivent plus seulement maîtriser la production et la mise en vente de leurs vêtements, mais aussi en maîtriser la vie.

Quelles matières écoresponsables préférer selon les saisons ?

Je suis plus spécialiste du « *made in France* » que des matières. Mais notre matière phare aujourd'hui, c'est le velours de coton issu de fibres qui ne viennent pas de France mais d'Europe, certifié Oeko-Tex®, tricoté et teinté dans notre atelier à Troyes. C'est un velours très mat, assez épais, qui apporte donc pas mal de maintien tout en étant hyperléger et qui se porte donc hyperbien.
On utilise aussi beaucoup de viscose, issue de forêts gérées raisonnablement (pour un arbre coupé, un arbre est planté). Ce n'est pas une matière naturelle, mais le procédé est plus maîtrisé.
En ce moment, on s'intéresse beaucoup au lin, qui est vraiment une matière écoresponsable et dont les exploitations sont en train d'être rapatriées en France. D'ici quelques années, on devrait pouvoir s'offrir des produits en lin fabriqués en France, même si pour nous, chez Flair, c'est plus difficile car ce n'est pas vraiment une matière qui se prête au body.
Le body impose certaines contraintes en termes de matières, on ne peut pas se passer notamment d'élasthanne, qui est encore loin d'être très écolo. Mais il y a des concessions à faire pour faire de la mode éthique, on ne peut pas encore tout avoir.

Pour résumer, quels sont tes conseils pour celles qui ont pour bonne résolution de passer à la mode éthique et responsable ?

Je leur conseillerais de ne pas se mettre la pression. Sans sombrer dans la frénésie de *fast fashion*, de ne pas s'interdire complètement d'acheter quelques pièces

qui ne sont pas forcément très responsables, mais qui leur permettent de garder du budget pour s'offrir de belles pièces écofriendly, peut-être un peu chères mais qui font vraiment plaisir.
Je leur dirais aussi qu'elles ont un rôle à jouer en tant que consommatrices. C'est important de se renseigner sur l'histoire de la marque, ce qu'elle défend, où elle fait produire ; s'intéresser, s'impliquer, et ne pas se laisser duper par le blabla de certaines : il y a peu de chances qu'un vêtement à 40 euros soit vraiment 100 % écoresponsable !

HIVER

L'HUMEUR DE LA SAISON : COCOONING, J'EXPLOITE À FOND MA GARDE-ROBE

Cette année, je vous promets que vous ne verrez pas l'hiver passer ! Eh oui, c'est une saison déprimante (appelons un chat un chat), alors autant en tirer parti pour qu'elle soit la plus agréable possible. Comme vous aurez sans doute moins envie de sortir le week-end, je vous propose d'exploiter le fabuleux potentiel de votre garde-robe, y compris pour vos tenues de fête. C'est aussi le bon moment pour chouchouter vos vêtements : les réparer, les faire durer, ou les transformer. À peine le temps de vous autocongratuler que le printemps sera déjà là !

CHAPITRE 39

PLUS JAMAIS FROID EN HIVER ! #TEAMFRILEUSE

La plupart d'entre nous détestent l'hiver à cause du froid. Mais j'ai remarqué que beaucoup de mes copines qui se plaignent du froid ne sont pas assez couvertes ou ne portent pas les bons vêtements. C'est aussi bête que ça. Voici donc pour commencer quelques conseils pour survivre à l'hiver et ne plus avoir à choisir entre le style ou grelotter de froid.

LA TECHNIQUE DES TROIS COUCHES

En hiver, il faut se couvrir, mais pas n'importe comment. Personnellement, j'applique la technique des trois couches. C'est une règle que les randonneurs connaissent bien, qui consiste à porter trois couches de vêtements d'épaisseurs différentes pour isoler du froid sans tomber dans l'effet inverse, c'est-à-dire avoir trop chaud et transpirer comme un bœuf sous ses dix-huit couches de fringues :

→ une sous-couche, par exemple un maillot de corps ou un sous-vêtement technique ;
→ une couche au milieu, par exemple un pull fin en cachemire ou un gilet en laine ;
→ une couche extérieure isolante, par exemple un manteau ou une doudoune.

Si vous êtes très frileuse et vivez dans une région plutôt froide, vous pouvez ajouter une couche, par exemple une blouse en soie sous votre gilet en laine. Ou un blazer par-dessus votre pull, avec un gros manteau en laine. D'ailleurs, quand vous achetez un manteau, ne le choisissez pas trop serré, pour garder cette possibilité d'ajouter une veste en dessous. (Vous pourrez lire tous mes conseils pour bien choisir votre manteau dans le chapitre 45.)

LE CAS DES SOUS-VÊTEMENTS TECHNIQUES

Il y a dix ans, je découvrais les fameux tee-shirts de la gamme Heattech® chez Uniqlo et ils ont changé mes hivers. Depuis que je les ai adoptés, je n'ai quasiment plus jamais froid. Ils sont spécialement étudiés pour isoler du froid sans faire transpirer, puisqu'ils utilisent l'humidité de votre corps comme source de chaleur. Ces tee-shirts sont devenus des indispensables de ma garde-robe, ils sont doux et totalement invisibles sous les vêtements. Ils existent à manches longues, manches courtes ou en version débardeur, et sont proposés en différentes épaisseurs. Ces sous-vêtements techniques sont devenus des essentiels de la garde-robe d'hiver de toute ma petite famille, car ils existent aussi en version enfant. Nous ne pouvons plus nous en passer tant ils sont pratiques et légers. Mais... il y a quand même deux gros points noirs : le premier est qu'ils sont un joyeux mélange de matières synthétiques comme le polyester, l'élasthanne et l'acrylique..., bref, la totale. Le second, c'est que la marque Uniqlo a été, parmi d'autres multinationales (notamment le groupe Inditex), visée par une plainte de plusieurs ONG pour « recel de travail forcé et de crime contre l'humanité » à l'encontre des Ouïghours en Chine. Uniqlo a réagi en déclarant qu'aucun produit n'a été confectionné dans les usines situées au Xinjiang (où vivent les Ouïghours) sans pour autant apporter une cartographie de ses usines hors de cette zone. Je ne suis pas naïve, je sais qu'en achetant des vêtements fabriqués en Asie, même si j'en achète peu, je me heurte à ce genre de problématique. Mais là, c'est la goutte d'eau qui fait déborder le vase. Heureusement que les tee-shirts Heattech® durent longtemps, je n'aurai sans doute pas besoin d'en racheter avant longtemps. D'ici là, la marque aura peut-être apporté davantage de transparence sur ses conditions de fabrication.

Il est donc temps de s'intéresser aux alternatives écoresponsables qui revisitent le maillot de corps « antifroid » de nos grands-mères ! La marque Yvo et moi, par exemple, propose des tops 100 % matières naturelles, en laine mérinos et soie avec une touche de dentelle de Calais pour le côté désirable. Les produits sont fabriqués en Italie et certifiés Oeko-Tex®, sans danger pour notre peau. Certes, ils sont plus chers que nos fameux maillots de corps en synthétique cités plus haut, mais au moins, vous ne mettez pas de substances chimiques sur votre peau et vous n'encouragez pas le génocide de tout un peuple.

COUVRIR SES EXTRÉMITÉS

C'est par la tête que s'évacue la majorité de la chaleur du corps, mais aussi par les extrémités comme les mains ou les pieds. Le bonnet et les gants sont donc indispensables en hiver ! Si vous trouvez que vous avez une tête d'œuf avec un bonnet, il vous reste l'option chapeau en feutre ou casquette (en laine ou en cuir, c'est mieux). Un bandeau en laine, c'est très joli aussi et ça protège au moins les oreilles.

Les bonnets vous grattent ? C'est à cause des matières synthétiques, comme l'acrylique, très courantes dans les bonnets à bas prix. Certaines laines naturelles grattent aussi, comme le mohair ou l'alpaga. Optez pour un modèle 100 % cachemire tout doux. C'est ma matière préférée pour les bonnets. Chaque hiver, on en trouve chez COS ou And Other Stories, de toutes les couleurs. Ou chez Éric Bompard et Kujten, deux marques spécialistes du cachemire (mais plus chères).

Enfin, ne négligez pas le choix de vos chaussettes, surtout si vous portez des chaussures fines avec une semelle peu isolante. Choisissez des modèles avec de la laine et si possible pas trop serrées. Le sang doit circuler, au risque d'avoir toujours froid aux pieds.

CHAPITRE 40

COMMENT RENOUVELER SES TENUES SANS RIEN ACHETER ?

Porter ce qui se trouve déjà dans votre dressing est votre mission numéro un pour un dressing plus responsable. Alors au lieu de vous ruer dans les magasins pour tuer le temps le samedi quand il pleut, pourquoi ne pas faire du shopping dans votre garde-robe ? Êtes-vous certaine d'avoir utilisé tout le potentiel des vêtements que vous possédez déjà ? Vous n'avez pas besoin d'acheter sans arrêt des nouveaux vêtements pour créer de nouveaux looks, votre dressing regorge de pépites qui n'attendent que le bon mix. Voici quelques idées rafraîchissantes et efficaces pour composer avec ce qui se trouve dans votre penderie.

UNE CEINTURE, ÇA CHANGE TOUT

On n'y pense pas toujours, mais ceinturer ses looks, ça marche à tous les coups. Fine ou épaisse, la ceinture booste toutes les tenues en plus de structurer la silhouette. Vous pouvez ceinturer votre blazer par exemple, pour une allure encore plus chic. Ou votre combinaison préférée. Ou une robe un peu fluide. Les ceintures vintage sont géniales pour ça car elles sont souvent très originales. Si vous n'avez pas de ceinture, vous pouvez utiliser un foulard, ça fonctionne aussi.
Profitez d'un dimanche à ne pas mettre un chat dehors pour sortir de vos placards tout ce qui peut être ceinturé et laissez-vous surprendre par le nombre de silhouettes nouvelles que vous allez découvrir.

LE LOOK MONOCHROME

Avez-vous déjà osé une couleur en total look ? C'est une astuce infaillible pour créer des tenues inspirantes avec le contenu de sa garde-robe, surtout si votre dressing regorge de vêtements colorés. Vert, rose, rouge..., faites-vous plaisir, en hiver on ne vous en voudra pas d'apporter un peu de gaieté à ce monde. N'hésitez pas à mélanger les matières pour apporter un peu de relief à vos tenues en créant des jeux de textures.
Attention, le total look noir est un faux ami. Rendez-vous au chapitre 47 pour savoir pourquoi.

RECYCLER SES HABITS DE FÊTE (PARCE QUE LA VIE EST UNE FÊTE)

Les vêtements de fête ne sont pas réservés aux grandes occasions ! Il n'y a pas qu'à Noël ou au Jour de l'an que l'on a le droit de porter des paillettes ou des sequins. Ni ses fringues de soirée qui ne voient jamais le jour. Vous pouvez les recycler toute l'année pour créer des tenues de saison. L'hiver, votre jupe à sequins sera canon en journée avec une paire de baskets et un pull noir à col roulé. En été, elle boostera un petit tee-shirt blanc ou une marinière. L'idée, c'est d'assagir la pièce forte un peu bling-bling avec une pièce basique et sobre. Votre blouse glitter dorée, pourquoi ne pas la porter avec un jean bleu et une paire de Converse ? Si c'est un débardeur, il sera parfait en été avec un short en jean et une paire de Birkenstock®.
Habillez-vous comme si vous deviez mourir demain si ça vous chante, la vie est trop courte.

CRÉER DES « *MIX & MATCH* » D'IMPRIMÉS

J'ai déjà un peu abordé la question du mélange d'imprimés dans le chapitre 12 consacré aux imprimés indémodables. Mais il y a sans doute encore beaucoup de combinaisons possibles que vous n'avez pas essayées. Prenez votre temps et amusez-vous à tester des associations qui semblent à première vue de mauvais goût (par exemple, du léopard avec du zèbre, ou du jacquard avec des fleurs...). Parfois, la magie opère ! Au pire, vous gagnerez un bon fou rire, mais au moins vous aurez essayé.

SE LANCER DES DÉFIS

Si vous portez systématiquement les mêmes looks par manque d'inspiration, lancez-vous des défis ! Il n'y a pas longtemps, je me suis lancé le défi de ne pas porter de jean pendant une semaine (une éternité quand on connaît mon amour pour le jean). Cela m'a obligée à créer des looks avec d'autres bas que je porte moins souvent : ma jupe en cuir et mes pantalons plus habillés, par exemple. J'ai même porté l'une des rares robes de ma garde-robe, ce qui m'a valu beaucoup de compliments ce jour-là.

Ce défi m'a apporté un sentiment de plénitude, même si je connais le contenu de ma garde-robe par cœur. Cela m'a donné envie de varier plus régulièrement mes tenues.

Un autre défi amusant pour stimuler sa créativité : le challenge « 10 × 10 ». Imaginé par la blogueuse canadienne Lee Vosburgh (https://stylebee.ca), ce petit jeu consiste à imaginer dix tenues pendant dix jours avec seulement dix pièces, en incluant si possible les chaussures. Les sous-vêtements, bijoux et écharpes ne font pas partie du challenge. S'il peut sembler un peu lassant au bout de dix jours, ce challenge a le mérite de mettre en lumière le pouvoir versatile de vos vêtements, en plus de vous faire gagner un temps considérable le matin. Bien sûr, ce défi oblige à un peu de préparation en amont pour faire les bons calculs et imaginer dix tenues, mais c'est un excellent exercice pour vos futures valises de vacances.

CHAPITRE 41

RÉUSSIR SES ACHATS SUR INTERNET

Cela va peut-être vous surprendre, mais j'achète autant sur internet que dans les boutiques physiques. C'est l'avantage de vivre dans une grande ville, on a davantage de choix en matière de shopping (hormis les grandes enseignes). J'adore l'ambiance des Grands Magasins du boulevard Haussmann où je flâne très souvent, davantage pour me renseigner et trouver l'inspiration que pour acheter, d'ailleurs. C'est en passant beaucoup de temps dans les magasins à observer les tissus, à les toucher, vérifier leur tombé et décortiquer les étiquettes de composition, que j'ai forgé mon expérience des matières. Cela a considérablement facilité mes achats sur internet : le fait de bien connaître les tissus et leurs caractéristiques aide à mieux se projeter. Il suffit de vérifier la composition d'un vêtement affiché dans le descriptif produit pour comprendre comment le vêtement va tomber sur soi, combien de temps il va durer (est-il solide ? Se lave-t-il en machine ?), s'il sera chaud, respirant ou au contraire si on va transpirer dedans. Je ne peux pas faire cet apprentissage à votre place, je ne peux que vous conseiller de prendre le temps de bien connaître les matières et comment elles évoluent. C'est la base. Réussir ses achats sur internet, c'est aussi limiter à petite échelle son empreinte carbone en évitant les renvois inutiles. La mode en ligne représente un tiers des livraisons en France, c'est énorme. Beaucoup de sites proposent la livraison gratuite, mais ce n'est pas un cadeau pour la planète : ces livraisons représentent à elles seules 10 % des gaz à effet de serre de tous les transports réunis. Un chiffre inquiétant qui amène à réfléchir à deux fois avant de glisser un article dans son panier virtuel.

FAIRE SON SHOPPING SUR INTERNET A DE NOMBREUX AVANTAGES

→ On a accès à toutes les boutiques du monde entier (ou presque) depuis son canapé.
→ Il y a souvent plus de choix et de stock qu'en magasin.
→ On évite les magasins bondés le week-end. Adieu les queues interminables aux cabines d'essayage !
→ On gagne du temps.
→ C'est aussi moins traumatisant pour l'estime de soi. Fini l'essayage du maillot de bain en plein mois de mars sous les néons de la cabine.
→ On peut prendre son temps pour réfléchir à un achat, on évite le·la vendeur·se insistant·e qui veut à tout prix nous faire partir avec le look entier.

… MAIS AUSSI DES INCONVÉNIENTS

→ On ne voit pas l'article en vrai.
→ On ne peut pas l'essayer pour vérifier s'il nous va.
→ On doit parfois payer les frais de retour pour le renvoyer à l'expéditeur et se faire rembourser.
→ La procédure de retour peut prendre du temps : il faut remplir un formulaire, préparer le colis, le déposer à la poste…

Tout de même, la liste des avantages à faire son shopping en ligne est plus longue que celles des inconvénients. Pour autant, je sais que beaucoup de femmes sont frileuses à l'idée d'acheter sur internet, pour les raisons évoquées ci-dessus principalement (quand ce n'est pas carrément la peur de risquer le piratage de sa carte bancaire, n'est-ce pas maman ?). Le shopping en ligne est pourtant inévitable si vous souhaitez acheter des vêtements éthiques chez les petits créateurs : internet est souvent le seul canal de vente pour la plupart des marques écoresponsables, qui n'ont pas les moyens financiers d'avoir de vraies boutiques physiques.
Pour réussir votre shopping en ligne et éviter de passer votre temps à la poste pour renvoyer vos achats ratés, voici quelques conseils de bon sens faciles à appliquer.

CONNAÎTRE SA TAILLE ET SES MENSURATIONS

Si vous n'avez jamais pris vos mensurations, c'est peut-être le moment de le faire. Cela peut vraiment vous aider en cas de doute lorsque vous hésitez entre deux tailles. Mesurez la longueur de votre buste et sa largeur sous les aisselles, votre largeur d'épaules et votre longueur de manches. La première fois, c'est un peu fastidieux, mais à moins de perdre ou de prendre beaucoup de kilos, vous n'aurez besoin de le faire qu'une fois. Alors à vos mètres ruban ! Beaucoup de petites marques écoresponsables affichent les mesures exactes des vêtements dans le descriptif produit. Si le tableau de mesures n'est pas indiqué, n'hésitez pas à le réclamer, les marques vous l'enverront par mail sans problème.

De nombreuses marques affichent également les mensurations et la taille des mannequins en photo sur la fiche produit, par exemple « Louise mesure 1,70 m et porte une taille 36 ». Bon, Louise fait rarement un 44, mais ça reste quand même pratique pour comparer avec sa propre morphologie. Certaines marques vont plus loin en donnant des conseils de taille sur chaque produit, donc servez-vous-en ! Lorsque j'hésite vraiment entre deux tailles, surtout pour les hauts, je choisis souvent la plus grande. Beaucoup de vêtements, notamment en coton, rétrécissent légèrement au premier lavage, donc je préfère garder un peu de marge. Mais c'est à vous de voir.

LIRE LA FICHE PRODUIT EN ENTIER

Ah, les déceptions du shopping sur internet ! On commande une robe qui a l'air jolie en photo ou sur le mannequin et quand on la reçoit, c'est la douche froide : elle est trop courte (d'où l'intérêt de vérifier ses mesures !), la couleur n'est pas la même qu'en photo ou la matière fait très *cheap*. À vous dégoûter d'acheter en quelques clics.

Voilà pourquoi c'est important de bien connaître les matières et le tombé des tissus, car la photo du vêtement porté par le mannequin et sa composition affichée sur le descriptif sont les seuls moyens de savoir à quoi il va ressembler en vrai. Certes, c'est déjà bien, mais ça ne suffit pas toujours, surtout quand on ne sait pas faire la différence entre la soie et le polyester. D'autant plus que l'aspect d'un tissu est parfois difficile à faire ressortir en photo. Bref, décryptez systématiquement l'intégralité de la fiche produit pour avoir le maximum d'infos et ainsi faire vos achats en toute connaissance de cause.

AVOIR UN BON STOCK D'ADHÉSIF

Devoir renvoyer à l'expéditeur un article qui ne convient pas est une tâche ingrate, j'en conviens, surtout si vous devez d'abord retourner toute la maison avant de trouver le rouleau d'adhésif et la paire de ciseaux. Un conseil : lorsqu'un article ne convient pas et que vous êtes sûre de votre choix (de ne pas vouloir le garder), remettez-le aussitôt dans son emballage d'origine et engagez la procédure de retour sans attendre. Sinon vous prenez le risque de le laisser dans un coin, de l'oublier et de ne jamais vous faire rembourser.

Facilitez-vous la tâche en vous équipant correctement. Ayez toujours du gros adhésif marron en stock et n'hésitez pas à investir dans un dévidoir, c'est très pratique et ce n'est pas réservé aux gens qui travaillent dans des entrepôts. Quand vous recevez votre colis, essayez de le déballer soigneusement afin de conserver l'emballage d'origine pour renvoyer l'article au cas où. Cela vous évitera de devoir en chercher un nouveau. Ça paraît évident, mais vous n'imaginez pas le nombre de fois où j'ai éventré des cartons tellement j'étais pressée de voir ce qu'il y avait à l'intérieur !

ÉVITER LES TENTATIONS

Pour réussir son shopping sur internet, le mieux est encore d'acheter le moins possible. N'oubliez pas que vous êtes dans une démarche de « moins mais mieux ». Je vous conseille de vous désabonner des newsletters qui pleuvent dans votre boîte mail tous les jours pour vous pousser à consommer à coups de codes promo, notamment les grandes enseignes. Abonnez-vous plutôt aux newsletters des petites marques éthiques qui ne cherchent pas à vous vendre systématiquement quelque chose mais qui, au contraire, partagent des contenus très intéressants sur leur vision de la mode ou leur façon de travailler, et fédèrent ainsi une vraie communauté.

Attention aux blogs et aux réseaux sociaux, qui sont envahis de pubs et sont de véritables lieux de tentation. Soyez clairvoyante, faites le tri dans vos abonnements et essayez de suivre des influenceuses qui proposent des solutions ou des alternatives pour consommer différemment, plutôt que des déballages de leurs commandes en vidéo (les fameux « *hauls* ») ou des codes promo à tout-va. C'est assez facile de repérer celles qui sont sincères dans leur démarche.

INSTAGRAM

QUELQUES INFLUENCEUSES « *GREEN* » À SUIVRE

J'adore Instagram, c'est un réseau social génial pour s'inspirer grâce à de belles images… mais pas que ! Non, il n'y a pas que de la pub et des placements produits : les influenceuses *green* peuvent vous fournir une excellente source de motivation et d'information. Pour vous aider à garder le cap et avancer jour après jour dans votre quête d'une consommation plus responsable, n'hésitez pas à les suivre !

- @mangoandsalt : expatriée à Amsterdam, Victoria a adopté depuis longtemps un mode de vie plus *green* et partage ses conseils avec bienveillance. C'est doux, inspirant et jamais moralisateur.
- @studioemiliealbertini : ancienne animatrice de télévision (*Nouveau Look pour une nouvelle vie*), Émilie a créé « The Dressing Therapy », une méthode pour faire de son dressing un havre de paix. Elle organise des masterclass exclusives sur Zoom pour partager ses conseils, avec ce ton sans langue de bois et cet humour qui la caractérisent. Émilie est un sacré personnage, j'adore son énergie communicative et sa générosité.
- @makemyclothesgreatagain : le compte de Mathilde est à suivre absolument pour faire le plein d'actualités « éco-*fashion* » et comprendre l'impact de nos vêtements.
- @iznowgood_ : autrice du livre *Mon dressing heureux* (éditions Hachette), Céline Séris est également connue pour ses vidéos dans lesquelles elle décrypte les marques et leur engagement éthique. Une vraie mine d'informations.
- @The_greenmalist : très engagée pour une mode plus vertueuse, Fanny distille ses conseils pour s'habiller autrement. Elle partage

ses looks et ses marques coups de cœur, le tout avec une charte graphique esthétique.

- @nawalbonnefoy : il n'y a pas plus passionnée de vintage que Nawal ! J'adore ses looks rétro mélangés à des pièces plus modernes. Nawal est toujours de bon conseil pour bien chiner, débusquer les arnaques en tous genres (notamment le « faux vintage »). Elle partage régulièrement ses bonnes adresses et en plus elle a beaucoup d'humour. Merci Nawal !
- @soyonselegantes : le compte vitaminé et super punchy de Loren pour explorer son style et adopter une mode plus consciente. Une femme qui n'a pas sa langue dans sa poche mais qui est toujours bienveillante.
- @may.berthelot : avec May, le marché du luxe n'aura plus de secret pour vous. Cette jeune femme est une experte, mais avant tout une passionnée qui partage d'excellents conseils pour chiner les plus beaux sacs, chaussures et accessoires de luxe. Elle nous explique aussi comment en prendre soin et les rénover. May est également responsable de la lutte anticontrefaçon pour les sites Leboncoin et Videdressing.
- @nouveaumodele.podcast : animé par la journaliste Chloé Cohen, c'est le podcast engagé pour tout savoir sur la mode responsable. Chloé invite chaque semaine des femmes qui font bouger les lignes de l'industrie textile et se battent pour une mode plus inclusive.
- @thegoodgoods : le premier média avant-gardiste sur la mode responsable avec des contenus très riches et exclusifs. Vous saurez tout (et avant tout le monde !) sur la mode éthique et l'écologie.

CHAPITRE 42

COMMENT FAIRE DURER SES VÊTEMENTS PLUS LONGTEMPS ?

Vous avez passé du temps à choisir les vêtements qui composent votre dressing idéal, il est donc normal de vouloir les chouchouter afin de les conserver en bon état le plus longtemps possible. Si vous avez opté pour des pièces de qualité, vous devriez pouvoir les entretenir facilement ! Voici quelques conseils pour faire durer vos vêtements préférés le plus longtemps possible et limiter ainsi votre consommation de vêtements neufs. Vous verrez que c'est très agréable de prendre soin de vos pièces fétiches. C'est une étape supplémentaire qui vous apprendra beaucoup sur vos vêtements et vous emmènera encore plus loin dans la quête de votre dressing idéal.

LAVER SES VÊTEMENTS LE MOINS POSSIBLE

Comme je le disais dans un chapitre précédent (« La tyrannie des vêtements propres », p. 123), nous sommes des obsédées de la propreté et lavons nos vêtements bien plus que nécessaire. Ce n'est ni bon pour eux (ça les abîme) ni pour la planète. On estime que le cycle « lavage/séchage en machine/repassage » représente 38 % de l'impact environnemental de tout le cycle de vie du vêtement[13]. Excepté les sous-vêtements ou les vêtements de sport, la plupart des vêtements n'ont pas besoin d'être lavés à chaque fois qu'ils sont portés. Une simple aération sur un cintre suffit – profitez-en si vous avez

13. Selon une étude de l'association Fair'Act : *Cycle de vie d'un T-shirt.*

un jardin ou un balcon. Si vous transpirez beaucoup, vous pouvez laver vos tee-shirts, robes à manches longues ou chemises plus souvent, mais les jeans, les jupes et les pulls en laine n'ont pas besoin d'être lavés fréquemment (par exemple, toutes les quinze utilisations, sauf peut-être le cachemire qui adore l'eau et peut être lavé à intervalles plus rapprochés). C'est d'ailleurs là que la question du choix de vêtements en matières naturelles et respirantes comme le coton, la soie ou le lin prend tout son sens : vous aurez beaucoup moins besoin de les laver que des vêtements en synthétique qui font transpirer.

BON À SAVOIR

Attention aux fermetures à glissières et aux boutons qui peuvent abîmer le linge pendant le cycle de lavage. Pensez à fermer les zips de vos pantalons ! Si vous lavez votre lingerie délicate en même temps que le reste, mettez-la dans un petit pochon spécial pour protéger la dentelle des frottements. Ce type de pochon est facile à trouver, toutes les marques de lingerie en vendent.

Évitez aussi le sèche-linge qui brûle et casse les fibres, même celles des vêtements solides comme les jeans, en plus de les faire rétrécir. J'ai moi-même un sèche-linge à la maison, mais je l'utilise surtout pour les serviettes-éponges, les draps ou les vêtements des enfants lorsque je suis pressée. La plupart du temps, j'essaie de m'en passer, parce que c'est énergivore. Ah ! si seulement j'avais un jardin... J'adore l'odeur du linge qui sèche dehors, et c'est tellement plus simple qu'en appartement !

FER À REPASSER OU DÉFROISSEUR VAPEUR ?

En ce moment, la mode est au défroisseur vapeur ou le fameux « steamer ». C'est un bon investissement quand on ne veut pas repasser mais pas non plus sortir avec des vêtements chiffonnés. J'en possède moi-même un et je dois dire que c'est très pratique. Les modèles les plus performants chauffent très vite et sont prêts à l'emploi en 60 secondes, contrairement à une centrale vapeur avec un fer à repasser, plus longue à se mettre en route (pas l'idéal quand on est pressée le matin). Un autre avantage du défroisseur, c'est qu'il peut s'utiliser aussi pour la maison, pour nettoyer le canapé, les tapis, les coussins... C'est un excellent investissement, à condition d'investir dans un modèle robuste : le Minilys Plus de SteamOne est très bien par exemple ! Je déconseille les modèles de voyage, qui prennent moins de place mais sont aussi moins performants et peu adaptés à un usage intensif. Pour autant, rien ne remplacera jamais un bon fer à repasser vapeur si vous êtes très maniaque et aimez les vêtements sans plis. Surtout pour les chemises en coton par exemple.

LE PRESSING : AVEC MODÉRATION

Pour les pièces qui ne se lavent pas en machine, type manteaux ou blazers, vous n'aurez pas d'autre choix que de passer par la case pressing. Mais la plupart des autres pièces de votre garde-robe peuvent se laver en machine, même si l'étiquette avec les consignes de lavage indique le contraire. Eh oui, beaucoup de fabricants poussent le principe de précaution un peu loin en indiquant « nettoyage à sec » ou « lavage à la main uniquement » sur les vêtements qu'ils vendent. C'est presque toujours le cas pour les matières délicates comme la soie ou le cachemire. Or ces matières peuvent tout à fait se laver en machine sur un programme délicat à froid, voire à 30 °C avec essorage doux.
Même en cas de taches récalcitrantes sur vos vêtements, il existe plein de solutions naturelles et efficaces pour en venir à bout : le savon noir ou le savon de Marseille, le vinaigre, le bicarbonate ou encore le percarbonate de sodium, qui est un excellent blanchissant (attention à ne pas l'utiliser sur les matières fragiles). N'utilisez des détachants chimiques que lorsque c'est vraiment nécessaire.
Depuis quelques années, les pressings avaient très mauvaise réputation. En effet, la plupart d'entre eux utilisaient pour le nettoyage à sec un solvant très volatil et particulièrement toxique : le perchloroéthylène. Ce solvant a été reconnu nuisible pour la santé par l'inhalation de vapeur ou le contact direct avec la peau, même s'il est utilisé en circuit fermé. Bonne nouvelle, son usage sera totalement interdit dès le 1er janvier 2022. Le perchloroéthylène sera donc remplacé par des solvants de substitution comme les hydrocarbures, 10 à 20 fois moins volatils mais pas non plus sans risque… Il reste la solution de l'« aquanettoyage », une solution de lavage à l'eau adoptée par les nouveaux pressings dits « écologiques », mais qui est aussi beaucoup plus contraignante.
Dans tous les cas, le pressing est un service qui peut vous coûter cher à la longue si vous en abusez. Donc essayez autant que possible de vous en passer.

RÉPARER SES VÊTEMENTS AU LIEU DE LES REMPLACER

Réparer ses vêtements au lieu de les remplacer par des neufs, c'est un moyen de lutter contre la surconsommation, mais aussi une immense source de satisfaction ! Vous avez sans doute dans votre armoire un gilet que vous ne mettez plus parce que les boutons ont sauté, un pantalon dont l'ourlet s'est décousu, une veste dont la doublure s'est déchirée, un pull en cachemire avec des trous de mites ou un jean qui a craqué à l'entrejambe… Sachez que tout, ou presque, se répare. Si vous n'êtes pas couturière ou que vous n'avez pas le temps de vous en occuper, prenez votre courage à deux mains et mettez tout ça dans un grand sac direction… la retouche ! Il y a forcément un commerçant qui

propose ce genre de services autour de chez vous. Et quel bonheur lorsque vous récupérerez vos vêtements réparés ! Vous aurez l'impression d'avoir acheté quelque chose de neuf alors que ce truc dormait tout simplement dans votre armoire (par pure fainéantise, il faut bien le dire).
Il n'y a pas que pour réparer que la retouche est utile. Elle permet aussi d'ajuster un vêtement trop grand à votre taille après une perte de poids importante. Ou alors un vêtement sur lequel vous avez flashé en boutique ou en friperie afin de l'adapter à vos mesures, comme raccourcir un pantalon ou reprendre une robe à la taille ou au niveau du décolleté. Beaucoup de choses sont possibles, n'hésitez pas à demander l'avis des professionnels.

L'*UPCYCLING* : RIEN NE SE PERD, TOUT SE TRANSFORME !

L'*upcycling*, c'est transformer un produit existant pour lui donner une seconde vie. On le réinvente en le détournant de son usage premier. C'est assez différent du simple recyclage qui consiste à récupérer la matière d'un produit pour créer une nouvelle matière première (par exemple, les bouteilles en plastique pour fabriquer du polyester recyclé). L'*upcycling*, à l'inverse, donne une nouvelle valeur au produit d'origine sans le détruire.
Dans la mode, l'*upcycling* est un moyen simple et économique d'exprimer sa créativité en imaginant des vêtements uniques, surtout si vous avez la chance d'être une bonne couturière. Cette robe en soie abîmée ou tachée, pourquoi ne pas la transformer en foulard ? Vos vieux jeans peuvent devenir une pochette ou un tote-bag en patchwork, les vieilles chemises de votre chéri peuvent devenir une blouse ou une robe pour votre petite fille... Ce ne sont pas les idées et les tutoriels qui manquent sur Pinterest pour transformer ses vêtements.
Faire du neuf avec du vieux n'a jamais été aussi tendance et tant mieux ! Certaines marques ont ouvert la voie de l'*upcycling*, comme Les Récupérables, qui imagine des collections à partir de linge de maison vintage ou de vieux rouleaux de tissu dormants. Le tout en France, dans des ateliers qui favorisent l'insertion professionnelle. Qui dit mieux ?
Au même titre que la seconde main, l'*upcycling* va prendre de plus en plus de place dans l'industrie de la mode. Et pour cause, cela a pas mal d'avantages pour les marques qui fabriquent nos vêtements. Le fait d'utiliser des stocks de tissus dormants leur coûte moins cher que de faire tricoter une nouvelle matière. Cela permet aussi de gagner du temps et d'être plus réactive, puisque le tissu est déjà disponible et prêt à l'emploi. Et bien sûr, sur le plan écologique, les bénéfices sont considérables : moins de consommation d'eau et d'énergie pour fabriquer du tissu, et aussi moins de déchets à venir sur la planète.

CHAPITRE 43

COMMENT LAVER SES PULLS EN LAINE ?

L'entretien des pulls en laine mérite à mon sens un chapitre entier. Car la question qui revient le plus souvent lorsque j'évoque mon goût pour les pulls en laine ou en cachemire est : « Mais comment fais-tu pour les laver ou les entretenir ? » La laine est une matière délicate qui nécessite *a priori* des soins particuliers si l'on ne veut pas retrouver son pull en taille 4 ans après lavage. La vérité, c'est que j'ai abîmé tellement de linge dans ma vie de « femme d'intérieur » (LOL) que j'en ai tiré quelques petites leçons bien utiles.

LAVER SES PULLS À LA MAIN : ET SI C'ÉTAIT PIRE ?

Pour commencer, mettons les choses au clair : je ne lave jamais rien à la main. Pardon, mais avec deux enfants et un boulot, je n'ai ni le temps ni l'énergie pour ça.
Comme je le disais plus haut, la plupart des fabricants de pulls en laine, cachemire ou autres matières fragiles se protègent en indiquant « lavage à la main uniquement » sur l'étiquette. Mais il est tout à fait possible de les laver en machine, sur un programme délicat. Je lave tous mes vêtements en machine sur des programmes spéciaux, point barre. Ma maman m'a toujours dit que laver ses vêtements à la main les abîmait davantage et elle n'avait pas tort : à la main, on a tendance à frotter et essorer nos vêtements beaucoup plus fort et à « casser la fibre » des textiles, surtout les pulls qui sont plus fragiles. De plus, l'essorage à la main est souvent moins efficace que celui d'une bonne machine et les vêtements mettent bien plus de temps à sécher !

Bon, et puis pardonnez-moi, mais nous vivons une époque fantastique où le lave-linge existe. Une pensée émue pour nos aïeules qui sont allées au lavoir et qui ont passé des heures à nettoyer des couches lavables à la main. Franchement, respect ! Ce qui fait rétrécir les pulls, c'est à la fois la chaleur, la friction et l'humidité. La plupart des machines à laver récentes ont des programmes « lavage main » ou « spécial laine » qui n'excèdent pas 20 °C, avec un essorage très doux, n'hésitez pas à les utiliser. Un pull en laine de qualité (avec 100 % de laine) ne doit pas rétrécir au lavage sur ce type de programme. Si c'est le cas, c'est sûrement parce qu'il contient des matières synthétiques ou que la laine est composée de fibres très courtes de mauvaise qualité, qui s'abîment très vite. Attention au mohair, c'est une matière fragile qui a tendance à rétrécir facilement. Je vous parle là de mon expérience personnelle, mais si vous ne souhaitez pas prendre de risque, continuez à laver vos pulls délicatement à la main. Sinon, faites un test avec un vieux pull que vous n'aimez plus pour voir ce que ça donne. Vous en aurez le cœur net.

À QUELLE FRÉQUENCE LAVER SES PULLS EN LAINE ?

La laine est autonettoyante et n'a pas besoin d'être lavée souvent. Eh oui, elle s'autorégénère au contact de l'oxygène. Pour redonner un coup de propre à ses pulls, il suffit donc de les aérer régulièrement.

→ **Le cachemire :** cette matière adore l'eau, et les pulls en cachemire sont de plus en plus beaux au fur et à mesure des lavages. Ils s'adoucissent également avec le temps. Attention, le cachemire a tendance à feutrer s'il est lavé avec une eau trop froide. Préférez un lavage à l'eau tiède (environ 20 °C). Le cachemire est une matière si douce qu'elle peut se porter à même la peau (c'est d'ailleurs recommandé car il est le champion toutes catégories de la thermorégulation). N'ayez pas peur de le laver aussi souvent que vous en ressentez le besoin. Je porte en général mes pulls en cachemire 5 ou 6 fois avant de les laver.

→ **Le mohair, l'alpaga :** ce sont des matières délicates et fragiles, qui ont tendance à boulocher, contrairement au cachemire. Il faut vraiment éviter de les laver trop souvent si l'on veut conserver la douceur et le moelleux du mohair, par exemple. Je ne porte jamais mes pulls à même la peau, donc à moins d'avoir beaucoup transpiré ou fait une grosse tache, je lave mes pulls en laine ou en mohair après les avoir beaucoup portés (je dirais une quinzaine de fois à peu près).

→ **La laine mérinos :** c'est une fibre luxueuse et résistante qui se lave sans problème en machine à 20 ou 30 °C et à la même fréquence que le cachemire. Je la préfère cent fois au mohair pour cette raison d'ailleurs !

COMMENT RETIRER LES BOULOCHES ?

Même sur un pull de très bonne qualité 100 % laine, il est normal que des bouloches apparaissent, surtout lors des premiers portés. Votre pull « vit » et rejette tout simplement l'excédent de matière, particulièrement aux endroits de frottement comme les coudes ou sous les aisselles. Le problème de bouloches s'estompe normalement au bout d'une dizaine de lavages, mais ne le lavez pas exprès dix fois de suite pour autant ! Retirez délicatement les bouloches à la main et sans tirer (vous verrez, ça détend) ou utilisez un petit peigne spécial bouloches (on en trouve un peu partout en mercerie, à La Redoute et aussi à Monoprix). Pour une quinzaine d'euros, vous pouvez aussi investir dans un rasoir spécial bouloches électrique Philips, testé et approuvé par mes soins.

QUELLE LESSIVE UTILISER POUR LA LAINE ?

Je vais sûrement vous décevoir mais je n'utilise aucun produit spécial pour la laine ou le cachemire. Cela fait bien longtemps que j'ai réduit au maximum les produits nettoyants à la maison. Après n'avoir constaté aucune différence de résultat entre les lessives « normales » et les lessives spéciales laine ou textiles délicats, je n'utilise plus qu'une seule lessive pour toute la famille : une lessive écologique liquide.

J'ai bien sûr essayé de fabriquer ma lessive moi-même, mais je la trouvais moins « puissante » et efficace que les lessives toutes faites qui possèdent des enzymes. En tout cas, je ne parvenais pas à retirer les nombreuses taches que font mes enfants. Et utiliser de la lessive toute faite me convient très bien dans cette vie à mille à l'heure.

Je n'utilise aucun adoucissant, de toute façon le cachemire déteste ça !

LE SÉCHAGE : UNE ÉTAPE DÉLICATE

Je fais toujours sécher mes pulls à plat pour éviter qu'ils ne se déforment, c'est la seule règle que je respecte vraiment. Pareil pour les pulls en laine ou en mohair, je les pose sur des chaises et je les retourne au fur et à mesure... S'ils sont bien essorés, ils sèchent en 24 heures.

Et le repassage, alors ? Vous savez maintenant que j'adore les vêtements bien repassés. Je ne repasse pas les pulls en mohair, en revanche je donne toujours un petit coup de fer sur mes pulls en laine mérinos ou en cachemire qui peuvent avoir un aspect froissé. J'ai la chance d'avoir une centrale vapeur très performante qui limite les risques de brûler les textiles, mais avec un fer classique à basse température et un torchon glissé entre les deux, ça fonctionne aussi. Ou encore mieux, un défroisseur vapeur si vous en avez un.

GARE AUX MITES !

Les mites sont la plaie de nos armoires. Une mite peut pondre jusqu'à 100 œufs deux fois par an, ce sont les larves qui se nourrissent de nos vêtements (beurk). Et bien sûr, elles ont le bon goût d'aimer le cachemire et les lainages fins, s'en donnent à cœur joie pour dévorer nos pulls préférés. C'est déprimant ! Je suis moi-même victime des mites à longueur d'année, après avoir essayé toutes les techniques pour les éradiquer, en vain. À moins d'utiliser des insecticides puissants, c'est très difficile de s'en débarrasser. Elles finissent toujours par entrer chez vous dès lors que les fenêtres sont ouvertes. Pour ma part, j'essaie simplement de limiter leur nombre avec des astuces naturelles de grand-mère que vous trouverez sans peine sur internet (huiles essentielles, sachets de lavande, clous de girofle, bois de cèdre...).

Puisque les mites détestent la lumière, je suspends mes pulls sur un porte-cintres près d'une fenêtre dans ma chambre, même si ce n'est pas l'idéal car cela déforme les pulls. Je préfère quand même ça à des trous. Au printemps, je range tous mes pulls et vêtements pouvant servir de festin dans des housses compactes hermétiques. C'est très efficace pour les protéger jusqu'à l'hiver suivant.

CHAPITRE 44

LES BASIQUES DE L'HIVER

Vous serez sans doute d'accord sur le fait que les basiques de l'hiver doivent répondre à un objectif principal : nous tenir chaud. Eh oui, à quoi ça sert d'acheter des vêtements d'hiver si c'est pour se geler toute la saison ? Je vous le demande. Ici, l'enjeu est donc de réussir à allier le style, le confort et la chaleur avec des pièces intemporelles et élégantes.

DES SOUS-VÊTEMENTS THERMIQUES

Commençons par les basiques de l'hiver les moins glamour : les sous-vêtements thermiques. Ceux dont je parle sont essentiellement des hauts en maille Thermolactyl®, à l'image du fameux tee-shirt Damart de nos grands-mères. Moche mais pratique, il se vend toujours aujourd'hui pour une vingtaine d'euros et vous serez bien contente de pouvoir le porter quand il fera froid – et vous connaissez déjà mes déboires avec la marque Uniqlo (voir chapitre 39).
Ces tee-shirts thermiques sont spécialement prévus pour isoler du froid sans nous faire transpirer, puisqu'ils utilisent l'humidité de votre corps comme source de chaleur. Ils sont doux et totalement invisibles sous les vêtements, et il en existe des plus ou moins épais.

UN PULL EN CACHEMIRE

Le pull en cachemire est mon basique de l'hiver préféré pour sa simplicité

élégante. Je l'adore car il se suffit à lui-même. Enfilez un jean, ajoutez un pull en cachemire et vous voilà prête quelle que soit la circonstance : pour rester chez vous, pour aller travailler ou même en soirée avec un beau rouge à lèvres. Col rond basique, col V ou col roulé, le pull en cachemire s'adapte à toutes les situations. Côté couleur, le gris chiné est un grand classique et le plus facile à associer. Mais vous pouvez aussi oser les couleurs vives : rose fuchsia, bleu roi...

UN MANTEAU LONG EN LAINE

Nous passons de longs mois d'hiver avec un manteau, donc autant bien le choisir. Mais c'est une pièce qui est très chère, donc j'admets qu'il est parfois difficile d'investir, tant pour des raisons financières que psychologiques. Pourtant, c'est le manteau qui signe votre look en cette saison, on ne voit que lui ou presque. Au lieu de tergiverser, je vous conseille d'acheter directement le manteau dont vous rêvez, même s'il coûte cher, plutôt que d'en acheter plusieurs moins coûteux dont vous allez vous lasser aussi sec. Mon manteau d'hiver idéal ? Long, ceinturé, avec un bon pourcentage de laine. Je vous explique comment bien le choisir dans le prochain chapitre.

UNE ROBE À MANCHES LONGUES

Nous sommes nombreuses à trouver que le duo robe + collants tient plus chaud qu'un jean ou un pantalon. Je porte moins de robes qu'avant pour des raisons pratiques, mais je trouve qu'une belle robe d'hiver avec une paire de collants sobres donne beaucoup d'allure.
En revanche, il y a un truc que je n'ai jamais compris : pourquoi trouve-t-on si peu de robes à manches longues dans les rayons en hiver ? C'est un non-sens absolu, vous ne trouvez pas ? Alors OK, on peut ajouter un gilet par-dessus, mais honnêtement, ça ne remplace pas le confort ni la chaleur d'une robe à manches longues. Personnellement, je suis incapable de porter une robe à manches courtes en hiver, sauf en cas de soirée très habillée, et encore... Au moins, les manches longues permettent de glisser un tee-shirt thermorégulant en dessous et de rester chic sans avoir la chair de poule.
La robe à manches longues est un beau basique d'hiver si on la choisit unie (ou en tout cas plutôt sobre) pour pouvoir tester plein de looks différents (avec des boots, des baskets, un gilet à grosse maille, etc.). J'ai une préférence pour les robes courtes, mais la longueur midi est un bon rempart contre le froid, et est magnifique avec une jolie paire de bottes à talon.

UN ENSEMBLE BONNET ET ÉCHARPE EN LAINE OU EN CACHEMIRE

Pourquoi un ensemble ? Parce que je trouve ça plus joli, pardi ! À condition de ne pas égarer l'un ou l'autre, comme je le fais à peu près chaque hiver. Comme pour les pulls, j'ai une préférence pour les bonnets en cachemire qui ne grattent pas. N'hésitez pas à oser la couleur, teintes pastel ou carrément fluo, qui fonctionnent bien avec le gris, le beige et le bleu marine, qui sont les couleurs classiques des manteaux d'hiver.
Concernant les écharpes, j'adore les modèles XXL. J'aime le côté doudou des maxi-écharpes qui évitent de se retrouver le cou à l'air (tout ce que l'on ne veut pas en hiver). Et puis c'est moins évident de les perdre ou de les oublier dans un restaurant.
Si vous n'arrivez pas à trouver votre bonheur au rayon femme, n'hésitez pas à fouiller chez les hommes, beaucoup de modèles sont parfaitement unisexes et très sobres.

DES BOOTS CHELSEA

Petite bottine d'origine britannique, la boot Chelsea est en cuir, à bout rond, plate et imperméable. C'est la chaussure tout-terrain de l'hiver par excellence. Non seulement c'est une très belle chaussure, classique et élégante, mais vous risquez moins de glisser en cas de pluie ou de verglas avec des chelsea qu'avec des bottines à talon. Elles s'enfilent en deux secondes (merci l'élastique sur le côté) et sont hypersolides.
À l'origine, la boot Chelsea était surtout portée par les cavaliers pour monter à cheval, puis par les militaires londoniens regroupés dans le quartier de Chelsea, d'où son petit nom. Ce sont ensuite les Beatles qui ont fait de la chelsea une chaussure de légende à partir des années 1960. Cette bottine est donc une chaussure d'inspiration masculine, qui n'a pas toujours les faveurs des femmes... Mais bon, la féminité n'est pas toujours une obligation, non ? Et on peut très bien être féminine avec des boots Chelsea !
La marque anglaise Church's est la plus renommée pour investir dans une boot Chelsea de qualité. Il paraît qu'elles sont increvables, ce qui justifie leur prix élevé (650 euros, gloups) et le fait qu'il s'agisse aujourd'hui d'un modèle culte. Si un jour mon chemin croise celui d'une paire de boots Chelsea Church's vintage (et à ma pointure), faites-moi confiance, je ne laisserai pas passer cette occasion de me les offrir.

UNE DOUDOUNE XXL

Oui je sais, la doudoune n'est pas le vêtement le plus sexy de la Terre. Et pourtant, elle est notre meilleure amie quand la météo est un peu rude. À Paris, difficile d'imaginer un hiver sans doudoune. Il

pleut hélas assez souvent et nous avons des épisodes de neige presque chaque année. Et dans ce cas, même le manteau le plus chaud du monde fait pâle figure à côté d'une bonne doudoune moelleuse.
La doudoune est injustement considérée comme un crime contre la mode, alors qu'au contraire, elle peut être hyperstylée... à condition d'éviter les doudounes noires tristes à mourir. Je vous conseille au contraire d'oser : optez pour une doudoune XXL ou de couleur flashy, voire un peu bling-bling. La marque Dualist propose d'ailleurs des doudounes écoresponsables dorées ou argentées hautement désirables !

CHAPITRE 45

BIEN CHOISIR SON MANTEAU POUR L'HIVER

Je suis née un matin du 31 décembre. C'est peut-être pour ça que j'aime autant l'hiver et les manteaux… Le manteau est une pièce de la garde-robe qui possède beaucoup de caractère, avec un pouvoir de style et de séduction incroyable. Votre manteau est la première chose que les gens voient quand vous marchez dans la rue. Un manteau de bonne facture, bien coupé et élégant se remarque tout de suite, et il est fort possible que vous receviez beaucoup de compliments sur votre allure, si vous l'avez bien choisi en amont.

CHALEUR OU STYLE, POURQUOI CHOISIR !

Bien sûr, un manteau n'a aucun intérêt s'il ne tient pas chaud, et c'est là que le bât blesse. Pour qu'un manteau tienne bien chaud, il doit avoir une bonne composition de laine : 70 % de laine (alpaga, mohair ou cachemire), c'est le minimum. Malheureusement, beaucoup de manteaux en vente dans les grandes enseignes contiennent un faible pourcentage de laine et pas mal de matières synthétiques. Certes, ils sont meilleur marché que des marques haut de gamme, mais ils ont tendance à se froisser rapidement, contrairement aux manteaux de luxe qui ont un tombé plus lourd et davantage de tenue.

ATTENTION !
Le prix n'est pas un gage de qualité. Au risque de me répéter, vérifiez toujours la composition sur l'étiquette quand vous achetez un manteau. L'erreur que nous faisons généralement toutes est de choisir un manteau en fonction de son style, puis de son prix. Alors qu'il faudrait toujours regarder la composition dudit manteau en premier... Eh oui ! L'étiquette, toujours, toujours ! Rappelons que nous attendons d'un manteau qu'il tienne chaud, et sans vérifier la composition, c'est difficile d'en juger.

Comptez au moins 300 euros pour un manteau de bonne composition avec une jolie coupe classique. Et attention à certaines marques très attirantes qui vendent des manteaux à prix d'or (avoisinant parfois les 500 euros) alors que leur composition laisse à désirer. À de rares exceptions, on trouve de très bons manteaux avec un assez bon pourcentage de laine dans les grandes enseignes, comme le modèle Gisèle de la marque Promod par exemple. Mais pour ce modèle, le pourcentage de laine varie en fonction de la couleur... Il est plus chaud en camel (75 % de laine) qu'en gris ou marine (62 %). Il y a de quoi devenir un peu chèvre, vous ne trouvez pas ?

Mon conseil : si un manteau réunit le style et le prix mais que sa composition est nulle, fuyez, sinon vous allez le regretter (et vous geler). Ne cédez pas aux sirènes de la mode et ne vous laissez pas tenter par le prix ; en cherchant bien, vous trouverez forcément la perle rare qui réunit les trois critères d'achat pour un manteau d'hiver : style, composition, prix juste.

On trouve de très jolis manteaux bien coupés, chauds, à des prix corrects chez And Other Stories, COS ou encore Arket, qui sont mes enseignes préférées pour les grosses pièces.

LES PIÈGES À ÉVITER

Histoire d'ajouter quelques difficultés pour trouver THE manteau, il y a des pièges dans lesquels on peut très facilement tomber. C'est le cas des manteaux en laine bouillie par exemple. La laine bouillie est une laine que l'on fait bouillir pour détendre la fibre et pouvoir la tisser ensuite de manière très serrée, on obtient ainsi une laine un peu feutrée. Elle est normalement censée tenir chaud – on utilisait déjà cette technique au Moyen Âge pour faire des manteaux –, mais tout dépend vraiment de l'épaisseur du vêtement, s'il y a une bonne doublure ou pas... Personnellement, je n'ai encore jamais trouvé de manteau chaud en laine bouillie en magasin. Uniqlo en vend quelques-uns, qui m'ont semblé bien légers quand je les ai vus et touchés en magasin. Bref, à voir au cas par cas, mais 100 % laine bouillie ne veut absolument pas dire « manteau chaud ».

L'autre piège, c'est l'absence de doublure. Sur internet, beaucoup de manteaux sont vendus sous l'appellation « drap de laine » et ne sont pas doublés. Or la doublure est importante pour isoler du froid, même si le manteau est un drap de laine à 100 %. Car c'est le poids et l'épaisseur qui déterminent si le drap de laine est assez chaud ou non pour un manteau (l'idéal, c'est environ 350 g/m²). Vous vous en doutez, la plupart des manteaux en drap de laine que l'on trouve dans les grandes enseignes tiennent plutôt du drap que du manteau (haha), surtout s'ils ne sont pas doublés.

LA SECONDE MAIN, POUR DE LA QUALITÉ À PETIT BUDGET

La seconde main est idéale pour les manteaux de qualité un peu chers ; ce sont des pièces qui vieillissent très bien. Les vieux manteaux des années 1980-1990 sont souvent beaucoup plus chauds et plus épais que les manteaux fabriqués de nos jours et on en trouve encore en friperie ou en dépôt-vente à des prix très intéressants. Autre option : les manteaux en mouton retourné (peaux lainées) sont une excellente alternative à chiner en friperie. Ils sont très chauds et sont parfaits pour créer des looks du quotidien avec une âme seventies.

Je rêve de m'offrir un des manteaux cultes de la marque Max Mara, comme l'iconique 101801 ou le modèle Manuela ceinturé (manteau peignoir). Ce sont des pièces de luxe indémodables, avec une coupe et une composition irréprochables 100 % laine. Pour le moment, c'est encore de l'ordre du fantasme, mais je ne désespère pas d'en trouver un en dépôt-vente un jour. On en trouve sur les sites Videdressing ou Vestiaire Collective, mais il y a rarement ma taille et ils sont pris d'assaut.

CHAPITRE 46

FÊTER NOËL AVEC DES BASIQUES

Au-delà du plaisir de se retrouver en famille autour d'un repas de fête, Noël est aussi l'occasion de porter ses habits de lumière. Peut-être en profiterez-vous pour mettre votre plus belle robe ou vos plus jolis souliers. Et vous aurez bien raison, car il n'y a pas de meilleur moment que Noël pour mettre de la poésie dans ses tenues : jupe tutu en tulle, paillettes, sequins, robe de soirée ou talons aiguilles, tout ce qui « claque » est largement autorisé. *Let's go* !

Mais... vous avez aussi le droit d'avoir envie de simplicité. D'être à l'aise dans vos vêtements ou de ne pas vouloir acheter une nouvelle tenue de fête. Et c'est très bien aussi. Non seulement vous profiterez mieux de la fête, mais surtout, vous avez sans doute déjà tout le nécessaire dans votre garde-robe pour créer une tenue festive. Eh oui ! On peut tout faire avec des basiques, y compris des looks de fête.

Il n'y a pas plus écoresponsable que d'utiliser les vêtements qui se trouvent déjà dans notre placard pour une occasion spéciale. De plus, c'est très gratifiant : c'est un moyen de donner du sens à ces vêtements que vous avez passé tant de temps à choisir. Cerise sur le gâteau, cela évite le stress de trouver une nouvelle tenue ou de devoir faire du shopping dans des magasins bondés pendant les fêtes. Enfin, je trouve ça très amusant d'imaginer une tenue de fête avec un simple jean ou un tee-shirt blanc, pas vous ?

« PIMPER » SES BASIQUES AVEC DES ACCESSOIRES DE FÊTE

Transformer une tenue basique en tenue de fête, c'est possible, avec les bons accessoires. Une pochette chic à sequins, des boucles d'oreilles à strass, une barrette à perles, une accumulation de colliers sur un haut sobre..., sont des petits détails qui changent tout. Une paire de chaussures dorées ou argentées est un bon moyen de donner un air de fête à une tenue toute simple. De plus, vous pourrez les reporter toute l'année sans aucun problème si vous choisissez un modèle confortable : des bottines dorées avec un petit talon, c'est idéal.

Et bien sûr, le maquillage et la coiffure peuvent tout changer et vous transformer en reine de la fête, même si vous portez un jean et une simple chemise blanche. Une cascade de boucles, un rouge à lèvres rouge vif, un joli « *smoky eye* »... Cela ne vous coûtera rien du tout si ce n'est un peu de temps pour vous préparer. Faites-vous plaisir et n'hésitez pas à mettre le paquet si vous en avez envie : c'est Noël !

NOËL EN JEAN : ET POURQUOI PAS ?

Je me souviens d'un réveillon de Noël où je devais avoir 17 ou 18 ans, je vivais encore chez mes parents. J'avais enfilé mon jean préféré pour le dîner en attendant nos invités. Ma mère m'avait dit alors : « Tu devrais en profiter pour mettre une robe, c'est Noël quand même ! » Sur le moment, je m'étais dit qu'elle avait raison et j'étais donc montée dans ma chambre pour me changer, mais sans entrain. Je ne me rendais pas compte à quel point les diktats de la mode peuvent nous mener la vie dure. C'était l'époque où on lisait encore dans les magazines que la petite robe noire était l'alliée idéale des soirées chics... Je ne dis pas le contraire, mais il y a des alternatives, y compris le pantalon. Même si j'adore les robes très habillées, les jupes à sequins et tout le tralala associé aux fêtes, aujourd'hui, je ne m'interdis plus de fêter Noël en jean si j'en ai envie. Cela dépend de mon humeur ce jour-là ! Par exemple, le jean et le blazer noir forment un duo chic à coup sûr. Pour le rendre festif sans effort, il suffit d'opter pour un top de soirée à paillettes, sequins ou glitter. C'est une bonne astuce pour celles qui ne veulent pas dépenser trop d'argent pour leurs tenues de fête. Et c'est aussi le genre de pièce que l'on peut reporter facilement. Mais vous pouvez opter pour un simple tee-shirt blanc. Dans ce cas, portez une attention toute particulière aux accessoires et aux chaussures : escarpins, souliers de fête glitter et bijoux discrets en accumulation sont les bienvenus. Et pourquoi pas un tee-shirt rock sous votre blazer, avec un pantalon à sequins chiné en seconde main ? J'aime cette idée de détourner les looks de fête tout en gardant une petite touche de tradition, à savoir du rouge, des paillettes et tout ce qui brille !

NOËL EN BLANC FAÇON REINE DES NEIGES

Pourquoi toujours du noir ? L'un de mes looks favoris à Noël est le total look blanc, avec un classique de la garde-robe : le jean blanc.
Le blanc est tellement lumineux en hiver, c'est parfait pour créer des tenues poétiques comme dans les contes de fées, quel que soit son âge. Il est superbe avec du doré, de l'argenté, des paillettes, et tout ce qui fait le charme de Noël.
Vous pouvez par exemple porter votre jean blanc avec une blouse blanche bohème et des accessoires de fête. Ou avec une chemise blanche ouverte jusqu'au décolleté et une accumulation de colliers fins et de bracelets. Avec des chaussures dorées, c'est impeccable !
Vous avez un tailleur blanc ou écru dans votre armoire ? Il sera parfait pour les fêtes, avec un caraco en soie écru ou... rien, à même la peau (à condition de fermer la veste bien entendu) ! Saupoudrez tout ça de paillettes et voilà un look de fête poétique.

LE SMOKING : LA VALEUR SÛRE !

Blanc ou noir, le smoking est une valeur sûre pour les fêtes. De plus, c'est une alternative plus tendance et pointue que la traditionnelle petite robe noire, à condition de ne pas le porter au premier degré avec une chemise et des escarpins. Pourquoi pas avec vos baskets blanches et un haut à paillettes pour un style chic décontracté ? Ou avec une paire de boots noires (ou dorées) et un chemisier en soie boutonné jusqu'en haut, pour un look masculin-féminin très chic ?
Si votre pantalon de smoking est une coupe 7/8e, vous pouvez opter pour une paire de derbies avec des petites chaussettes glitter, c'est très mignon aussi !

LES FÊTES EN SECONDE MAIN

Encore une fois, pensez à la seconde main pour les fêtes, surtout si vous ne jurez que par tout ce qui brille ou les robes très habillées pour ce genre d'événement. Car c'est un peu dommage d'acheter neuf quelque chose que l'on ne va porter qu'une ou deux fois dans l'année. Vous n'aurez aucun mal à trouver des jupes ou des tops à sequins en friperie ou en dépôt-vente, pour une poignée d'euros.
Chaque année, j'aime bien chiner une pièce festive autour de laquelle j'élabore ma tenue de Noël, en composant avec ce qui se trouve dans ma garde-robe. Il y a deux ans, j'ai fêté Noël avec une jupe en cuir vintage et un haut à paillettes doré tout simple acheté en friperie. Une autre année, je portais un pull en laine angora vintage des années 1980, blanc et doré que j'avais trouvé dans un dépôt-vente, avec mon jean blanc et des boots dorées. Pour les accessoires, même topo : n'hésitez pas à chiner des bijoux vintage de

caractère, ceintures, pochettes à perles ou autres détails originaux qui donneront un air de fête rigolo à vos tenues pour trois fois rien.
Attention, si vous envisagez une tenue de fête 100 % seconde main, ne vous y prenez pas à la dernière minute. Chiner, ça prend du temps ! L'idéal est de s'y mettre dès le début du mois de novembre. Je suis sûre que vous prendrez beaucoup de plaisir à concocter lentement votre look de Noël en attendant le grand jour.

7 ASTUCES

POUR CRÉER DES TENUES DE FÊTE SANS PRISE DE TÊTE

- Si vous doutez, portez du rouge. Par exemple un chemisier rouge ou un pull rouge. C'est la couleur de Noël par excellence.
- Une chemise à carreaux rouges apporte un petit côté traditionnel et romantique à une tenue de Noël. À porter avec une jupe en cuir ou à sequins, des escarpins ou baskets blanches.
- Un pantalon à paillettes avec un pull noir basique et des escarpins noirs : simple, efficace !
- Et pourquoi pas votre pull moche de Noël ? Avec une jupe à sequins et des escarpins, il est décalé et absolument parfait (on y va mollo sur les accessoires).
- L'accumulation de colliers fins et de différentes longueurs sur un décolleté V profond ou une belle chemise blanche très déboutonnée. Ou plein de bracelets sur des manches retroussées.
- La veste de smoking portée à même la peau (fermée), avec un rouge à lèvres bien vif et de jolies boucles d'oreilles pendantes. Ou sur un caraco en soie noir si vous êtes pudique.
- Ceinturer une robe toute simple avec une ceinture vintage à boucle dorée.

CHAPITRE 47

POURQUOI LE TOTAL LOOK NOIR EST UN FAUX AMI ?

J'ai longtemps cru que le total look noir était une valeur sûre et le summum de l'élégance. Sans doute à cause du mythe de la petite robe noire ou parce que le noir est une couleur traditionnellement réservée aux tenues chics de soirée, à l'instar du smoking, par exemple. Beaucoup de personnes associent également le style basique ou minimaliste aux tenues toutes noires. Le noir est également un moyen de ne pas trop se faire remarquer, voire de cacher ses rondeurs quand on est complexée. Eh oui, on dit toujours que le noir affine la silhouette et floute les formes. C'est vrai, on ne peut pas nier que le noir possède un pouvoir amincissant, mais *a contrario*, il peut vous rendre invisible alors que vous avez tellement plus à offrir ! Je suis toujours un peu triste quand je rencontre une femme qui ne s'habille qu'en noir pour se cacher parce qu'elle est complexée par son corps. Il y a tellement d'autres manières de rendre un corps beau, grâce à la couleur bien sûr, mais aussi avec des vêtements qui magnifient les formes plutôt que de les cacher. Je trouve cela très beau une femme qui ose la couleur ou les vêtements moulants quand elle a des formes. Vous avez bien évidemment le droit de porter le total look noir si vous adorez ça, mais ne le faites pas par dépit ou parce que vous pensez que vous ne méritez pas mieux que du noir.

CONSEILS POUR BIEN PORTER LE NOIR

Si le noir va à peu près avec tout, il ne pardonne pas : c'est une couleur sombre qui peut vite vous donner mauvaise mine ou un air très austère s'il n'est pas un minimum accessoirisé ou si vous n'êtes pas du tout maquillée. Et, surtout, il peut faire très *cheap* en fonction des matières que vous portez ou si la couleur est un peu délavée. Ah, et aussi : il accroche toutes les poussières, cheveux, poils de chien ou peluches de votre joli pull en laine. Je déteste ça, pas vous ?

Je me suis souvent « cassé les dents » avec des looks entièrement noirs et ce n'est plus du tout ma tasse de thé aujourd'hui. Je préfère le noir en petites touches, en haut ou en bas, mais rarement les deux en même temps. Les rares fois où il m'arrive d'opter pour un total look noir, je fais très attention à soigner chaque détail pour que ma tenue soit réussie. Voici quelques conseils que j'ai envie de partager avec vous :

Mélanger les matières

Cuir, laine, coton ou même sequins…, mélanger les matières permet de créer des jeux de textures et de donner du relief afin de casser le côté austère du noir. Certaines fibres sont particulièrement belles en noir, c'est le cas du cachemire notamment. Personnellement, j'adore apporter une petite touche de cuir à mes looks noirs et j'aime beaucoup la dentelle également. C'est très glamour. Vous pouvez par exemple associer une blouse en dentelle noire à un perfecto ou une jupe en cuir avec un pull en cachemire noir. Quant au blazer noir, il est très chic porté avec un jean noir slim et des escarpins.

Oser les coupes un peu folles

Ce n'est pas parce que l'on porte du noir qu'une tenue doit nécessairement être ennuyeuse. Une autre manière de dynamiser le noir consiste à choisir des vêtements à la coupe un peu folle ou excentrique. Certains détails structurés ou au contraire destructurés sont particulièrement jolis en noir : des manches ballons, des épaulettes XXL, une robe asymétrique… Non seulement toutes ces formes apportent du relief aux tenues toutes noires, mais rappellent aussi les vêtements de haute couture qui nous font tant rêver.

La petite robe noire… et la combi aussi !

Longue ou courte, la petite robe noire est la valeur sûre quand il s'agit de porter du noir sans prendre de risque. Toujours là pour nous sauver à la dernière minute quand on sèche devant sa garde-robe ! Elle est sublime avec des jolis escarpins, une paire de derbies vernies, des boots rock… À porter avec un perfecto noir, un blazer noir ou une veste en fausse fourrure noire pour créer un jeu de matières.

Vous n'aimez pas porter de robes ? Optez pour la combinaison pantalon. Aussi chic que la robe si ce n'est plus, car elle a ce je-ne-sais-quoi qui nous donne confiance en nous. Beaucoup de femmes adorent les combinaisons car elles se sentent galbées, mises en valeur, belles tout simplement ! De plus, la combinaison pantalon se porte avec tout, en version jour avec des baskets blanches ou des sneakers colorée, ou en soirée avec une paire d'escarpins et une jolie pochette.

Et si tout était dans l'accessoire ?

De bons accessoires pourront vous aider à sauver un total look noir un peu trop banal. Des bijoux, une pochette colorée, un sac de luxe ou à paillettes, un foulard graphique, une ceinture dorée ou léopard... Tous ces détails feront la différence, donc soignez-les ! On évite le bracelet brésilien de nos vacances à la plage pour une soirée chic, par exemple. L'un de mes péchés mignons avec le noir, ce sont les accessoires vintage chinés en friperie ou en dépôt-vente, notamment les bijoux, les broches anciennes et les ceintures en cuir. Ce sont souvent des pièces uniques avec beaucoup de cachet qui donnent du style à une tenue basique, et particulièrement à une tenue toute noire.

CHAPITRE 48

LES PIÈCES À CHINER EN HIVER

Même si la tendance est plutôt au cocooning qu'à la chine en hiver, voici trois classiques indémodables à dégoter en friperie.

LE CABAN MARIN

Le caban marin en laine que l'on trouve en friperie a plusieurs avantages : il est chaud, souvent de bonne qualité et intemporel. Il a énormément d'allure avec sa double boutonnière, son col large et droit et ses épaules structurées. Il est si chic avec un jean et une paire de boots Chelsea. Il ne se démodera jamais, vous pouvez craquer sans hésiter ! Pourtant, pendant longtemps je l'ai trouvé ennuyeux à mourir. J'ai grandi à la mer dans une ville portuaire avec de nombreux marins en escale, autant dire que le caban faisait partie du paysage local (rappelons qu'à l'origine, ce manteau d'hiver en laine très chaud a été conçu spécialement pour les marins de la Royal Navy). Bref, j'ai croisé tellement de cabans dans mon enfance que j'ai eu du mal à l'envisager comme une vraie pièce de mode à part entière. J'ai totalement changé d'avis. Aujourd'hui, pour moi, c'est un manteau chic et indispensable, qui se suffit à lui-même et qui convient à toutes les morphologies.
On le choisit bien épais, avec un bon pourcentage de laine et de jolis boutons dorés. Ne vous arrêtez toutefois pas aux boutons, ils peuvent se changer facilement !

SANTA CLARA
Burberrys

UN PULL EN LAINE IRLANDAIS À TORSADES

Le pull irlandais en laine à torsades est une pièce culte. C'est depuis longtemps un vêtement qui sert aux marins et aux pêcheurs pour se protéger du froid lorsqu'ils sont en mer. Aujourd'hui, c'est un basique de la garde-robe d'hiver, malheureusement il est assez onéreux lorsqu'il est 100 % laine et… fabriqué en Irlande. Le pull irlandais traditionnel est fabriqué à la main avec de la laine de mouton naturellement écrue et un maillage très serré, ce qui le rend aussi épais et très chaud. C'est une pépite que l'on trouve parfois en friperie, en plus ou moins bon état. Il se porte *oversize,* donc n'hésitez pas à fouiller au rayon homme.

UNE CHEMISE DE BÛCHERON À CARREAUX EN LAINE

La chemise à carreaux en laine ou en flanelle est une pièce que l'on trouve facilement d'occasion. Elle est parfaite pour créer des tenues un peu rock, avec un pantalon en cuir ou un tee-shirt en dessous (tee-shirt blanc ou tee-shirt rock). Ou pour créer des looks de Noël traditionnels. C'est une pièce que j'aime énormément, j'en possède moi-même une que j'ai chinée à Londres dans une friperie au rayon homme. Essayez de trouver un modèle 100 % laine comme il en existe encore, elle vous tiendra chaud et vous vous en lasserez moins vite.

INTERVIEW DE JULIE CHARVET, CRÉATRICE DE LA MARQUE L'ENVERS

Julie est la créatrice de la marque éthique L'Envers, spécialisée dans la maille. Elle habite en Espagne mais je l'ai rencontrée à Paris lors d'un pop-up où elle faisait découvrir les tout premiers pulls de sa collection, qui s'est agrandie depuis. C'est une femme solaire et généreuse qui fait partie de mes plus belles rencontres professionnelles. Mais c'est avant tout une créatrice soucieuse de proposer les plus beaux vêtements possibles. Les pulls L'Envers sont fabriqués dans les règles de l'art à Madrid, non loin de chez elle. Cette maman entrepreneuse de trois enfants aspire ainsi à leur transmettre le respect des êtres humains et de la nature, et son combat pour une mode plus vertueuse.

Quand on pense hiver et cruauté animale, on a assez immédiatement en tête l'image du manteau de fourrure, mais si on aime les animaux, il y a bien d'autres choses à éviter. Peux-tu nous en dire plus sur les pulls dans lesquels on n'aura plus très envie de se lover ?

Effectivement, l'association PETA a notamment révélé l'abominable traitement des chèvres angora utilisées pour le mohair en Afrique du Sud. Pour autant, heureusement, tous les élevages ne maltraitent pas leurs bêtes. Il n'y a donc pas d'interdit particulier quant au mohair, il faut juste être vigilant·e sur sa provenance.
De même pour le mérinos, qui a été pointé du doigt pour la pratique du *mulesing* utilisée dans les élevages en Australie. Il s'agit de couper la peau des fesses des moutons pour empêcher la prolifération de vers due aux larves de mouches, ce qui les fait atrocement souffrir. C'est une pratique inacceptable mais qui ne concerne que les élevages australiens. Pour ma part, il était bien sûr impensable d'utiliser cette laine australienne pour L'Envers. En revanche, j'utilise du mérinos d'Espagne, où je vis depuis dix ans, car je voulais privilégier les acteurs locaux pour éviter des aberrations logistiques et écologiques, mais aussi parce que c'est l'origine historique du mérinos. Tous mes partenaires peuvent me garantir une traçabilité complète, m'assurant entre autres du bien-être animal.
Je pense aussi à l'angora, qui nécessite d'épiler les lapins et qui est donc vivement critiqué et peu demandée. Personnellement je n'en utilise pas, d'abord pour ces questions de maltraitance, mais aussi parce qu'en termes de style, je ne le trouve pas très joli.
En résumé, je dirais qu'il n'y a pas vraiment de laine interdite quant à la question de la cruauté animale, d'autant plus qu'il faut garder en tête que la laine vient du mouton, lequel a de toute façon besoin d'être tondu. Il serait malheureux s'il ne l'était pas. Mais il faut être ultra-exigeant·e sur la traçabilité des matières premières. Qui dit laine ne dit pas forcément souffrance animale, il est possible d'avoir une belle laine avec des animaux qui sont heureux. C'est d'ailleurs à la qualité de la laine que l'on reconnaît le bien-être de l'animal.

Quelles matières faut-il privilégier en hiver, pour rester élégante et confortable sans nuire à l'environnement ni cautionner la maltraitance animale (provenance de la matière, élevages, label RWS) ?

Je pense que la matière de prédilection pour l'hiver est la laine, parce qu'elle tient chaud. À la maison, l'hiver, plutôt que de pousser les radiateurs à fond, j'enfile de la laine, et c'est agréable, car c'est à la fois doux, élégant, confortable, et surtout, donc, ça tient chaud.

D'ailleurs, la laine fonctionne toute l'année, parce que sa fibre est pleine de petites arêtes qui la rendent très respirante et retiennent l'humidité, donc cela permet aussi de la rafraîchir en été. Une autre propriété géniale de la laine est que c'est une matière très aérée, qui du fait ne retient pas les mauvaises odeurs. Il suffit de l'aérer, elle est autonettoyante (… évidemment, les taches ne disparaissent pas toutes seules !), ce qui est super écologique. Après, il y a plusieurs sortes de laines. À L'Envers, on en utilise quatre, de douceurs différentes : le mérinos, un peu sec, le mohair, un peu poilu, la laine de yack, qui a un toucher cachemire, et l'alpaga, plus doux et plus luxueux.

En hiver, on ne nous propose souvent que des couleurs un peu tristounes, tu as toi-même commencé avec des coloris plutôt neutres. Mais aujourd'hui, tes jolis pulls se parent de couleurs plus vives. Pourquoi ce choix ?

Au départ, il y a cinq ans déjà, j'envisageais L'Envers comme une marque vraiment intemporelle, à la fois dans les silhouettes, les matières et les couleurs. Je voulais de la simplicité, des couleurs sobres – gris, marron, beige, camel, noir, blanc, bleu – dont on ne se lasse pas facilement comme d'autres couleurs plus fortes, pour être cohérente avec l'idée de durabilité des produits.
Mais je reviens un peu sur cette réflexion-là, car je pense que la couleur, et c'est encore plus vrai aujourd'hui, on en a besoin. Les couleurs permettent de booster l'énergie de la personne, et même de celles qui la regardent. Je crois que c'est important et que ça fait du bien de porter des couleurs un peu plus criardes pour être vu·e, visible, pour porter un message. Et puis si on les choisit bien, les couleurs sont capables de changer notre aspect physique, mais aussi mental. J'aime cette idée que les vêtements peuvent devenir ainsi un vecteur de bien-être.

Nos placards débordent, les associations sont dépassées par les dons de vêtements, nous devons arrêter de surconsommer. Quelles sont tes astuces pour être stylée et bien au chaud en hiver, sans passer par la case shopping ?

Je pense qu'il est important de trouver une, deux, trois pièces max, qui sont vraiment les pièces de référence de son armoire. Des pièces que l'on porte facilement, parce qu'elles sont confortables, parce qu'elles nous vont bien, parce qu'elles sont assez versatiles pour être portées avec différents types de vêtements. Ce sont souvent des pièces un peu plus onéreuses que les autres mais qui valent vraiment le coup d'investir, parce qu'on va les amortir dans le temps grâce à leur bonne qualité (c'est l'idée du « coût par port », bien plus faible quand on porte le vêtement souvent et longtemps). Donc l'astuce, c'est d'abord de bien acheter, même si bien sûr on peut ensuite assortir ce « fond d'armoire » avec des pièces moins chères.

On a toutes eu un jour sous le nez un pull tricoté par Mamie, encore impeccable vingt ans après…, mais plus trop dans l'air du temps. Comment redonner du pep à nos reliques en mailles ?

À moins d'être de mauvaise qualité, les vêtements n'ont pas qu'une vie, surtout s'ils ont été hérités de parents ou que l'on souhaite les transmettre ; ils ont vocation à vivre très longtemps, et si la base est bonne, ils peuvent être très versatiles. Il suffit par exemple de les assortir à des pièces ou des accessoires qui cassent les codes. Si c'est un problème de taille ou de coupe, on peut par exemple porter un pull trop grand avec une jolie ceinture pour éviter l'effet sac et marquer la taille.
L'autre option, c'est de les retravailler, en ajoutant par exemple des broderies, des couleurs, en changeant les boutons, etc. Et si on ne sait pas le faire soi-même, il y a plein d'artisans partout qui sont capables

de modifier un vêtement en forme ou en taille pour lui donner une deuxième vie.
Si le vêtement est assez clair, on peut aussi le teindre soi-même. Avec des teintures chimiques, ou même de façon naturelle : par exemple, avec des champignons, on peut obtenir une jolie couleur marron, avec des pelures d'oignons, un bel orange, etc.
C'est super de pouvoir donner une deuxième vie à un vêtement, car si on ne le nettoie pas de ses émotions, ses énergies, celui·elle ou ceux·elles qui l'ont porté, même ceux·elles qui l'ont fabriqué y ont laissé un peu d'eux·elles, et c'est bien de pouvoir le transmettre.

CONCLUSION

Voilà, nous y sommes. Nos chemins se séparent, mais vous avez désormais toutes les cartes en main pour créer votre dressing idéal. Ce dressing sera forcément différent du mien ou de celui de vos amies, parce que vous êtes unique. C'est la première chose que j'aimerais que vous reteniez de ce livre. J'ai partagé avec vous mon expérience et toutes mes connaissances, mais vous êtes la seule maîtresse à bord dans cette aventure. S'il y a bien une personne qui sait à quoi doit ressembler votre dressing idéal, c'est vous. D'ailleurs, je vous invite dès aujourd'hui à vous autoriser à rêver. Car, oui, c'est possible d'avoir une garde-robe parfaite, qui vous ressemble et vous donne confiance en vous, même dans les moments difficiles. Vous y arriverez si vous vous accordez le droit de céder à vos envies réelles et apprenez à vous regarder avec encore plus de bienveillance. Ne vous laissez pas impressionner par les tendances si vous n'en avez pas envie, les « il faut/il ne faut pas » et les opinions toutes faites qui vous éloignent de votre objectif, mais surtout de la personne que vous aspirez à devenir, c'est-à-dire vous-même.

N'oubliez jamais ceci : vous êtes libre de vivre et de vous habiller librement, quels que soient votre genre ou votre tour de taille.

La liberté, voilà de quoi il s'agit finalement. Vous pouvez décider dès aujourd'hui de ne plus être victime de l'industrie de la mode jetable et de prendre le pouvoir, pour créer un dressing qui correspond aussi à vos valeurs et à vos convictions. C'est la seconde chose que j'aimerais que vous reteniez. Et si j'aime à croire qu'après la lecture de ce livre, vous habiller de manière plus responsable est devenu une évidence, je sais aussi les difficultés auxquelles vous serez peut-être confrontée. Le budget est souvent un frein quand on parle de mode éthique, mais le temps aussi. Votre patience sera mise à l'épreuve et vous aurez parfois envie de baisser les bras. Vous craquerez peut-être pour une nouvelle robe chez Zara dont vous n'avez pas besoin, et ce n'est pas grave. Ce n'est pas une course ni un concours, prenez votre temps. La transition vers une garde-robe durable est un long chemin qui ne se fait pas en un jour, mais je vous promets que le jeu en vaut la chandelle : se sentir récompensée de ses efforts et alignée avec ses valeurs est une sensation de liberté extraordinaire.

REMERCIEMENTS

Merci Anne-Solange d'avoir été mon ange-gardien dans l'écriture de ce livre. J'ai sans doute été la plus grande fan de ton blog « Cachemire & Soie » (nostalgie quand tu nous tiens !), mais que de chemin parcouru entre nous depuis 15 ans... Ton regard attentif et bienveillant m'ont été d'une aide précieuse.

Noémi, merci pour les belles photographies. Elles illustrent merveilleusement bien cet ouvrage, qui t'appartient un peu aussi. Je suis heureuse de voir notre amitié et notre travail concrétisés dans ce livre.

Anne-Lise, Isabelle, Clémence et Julie : merci pour vos conseils d'expertes pour s'habiller de manière plus engagée, chiner, s'accepter telle que l'on est. Vos expériences partagées rendent ce livre infiniment plus riche.

Marianne, ma petite sœur de cœur : merci pour ton travail de recherches au pied levé sur ce livre, mais surtout d'être à mes côtés depuis 35 ans.

Merci à Basile et Martin, mes deux garçons, d'avoir chamboulé ma vie et modifié mon rapport aux vêtements en me montrant ce qui est essentiel. Et bien sûr, merci Hubert de toujours croire en moi.

Maman, merci de m'avoir appris à décrypter les étiquettes et les consignes d'entretien quand j'étais petite.

Aux lecteurs·rices de mon blog, de ma newsletter, de mon compte Instagram : ce livre n'aurait jamais vu le jour sans votre soutien. Merci !

Et enfin, merci à mon éditrice, Mathilde, pour sa confiance (et sa patience !).

Avec la participation d'Anne-Solange Tardy.

Correction : Clémentine Sanchez
Création graphique et mise en page : Studio Blick
Couverture : Studio Blick
Photographies : Noémi Micheau

10, place des Cinq-Martyrs-du-Lycée-Buffon
75015 Paris – France
ISBN : 979-10-285-2248-3

Cet ouvrage est composé de matériaux issus de forêts bien gérées certifiées FSC®,
de matériaux recyclés et de matériaux issus d'autres sources contrôlées.

FSC www.fsc.org MIXTE Papier issu de sources responsables FSC® C007507

Achevé d'imprimer en janvier 2022 par Graphycems
Dépôt légal : février 2022
Imprimé en Espagne